Paul Quincy
Mord auf Befehl
William Turner, Band 6
Kuebler Verlag

AF238405

Das Buch

1779: William Turner ist bedrückt, weil das Kriegsgerichtsverfahren gegen ihn in der Schwebe ist. Da erscheint es ihm fast wie eine Befreiung, dass er die Order erhält, einen Stützpunkt der amerikanischen Freibeuter auszuheben. Nachdem er diese Aufgabe mit Glück und Bravour erledigt hat, segelt er nach New York, um die Gefechtsschäden an seinem Schiff beseitigen zu lassen. Dort erwartet ihn eine Nachricht vom Chef des Geheimdienstes, der ihn auffordert, den Residenten Hinkie zu liquidieren, weil dieser zum Verräter geworden ist. Das stürzt Turner in einen ernsthaften Gewissenskonflikt. Ein Mordfall auf der *Ville de Rouen* schafft zusätzliche Probleme. Wie gut, dass Lady Jane ihn tröstet und ihm hilfreich zur Seite steht.

Der Autor

Paul Quincy war Seemann und weltweit als Wachoffizier und in leitender Position auf Schiffen der Großen Fahrt unterwegs. Neben seiner Tätigkeit als Autor hat er als Übersetzer etwa 60 Romane und Fachbücher – zum größten Teil historische maritime Romane aus der Zeit der Napoleonischen Kriegen – vom Englischen ins Deutsche übertragen. Paul Quincy verknüpft in der Reihe um William Turner Spannung mit historischen Fakten, profunden seemännischen Kenntnissen und viel Wissen über die Lebensumstände der damaligen Zeit.

Paul Quincy

Mord auf Befehl

William „Wild Bull" Turner
und die Moral der Macht

Band 6 der Reihe „William Turner"

Weitere Informationen: www.kueblerverlag.de

Impressum
3. durchgesehene Auflage
© 2024 Bowcraft GmbH, Mannheim
Umschlaggestaltung unter Verwendung
eines Fotos von RCP Photo – Fotolia.com
ISBN 978-3-86346-071-6

Danksagung

Mein Dank gilt Inge, die das Manuskript durchgesehen hat und mich auf viele Fehler hingewiesen hat. Weiter danke ich Annette von den Rechtsmedizinern, die mir viele nützliche Tipps gegeben hat, wie man fachgerecht mordet. Ich kann nur sagen: Man lernt nicht aus!

Ein besonders großes Dankeschön schulde ich Bernd Kübler für die effektive und harmonische Zusammenarbeit.

Alle Charaktere der beschriebenen Personen, gleichgültig ob es sich dabei um lebende oder verstorbene handelt, sind frei erfunden. Etwaige Ähnlichkeiten wären rein zufällig und sind vom Autor nicht gewollt. Persönlichkeiten der Geschichte sind möglichst so beschrieben wie die Quellenlage es ermöglicht. Naturgemäß kann das Bild, was uns von ihnen übermittelt wird, je nach ideologischem Standpunkt des jeweiligen Autors differieren.

Der Verlag dankt den freiwilligen Korrektoren, die dabei geholfen haben, dass in dieser 2. Auflage eine Reihe von Druckfehlern entfernt werden konnte.

Den „Bolithos" gewidmet

Vorwort

Der mit großer Erbitterung geführte Unabhängig-
keitskrieg der amerikanischen Kolonien ist 1779 noch
immer nicht entschieden, aber es wird immer deutli-
cher, dass sich die geflügelte, aber leider auch flatterhaf-
te Nike den Amerikanern zuneigt und sich nur noch
ein wenig launenhaft ziert, ihnen den Lorbeerkranz
des Sieges zu reichen. Das Eingreifen des wegen der im
Siebenjährigen Krieg erlittenen Demütigungen auf Re-
vanche sinnenden Frankreichs auf Seiten der Rebellen
mit Lieferung von Kriegsgütern, Freiwilligen und fähigen Truppenführern dürfte eher früher als später die
Entscheidung bringen, zumal die britischen Truppen
zahlenmäßig einfach zu schwach sind, um trotz aller
Tapferkeit einen grundlegenden Umschwung zu bewir-
ken. Dazu kommt, dass es im Parlament und in der englischen Bevölkerung durchaus Sympathisanten für die
Unabhängigkeitsbestrebungen der Amerikaner gibt. Die
Motive sind vielschichtig und reichen vom modernen
Freiheitsideal bis zur schnöden Gewinnsucht. Um das
Maß für die Kolonialtruppen voll zu machen, macht
sich auch noch eine französische Flotte unter Admiral
d'Estaing in den Sommermonaten unangenehm stö-
rend bemerkbar.

Commander William „Wild Bull" Turner hat seinen Sohn aus den Klauen seines Erzfeindes Lord Cecil Dunbar befreit. Leider hatte er dabei sein geliebtes Schiff, den Toppsegelschoner *Shark* opfern müssen. Ein glücklicher Zufall führt ihn anschließend in das Privateer Hole, wo er die *Medusa* blockiert, das Piratenschiff der Capitana Janine Bondie, die ihn seit einer gemeinsam verbrachten Nacht im Hafen von Puerto Santo liebte. Durch einen Trick gelingt es ihr, als Lady Jane Osborne bei ihm an Bord zu gelangen. Sie war als verliebtes Mädchen mit einem irischen Abenteurer durchgebrannt, aber eigentlich gehört sie dem englischen Hochadel an und versucht jetzt ihre Vergangenheit abzuschütteln. Durch ihre Ränke wird fast die gesamte Besatzung der *Medusa* ausgelöscht, nur Sven Svenson, der in sie verliebte Quartermaster, Horace, der ihr treu ergebene Steward, und drei weitere Besatzungsmitglieder überleben das Massaker, stellen aber für sie eine latente Gefahr dar, denn wenn herauskommt, dass ihr Geschäft der Seeraub war, dann winkt ihr in England der Galgen – von der gesellschaftlichen Ächtung ganz zu schweigen. Von alledem weiß William Turner nichts. Er hat Sorgen genug. Auf ihn wartet das obligatorische Kriegsgerichtsverfahren, weil er sein Schiff verloren hat. Dabei könnte auch zur Sprache kommen, dass er seine Befehle, die er von General Prevost erhalten hatte, schlicht ignoriert hat. Zudem ist nicht sicher, ob er in seinem neuen Rang als Master und Commander von der Admiralität bestätigt wird. Von den vermutlich eher unerfreulichen

Rencontre mit den mächtigen Familien Rullingston, Osborne und Swifthount gar nicht zu reden. Wenn diese einflussreichen Clans sich zu seinen Feinden aus früherer Zeit gesellten, dann konnte er seine Karriere in den Wind schreiben, ehe er einmal „piep" gesagt hatte. Vermutlich vermochte ihm dann auch der mächtige Geheimdienst der Regierung nicht mehr helfen. Aber selbst ohne diese unheilige Allianz, war es leicht möglich, dass ihn eine große Welle vom Achterdeck an den Strand spülen würde, von dem aus er den auslaufenden Schiffen sehnsuchtsvoll hinterherschauen konnte. Aber immerhin war er während der Zeit in Westindien durch Prisengelder und die Erbschaft von Elizabeths Plantagen, die er für ihren gemeinsamen Sohn verwaltete, sehr wohlhabend geworden, er würde also nicht mit Halbsold darbend dahinvegetieren müssen, wie es vielen anderen ausgemusterten Seeoffizieren erging, die durch Pech oder Unvermögen bei der Admiralität auf Legerwall geraten waren.

Lord Foulweather-Jack Byron, der Befehlshaber auf der Westindienstation, ist froh ihn loszuwerden und schickt ihn mit der *Ville de Rouen* als Eskorte für ein kleines Geleit zurück nach England. Also dann Anker auf, die Segel gesetzt und auf geht es in eine ungewisse Zukunft!

Kapitel 1

„Nun ist es aber gut, ihr Streithähne!", knurrte Turner missmutig und funkelte Horace Ferry und Tom Brown böse an. Die beiden hatten sich lautstark gestritten, wer heute Abend dem Dinner den letzten Schliff verleihen sollte. „Ich dachte ich habe mit euch erwachsene, verständige Männer vor mir, aber davon kann ja wohl keine Rede sein! Ihr führt euch auf wie verzogene Bälger in einem Internat für höhere Töchter! Möwenschiss im Konfektschälchen! Ich werde mich gezwungen sehen, einen von euch beiden als Aufwärter in den Gunroom der young Gentlemen zu versetzen."

Die beiden so unterschiedlichen Männer erbleichten, sogar Toms dunkler Teint wurde erkennbar um einige Grade heller.

„Oh, nein, Sir! Das können Sie nicht tun", stieß Horace hervor und blickte ihn wie ein verschrecktes Kaninchen an, das in der Hand, die es sonst so liebevoll streichelte, das scharfe Schlachtermesser entdeckt. „Die Messe der Midshipmen ist die Hölle. Die jungen Herren mögen sich an Deck anständig benehmen, aber in ihrem Bau sind sie eine gemeingefährliche Bande, die sich die wildesten Streiche ausdenkt und ständig hinter etwas Essbarem her ist." Er hielt sich affektiert die Hand vor den Mund und flüsterte furchtsam: „Nein, Sir, was würde ich mir da für geschmacklose Zoten anhören müssen, was für plumpe Anpöbeleien! Das ist kein Aufenthaltsort für einen Gentlemen, Sir." Er verstummte schockiert und blickte verstört vor sich hin.

„Na, den Rüpeln würde ich schon Mores lehren!" knurrte Tom, „aber leider sind es Offiziere und der eine oder andere dieser Ausgeburten der..." Er verschluckte den Rest des Satzes, atmete tief durch und fuhr fort, „...würde mich ohne zu zögern an die Gräting bringen, wenn ich einem der ihren mal richtig das Fell gerben würde. Ils ont une bande mauvais garçons et ils ont du bagout! Bevor ich da den Aufwärter mache, häkle ich lieber Strampelanzüge für den kleinen Richie!" Vor lauter Ärger war er entrüstet wieder in seine französische Muttersprache verfallen.

Turner grinste unmerklich in sich hinein. In Antigua hatte die Messe der Midshipmen auf „Bitten" des Admirals Zulauf bekommen. Leider war Starke, der über eine natürliche Autorität verfügte, nach seiner Beförderung von dort in die Offiziersmesse umgezogen, aber der in theoretischen Dingen etwas unbeholfene Armstrong sowie der rothaarige Teufel Horner, dessen Gedanken zwar genauso wirr waren wie sein widerborstiger Schopf, der aber im Grunde ein gutmütiger Lausbub war, hatten sich nicht zu den alleinigen Herrschern des Gunroom aufschwingen können. Horners alter Freund Blake, der im Gefecht mit der Coquette einen Arm verloren hatte, aber von der schönen Michelle ins Leben zurückgeholt worden war, als er bereits den halben Weg über den Jordan zurückgelegt hatte, war genesen und hatte eine zugegeben ziemlich primitive Armprothese angepasst bekommen, die es ihm zwar ermöglichte, seinen Dienst recht ordentlich zu versehen, aber für Prügeleien wenig geeignet war – jedenfalls bis jetzt. Zusätzlich waren die Midshipmen Stan Kimberley, George Corbey, Pat Puller und Bill Birdie vom Admiral an Bord geschickt worden. Kimberley und Corbey hatten das Gelbfieber nur knapp überlebt und ähnelten bei ihren mühevollen Spaziergängen an Deck eher Gespenstern als Offizieren Seiner Britannischen Majestät. Die beiden anderen waren von ihren Kommandanten offensichtlich wegen erwiesener Unfähigkeit nach Hause abgeschoben worden. Sie waren das typische Beispiel dafür, was dabei herauskommt, wenn sich Dummheit mit Hochmut paart. Sie ließen sich in ihrer Borniertheit von Armstrong oder Horner nichts sagen und hatten nur höhnisch gelächelt, als Armstrong ihnen mit vor Wut geschwollenen Schläfenadern prophezeit hatte, dass sie mit ihrer jetzigen Einstellung bei diesem Kommandanten eine höchst unangenehme Reise haben würden. Sie mochten sich als die sprichwörtlichen faulen Äpfel erweisen, die einen ganzen Korb gesunder Früchte verderben konnten. William nahm sich vor, Dechamp, den Master und die anderen Decksoffiziere zu vergattern, ein besonders scharfes Auge auf diese missratenen Produkte des britischen Adels und seiner Bildungseinrichtungen zu haben.

An Horace und Tom gewandt fuhr er in einem strengen Tonfall fort: „Dann benehmt euch wie erwachsene Männer und teilt euch die Arbeit sinnvoll ein. Horace, du hast doch sicher genug damit zu tun, die inzwischen recht umfangreiche Garderobe der Lady in Schuss zu halten und bei ihr aufzuwarten, oder etwa nicht?"

„Seit es Mylady beliebt, diese Constance zu einer perfekten Kammerzofe auszubilden, bleibt für mich da wenig zu tun übrig, Sir!", schnarrte Horace ganz offensichtlich beleidigt, weil er für Jane nicht mehr der wichtigste und einzige Vertraute war. „Weiberkram! Und dann das Getue mit dem Baby! Nicht, dass Sie mich missverstehen, Sir, aber man kann es übertreiben. Der kleine Richard wird sich noch wie einst Achilles in Frauenkleidern verstecken, wenn die Trommel ihn zum Kriegsdienst ruft. Pah!"

Tom nickte bestätigend: „Es sind zu viele Weiber an Bord, Käptum, Zur!" Er warf Turner unter halbgeschlossenen Augenlidern einen prüfenden Blick zu. „Es sollte mich nicht wundern, wenn Lady Osborne demnächst im Großtopp sitzen und sich dort mit dem Ausguck unterhalten wird. Äääh… die Lady scheint mir erstaunlich viel über Schiffe und die Seefahrt zu wissen. Ist doch seltsam, Käptum Zur, oder etwa nicht!"

Turner sah, dass Horace erschrocken zusammenfuhr und Tom feindselig von der Seite musterte.

Er fixierte seinen Bootssteuerer mit seinen kalten grauen Augen und sagte langsam, aber jedes Wort betonend: „Mein lieber Tom, ich kann mich nicht erinnern, dass ich Dich als Wahrsager, Kaffeesatzleser oder etwas Ähnliches an Bord genommen habe! Et oculi et aures vulgi testes mali!* Du magst ein heller Bursche sein, Tom, aber sei vorsichtig, bilde dir nicht ein, etwas zu sehen, was nicht da ist. Übrigens kann es manchmal", er schaute aus dem Heckfenster, wog seine Worte ab und fuhr dann leise fort: „ein Zeichen großer Klugheit sein, wenn man nicht alles sieht, was man anscheinend deutlich zu sehen glaubt! Habe ich mich deutlich genug ausgedrückt?" Tom blickte ihn mit kleinen Augen an, nickte dann aber nachdrücklich. „Und jetzt raus ihr beiden Streithammel, im Gegensatz zu euch Faulpelzen habe ich zu arbeiten. Abmarsch und das muy rapido, perezosos! Ach, Tom, und, bitte, sage mir doch bitte Bescheid, wenn du beim Häkeln bist, ich würde dir gerne mal dabei zusehen…"

Tom hielt Horace übertrieben höflich die Tür auf, Horace warf beleidigt affektiert den Kopf in den Nacken, was gar nicht so einfach war, da er sich gleichzeitig unter den niedrigen Decksbalken bücken musste. Sein sorgfältig, sehr straff geflochtener Zopf hüpfte grotesk auf und nieder, dadurch wirkte sein Abgang ziemlich komisch. Der Bootssteuerer verbeugte sich tief und

---

* Augen und Ohren der Menge sind schlechte Zeugen

machte eine einladende weite Armbewegung, dann drehte er sich noch einmal kurz um und kniff verständnissinnig ein Auge zusammen.

Turner murmelte: „Verdammter Bursche. Ich habe dem Kerl schon viel zu viele Subordinationen durchgehen lassen, aber ich muss wirklich aufpassen, dass er sich nicht zu viele Freiheiten herausnimmt, verdammt!" Bei sich dachte er düster: *„Außerdem ist es besser, wenn Jane auf keine dummen Gedanken kommt. Ich spüre, dass sie große Angst hat, dass jemand hinter ihr Geheimnis kommen könnte. Kein Wunder, wenn der Galgen droht – alter Adel hin oder her. Ihre Leute von der* Medusa *sind ihr ganz augenscheinlich treu ergeben und werden ganz gewiss schweigen, aber wie sie reagiert, wenn sie spitz bekommt, dass auch andere ihre Vergangenheit kennen, wage ich nicht einzuschätzen."* Er seufzte. Es fiel ihm schwer, sich vorzustellen, dass dieses kapriziöse Weibchen infame Gedanken hegen konnte. Ihre hingebungsvolle Liebe und ihr mitfühlendes Verständnis hatte ihn aus dem tiefen schwarzen Loch herausgeholt, in das er nach dem Tod von Elizabeth gestürzt war. Nicht, dass er Elizabeth vergessen hätte, aber ihr Bild verblasste von Tag zu Tag mehr, dafür sorgte die überaus beeindruckende Präsenz von Jane. Natürlich hatte zur Verbesserung seiner Stimmung auch beigetragen, dass er seinen Sohn aus den Fängen von Dunbar befreit hatte. Er musste plötzlich lächeln. Elastisch sprang er auf, ging zum Weinschrank und goss sich einen nicht zu kleinen Manzanilla-Olroso aus einer kunstvoll geschliffenen Karaffe ein, die, wie ihm Tom in einem leicht, ganz leicht herablassenden Tonfall erklärt hatte, höchstwahrscheinlich aus dem venezianischen Murano stammte. Von Venedig hatte William schon mal etwas gehört, nämlich den Namen dieser alten mächtigen Seefahrerstadt, was dagegen Murano und seine lange Tradition in der Kunst der Glasbläserei anging, so waren das wieder mal weiße Flecken auf der ausgedehnten Seekarte seiner umfassenden Halbbildung. Anerkennend hatte Tom die Gläser und Karaffen im Schrank gemustert und bewundernd festgestellt: „Der vormalige Kapitän dieses schönen Schiffes, Gott sei seiner armen Seele gnädig, kann nicht zu den Dorfarmen von Frankreich gehört haben! Hier steht ein kleines Vermögen, Käptum, Zur." William war wieder mal von den umfangreichen Kenntnissen seines Bootsteuerers beeindruckt und hatte undeutlich etwas vor sich hin gemurmelt, was so klang, wie: „Auf den Inhalt kommt es an!" Kennerisch sog er die aromatischen Düfte des trockenen mahagonifarbenen Weins ein, genüsslich nahm er einen Schluck und genoss das nussige Aroma. Er setzte sich auf die breite Heckbank und blickte durch das offene Heckfenster achteraus auf das gurgelnde Kielwasser, über dem sich immer noch Seevögel auf der Suche nach Futter tummelten. Von Zeit zu Zeit ballten sie sich zu einer flatternden kreischenden Wolke zusammen, aus der gierige Exemplare mit angelegten Schwingen scharfäugig in das Wasser hinabstießen, mit ihrer Beute im Schnabel oder den Krallen mühsam an Höhe gewannen, gefolgt von futterneidischen Räubern, die versuchten, ihnen den Fang wieder abzujagen.

Wer hätte vor drei Jahren gedacht, dass er, der kleine bettelarme Leutnant ohne jeden Einfluss in der Admiralität oder gar bei Hofe, heute in der Staatskabine eines Linienschiffes sitzen würde. Nun gut, es war ein Schlachtschiff en flûte und er war nur ein Commander, dessen Beförderung noch nicht mal von der Admiralität bestätigt worden war. Aber sei es drum. Hier und jetzt hatte er allen Grund, glücklich und zufrieden zu sein. Er hatte ein gutes Schiff und eine gute Besatzung.

Die Wachen waren mit fähigen Männern besetzt. Die Backbordwache des diensttuenden Leutnants Starke und Steuermannsmaaten Svenson wurde von dem erfahrenen Midshipman Armstrong verstärkt, der Steuerbordwache von Dechamp und dem Steuermannsmaaten Quincy waren noch die beiden Middies Horner und Blake zugeteilt. Die beiden Rekonvaleszenten Kimberley und Corbey waren dem Schreiber überstellt worden, damit sie Einblick in den umfänglichen Papierkrieg bekamen, der an Bord anfiel. Die Sorgenkinder Puller und Birdie waren getrennt und auf beiden Wachen als Signalmidshipmen eingeteilt worden. Sie hatten reichlich mit der Kommunikation zwischen der *Willi* und ihren Schutzbefohlenen zu tun. Wenn sie nicht schnell genug die Flaggen zusammenstellten oder gar die Antworten der Frachter falsch ablasen, hagelte es ein kräftiges Donnerwetter und des Öfteren mal einen längeren

Aufenthalt im Masttopp, vorzugsweise während der Essenszeiten, was für sie bedeutete, dass sie den Gürtel enger schnallen mussten, denn im Topp wurde keine Mahlzeit serviert. Da sie es sich mit ihren Messekameraden verdorben hatten, hoben diese kein Essen für sie auf, sondern verputzten dankbar die – wenn auch kleine – Extraration.

Die Soldaten erholten sich durch die frische Seeluft und das gute Essen an Bord erstaunlich rasch. Bald würde man sie in der Kuhl als Decksbauern beschäftigen können. Ihre Offiziere und Sergeanten begannen schon wieder sie regelmäßig an Deck zu drillen, damit keine Langweile aufkam. Bewundernd sah Turner zu, wie die Highlander mit ihren gefürchteten Breitschwertern hantierten. Er war sich sehr sicher – auf welcher Seite dieser mörderischen Waffe er im Ernstfall lieber stehen wollte. Die Artilleristen unter den Rekonvaleszenten wurden vom Stückmeister mit den Kanonen der *Willi* vertraut gemacht. Schließlich konnte man nicht wissen.

Die Werft in Antigua hatte festgestellt, dass die *Willi* noch kerngesund war, was ihre tragenden Verbände anging. „Beste adriatische Eiche", hatte der Shipwright gesagt, „hält noch hundert Jahre – bei entsprechender Pflege und wenn Sie allem aus dem Weg gehen, was Ihnen Kugeln mit einem Gewicht von 24 Pfund und darüber gegen die Außenhaut knallen kann. Außerdem scheint man die alte Dame in Brest vor dieser Reise verhältnismäßig gründlich überholt zu haben – was die Froschfresser unter gründlich verstehen, meine ich!"

So waren auf der Royal Naval Yard Antigua nur ein paar morsche Planken ausgewechselt worden. Einige Stützverbände, die durch früheren Beschuss gelitten hatten, konnten nicht ersetzt werden, da es der Werft an entsprechend geformten gewachsenen Hölzern mangelte. Aber nach Meinung des Werftgrandies konnten diese Bauteile in England problemlos ersetzt werden. „Wenn sie dann noch einen Kupferbeschlag am Boden bekommt, wird sie laufen wie eine Dockschwalbe mit gerafften Röcken, die gehört hat, dass die Besatzung einer Fregatte nach vier Jahren Dienstzeit ausgezahlt wird, Sir!" Mit einem Fässchen Rum aus seiner Brennerei und einer Handvoll klingender Münzen hatte Turner dem Verantwortlichen zehn französische 18-Pfünder mit reichlich Kugeln abgeschwatzt. Für britische Schiffe waren sie wegen geringfügiger Abweichungen im Kaliber ohnehin nicht zu gebrauchen. Hinter allen Geschützpforten des Oberdecks standen jetzt wieder die schweren Stücke, die zehn 12-Pfünder waren wieder auf ihre angestammten Plätze auf dem Achterdeck und der Back gehievt worden und verliehen dem Schiff eine für einen Transporter unerwartete Feuerkraft. Nahm man das Überraschungsmoment dazu, dann musste sich auch eine große feindliche Fregatte sehr, sehr warm anziehen, wenn sie sich mit der alten Dame anlegen wollte. Im Geschützdeck hatte William zwei von drei Stückpforten kalfatern und von innen zusätzlich mit Segeltuch abdichten lassen. Zum Lüften mussten die restlichen ausreichen, aber er hoffte, dass durch diese Maßnahme bei schwerem Wetter weniger Seewasser in das Wohndeck gelangen würde.

Der Master hatte die Ladung umstauen müssen, um die zusätzlichen Kugeln möglichst weit unten einzulagern, denn die zusätzlichen Geschütze auf dem Ober- und Achterdeck sorgten natürlich für ein zusätzliches unerwünschtes Toppgewicht, was sich nachteilig auf die Stabilität auswirkte. Turner hatte gehört, wie der alte Weißkopfadler Paul Lennon vor sich hin gemurmelt hatte: „Wie gut, dass dieser Froschfresser Bouguer* auf die schlaue Idee gekommen ist, wie man das Metazentrum berechnen kann, da müssen wir nicht mehr immer nur mit dem dicken Daumen improvisieren." Sprach's und verschwand unter Deck, wo er sich hinter einem dicken Wälzer an der Back der Offiziersmesse verschanzte. Auch bei dieser Gelegenheit hatten die kleinen Teufelchen des Selbstzweifels an Turners Selbstbewusstsein genagt. Wer zum Teufel war dieser ominöse Bouguer und was, verdammt noch mal,

---

* Pierre Bouguer wurde am 16. Februar 1698 im bretonischen Le Croisic geboren und starb am 15. August 1758 in Paris. Er war ein vielseitiger Wissenschaftler. In seinem Buch *Traité du navire, de sa construction et de ses mouvemens* (1746) legte Bouguer neben Euler die Grundlagen für das hydrostatische Grundgesetz. Er benutzte als erster den Begriff Metazentrum, der bis heute aus der Stabilitätsrechnung von Schiffen nicht wegzudenken ist. Das hydrostatische Grundgesetz war zwar bereits von Archimedes entdeckt worden, es war jedoch in den unruhigen Zeitläuften nach dem Zusammenbruch des Römischen Reiches in Vergessenheit geraten. Eulers Abhandlungen waren zwar auch richtig, aber als mathematisches Genie interessierte ihn die praktische Handhabbarkeit seiner Formeln nicht. Zudem schrieb er in Latein, was schon zu seiner Zeit nicht mehr die vorherrschende Sprache der Wissenschaft war.

war ein Metazentrum? Den Todesstoß hatte sein Ego beinahe bekommen, als er Ohrenzeuge wurde, wie sich Jane mit dem Master geläufig über dieses vermaledeite Metadingsbums unterhielt und anscheinend genau wusste, worum es dabei ging. Darauf hatte er sich einen doppelten französischen Brandy schwungvoll hinter die Halsbinde kippen müssen. Das für die Region Borderies so typische, von dem der in der Champagne oder im Raum von Bordeaux hergestellten Brandys so abweichende, volle und weiche Aroma mit stark nussigen und floralen Noten, hatte er nicht zu goutieren gewusst. Immerhin handelte es sich um einen mehrere Jahre gereiften, aus einem Fass gezapften Cognac Martell und diese Firma verkaufte schon seit 1715 ihre Erzeugnisse ausschließlich in Fässern.

Nach dem Spruch des Prisengerichts hatte sich weder für die *Ville de Rouen* noch für die *Dove* ein Käufer gefunden, was vor allem daran lag, dass beide Handelswaren an Bord hatten, die in Westindien so gut wie unverkäuflich waren. Wer trägt schon Eulen nach Athen: Zucker, Melasse und Rum hatte man selbst genug in den Lagerhäusern. Daher zogen sich die Kaufleute mit gerunzelter Stirn und ihrem Abakus in ihre Kontore zurück und begannen zu rechnen. Sie kamen zu dem Ergebnis, dass es klug sein könnte, zu bluffen. Ihre Gebote waren lächerlich und deckten noch nicht mal den Wert der Schiffe ab. Aber sie hatten sich verrechnet, denn ganz plötzlich gab die Firma Hermes Worldwide Enterprises, vertreten durch ihren örtlichen Repräsentanten Mister

Smith, im Namen eines unbekannten Auftraggebers Gebote für die Schiffe inklusive Ladung ab, die sofort akzeptiert wurden. Auf so einer kleinen Insel wie Antigua gab es kaum Geheimnisse, so kursierte bald das Gerücht, dass die Regierung hinter dem Geschäft steckte, das dadurch erhärtet wurde, dass auf der *Ville de Rouen* die rote Flagge der Admiralität gesetzt wurde – und das, obwohl die Ladung an Bord blieb. Wieder musste William breit grinsen. Selbst in den Augen des sonst eher zugeknöpften, zynischen Smith hatten fröhliche, spöttische Funken geglitzert. Trocken hatte er ausgeführt: „Die Ladung der *Dove* wird in England so viel einbringen, dass wir das Schiff praktisch kostenlos dazu bekommen. Ob es in den Dienst übernommen wird, spielt keine Rolle. Zwar braucht die Admiralität immer kleine Schiffe, aber wenn die hochwohlmögenden Gentlemen von der Admiralität meinen, es nicht nutzen zu können, dann werden wir es verkaufen und in England wird sich für das schmucke Schiffchen ganz gewiss ein Interessent finden, der es mit Kusshand für einen guten Preis nimmt. Übrigens können Sie auf Ihrem Schiff noch Ladung auf eigene Rechnung mitnehmen. Natürlich nur, wenn die Unterbringung sowie die Versorgung der Besatzung und der Passagiere gewährleistet ist."

„Sie geben mir Ihr Einverständnis, Eigengeschäfte zu betreiben, Sir?"

„Als – wenn zugegebenermaßen auch etwas unscheinbarer – Vertreter der Regierung Seiner Britannischen Majestät sehe ich mich dazu in der Lage. Allerdings sollten Sie der Hermes Shipping Agencies fünfundzwanzig Prozent Ihres Nettogewinns zukommen lassen. Das ist doch fair, nicht wahr, Sir. Sie bekommen volle Laderäume, somit ein stabiles Schiff und verdienen zu Ihrer mageren Heuer als Commander noch ein paar Shillinge hinzu." Der Spott war mit den Händen greifbar gewesen.

Turner überlegte nicht lange, allerdings musste er innerlich schmunzeln, dass sich der schwitzende korpulente Smith in seinem weißen Anzug als „unscheinbar" bezeichnete. „Geben Sie mir das schriftlich, Sir. Nicht, dass ich Ihnen misstraue, aber London ist eine Schlangengrube, verstehen Sie?"

„Ich mag vorsichtige Männer wie Sie, Turner, die aber zum richtigen Zeitpunkt auch mal Eigeninitiative entwickeln und ohne Befehl kräftig dreinschlagen können. Es ist wirklich gut, dass Sie hier verschwinden. Loftus, die gute Seele, kontrolliert bereits jeden Morgen, ob mein Stuhl noch nicht von Ihnen angesägt ist." Über sein feistes, glänzendes, rotes Gesicht huschte so etwas wie ein spöttisches Grinsen. „Wobei ich mir nicht ganz sicher bin, ob Loftus Ihnen nicht kräftig beim Sägen helfen würde."

Turner dachte bei sich: „*Der Kerl hat doch tatsächlich einen Witz gemacht! Das ich das erleben durfte! Bis jetzt war ich der Meinung, dass sich der Papst eher beschneiden lässt und Vorsänger in der Synagoge wird, als dass Smith zu scherzen beliebt. Nun ja, immerhin trägt der Papst ja schon eine Kippa.*"

24

Laut sagte er: „Ich fürchte, Ihr Posten ist ein paar Nummern zu groß für mich, Sir. Ich bin mehr der Mann für's Grobe."

„Mein lieber Sir, stellen Sie Ihr Licht nicht unter den Scheffel. Nun ja, vielleicht sind Sie noch ein wenig zu jung und haben wohl auch noch ein paar durchaus ehrenwerte Skrupel zu viel, aber glauben Sie mir, das wird sich beides ändern – und zwar ohne Ihr Zutun, ob Sie wollen oder nicht."

Mit einem letzten Blick ins Kielwasser erhob sich Turner und schenkte sich ein zweites Glas von dem leckeren Sherry ein, stellte das Glas sicher ab und ging zur Tür. Der Posten davor stieß krachend den Kolben auf das Deck und schnarrte: „Sööör?"

„Mein Sekretär soll kommen, Mitchell!"

„Aye, aye, Sööör! Sekretär, Sööör!"

Der Kapitän schloss die Tür hinter sich und kehrte zu seinem Glas zurück. Das war auch so eine unerwartete Wendung! Wer hätte noch vor ein paar Monaten gedacht, dass er mal einen Sekretär an Bord haben würde. Dazu einen überaus fähigen jungen Mann und dieser kostete weder ihm noch der Admiralität einen rostigen Fahrthing. Im Gegenteil, der Mann bezahlte während der Passage nach England seine Verpflegung und medizinische Versorgung aus eigener Tasche. Sein Name war Josef Goldman. Der Patriarch der Familie hatte entschieden, dass der Jossele, einer seiner zahlreichen Enkel, nach England segeln sollte, um sich dort in der City umzusehen, alte Geschäftsverbindungen aufzufrischen, womöglich zu intensivieren und neue zu knüpfen. Turner hatte keinen Zweifel daran, dass dem eloquenten jungen Mann dies auch gelingen würde. Mit einem lauten genüsslichen „Aaah!" ließ er einen letzten Schluck Wein durch die Kehle rinnen. Es war wirklich fast ein Wunder, wie sich sein Leben verändert hatte. Eine junge, schöne und auch noch reiche Frau war an seiner Seite, die aus einer sehr einflussreichen Familie stammte. Sein Sohn war in guten Händen bei ihm an Bord. Er war Kommandant eines beinahe Schlachtschiffs – wobei sein temporärer Dienstgrad bei der Anzahl der Stücke in der Breitseite eigentlich für das Schiff nicht ausreichend war – aber darauf hatte in Antigua wohl niemand so genau geachtet. In den Akten wurde die *Willi* ohnehin nur mit den ihr bei einem Commander maximal zustehenden zwanzig Geschützen geführt, denn danach richtete sich die Bezahlung und in diesem Punkt war das Admirality Board äußerst pingelig.

Draußen knallte die Muskete auf die unschuldigen Decksbalken. „Der Sekretär, Söööör!"

„Soll reinkommen!"

Josef Goldman trat ein und verbeugte sich beflissen. „Zeige mich wie gewünscht beim Herrn Kapitän!"

Turner unterdrückte ein Lachen. Der Mann versuchte offensichtlich, sich in der militärischen Sprache auszudrücken. „Mister Goldman, das war als Versuch nicht schlecht, aber richtig muss es heißen: ‚Melde mich wie befohlen zur Stelle, Sir!' Wiederholen Sie, Sir!"

„Ääh, melde mich, äh, wie befohlen zur Stelle!" Unsicher schaute er Turner an, der die Stirn runzelte. „Was habe ich denn jetzt falsch gemacht, Mister Turner?"

Der schlug im Takt seiner Worte leicht auf die Tischplatte. „Sir! Sir! Sir! Sie haben das verfluchte Sir vergessen, Mister Goldman!"

„Oh ja, selbstverständlich, Sir! Ich werde es mir merken … Sir!"

„Schon besser, Mister Goldman. Sie werden es schon noch lernen, schließlich ist der Weg nach England noch verdammt lang. Aber jetzt an die Arbeit. Als erstes werden Sie sich die Bücher des Zahlmeisters vornehmen. Der Purser hat einen schwierigen Job, Sir. Er balanciert ständig zwischen der persönlichen Pleite, wenn seine hinterlegte Garantiesumme – auf einer Fregatte sind das immerhin stolze £ 600 – vom gestrengen Victualing Board einbehalten wird und dem Ärger mit dem Kapitän und der Besatzung, falls er es bei der Einbehaltung seines dem Pursers zustehenden Achtels übertrieb, das ihn für den natürlichen Schwund wie beispielsweise Verderb und Rattenfraß an den Viktualien entschädigen soll. Seinen hauptsächlichen Verdienst zieht er aus dem Aufkauf von Ziehscheinen der Männer. Bekanntlich zahlt die Admiralität die Heuern nur sehr zögerlich aus, der Purser sorgt dafür, dass die Familien schnell an das ihnen zustehende Geld kommen, steckt sich aber für diese Dienstleistung einen immensen Abschlag in die eigene Tasche. Dazu kommt der Verkauf von Tabak, Kleidung und andere Waren, die nicht von der Navy geliefert werden. Er muss wirklich sehr gut wirtschaften, um klar zu kommen. Dazu kommt, dass der gute Mann ein Umrechnungskünstler sein muss. Wenn er sogenannte Ersatzlebensmittel an Stelle der eigentlich vorgesehenen ausgibt, sind diese in andere Maßeinheiten umzurechnen. Dabei ergibt sich ein gewisser Spielraum zum... äh... ich will es mal höflich ‚Runden‘ nennen. Sie sehen das Problem?" Er musterte den jungen Mann scharf, der aber völlig ungerührt und sorglos nickte. „Na gut! Regel Nummer Eins: ‚Es gibt einige reiche Zahlmeister und es gibt ein paar ehrliche Zahlmeister, aber es gibt kaum reiche, ehrliche Purser!‘ Verstanden? Das Problem in diesem besonderen Fall ist, dass der ursprünglich vorhandene Proviant zum größten Teil mit der *Shark* verbrannt ist. Dafür haben wir die Vorräte der Franzosen übernommen. Alles in allem ergibt das eine schwer zu durchschauende Abrechnung "

Josef Goldman lächelte ihn gewinnend an und meinte schmunzelnd: „Ich glaube, das werden sehr interessante Tage werden ... äh, Sir." Er zögerte einen Augenblick. „Ich handele doch in Ihrem Auftrag, Herr Kapitän?"

„Selbstverständlich, Sir. Machen Sie ihm ruhig Feuer unter seinem fetten Achtersteven. Na, dann schauen Sie dem ehrenwerten Mister Pulleye mal scharf auf die Finger, ich traue diesem Herrn nämlich zu, dass er über eine sehr kreative Fantasie verfügt. Besuchen Sie ihn in seiner muffigen Höhle ..."

„An Deck! Schiff zwei Strich an Backbord achteraus!"
Der Ruf des Ausgucks im Topp war durch das geöffnete
Skylight gut zu verstehen. „Vermutlich eine Fregatte!"

„Bullshit! Ich muss an Deck!" Turner eilte zum
Schott, stürmte am Posten vorbei, der nicht dazu kam,
ordentlich zu salutieren und fegte wie eine Gewitterbö
an Deck.

„Was für ein Schiff, Mister Starke?", fuhr er den zu-
sammenzuckenden WO an.

„Da… da… das hat der Ausguck noch nicht gemeldet, Sir", stotterte der verdutzte junge Mann.

„Dann hoch mit Ihnen in den Großmasttopp, Mister
Starke! Auf geht's, Sir, und ein wenig Bewegung, junger
Mann!"

„Aye, aye, Sir!" Starke schnallte seinen Degen ab, legte seinen Rock ab, warf sich das lange Fernrohr über
den Rücken, dann eilte er zu den Luvwanten des Groß-
masts und begann geschickt in den Wanten aufzuentern.
Ohne einzuhalten umkletterte er die Marsen und setzte
seinen Weg behände fort. Nach kurzer Zeit war er oben
auf der Saling neben dem Ausguck, der ihn freundlich
anlächelte. Starke packte fest eine der Salingverstagun-
gen. Der Ausguck musterte ihn aus klaren blauen Augen
und sagte bedauernd: „Leider kann ich Ihnen keinen
kleinen Nipp anbieten, Sir, aber das Pub hat leider geschlossen, so sorry, Sir."

„Schon gut, Sam, aber reiß hier keine faulen Witze!
Der Alte, äääh… der Kommandant möchte dringend
wissen, was für ein Schiff da hinter uns aufkommt."

Der Toppgast Sam brummte etwas Unverständliches vor sich hin. George Starke war froh, dass er es nicht verstand, denn vermutlich war es nicht gerade ein Kompliment für den Kapitän und alle Offiziere gewesen. Verkniffen fuhr Sam dann fort: „Ich würde meinen, dass es eine Fregatte ist – und zwar eine der unseren, Sir. Aber ich bin mir nicht sicher, daher habe ich es noch nicht nach unten gemeldet, Sir."

Starke antwortete nicht, sondern nahm das Teleskop vom Rücken, zog es voll aus und versuchte, es auf das ferne Schiff zu fokussieren. Schließlich hatte er es eingefangen und betrachtete es konzentriert. Da drüben stiegen Flaggen in die Höhe. Es war klar, dass man das Signal auf diese Entfernung nicht entziffern konnte, aber anscheinend wollte man ihnen dort drüben klarmachen, dass man gedachte, mit ihnen Kontakt aufzunehmen. Also war es ein britisches Schiff. Starke zögerte, oder war das vielleicht eine abgefeimte Kriegslist der Franzosen? Er studierte nochmals die Segel des Schiffs, das unter Vollzeug am Wind schnell näher kam, da sich ihr Geleit nur so schnell fortbewegen konnte, wie es das langsamste Handelsschiff zuließ. Der Segelschnitt war zweifellos englisch.

„Einer von uns!", murmelte Starke leise.

„Volltreffer, Sir", stimmte ihm der scharfäugige Ausgucksmann zu. „Ich bin jetzt sicher, Sir! HMS *Diamond* unter Postcaptain Charles Fielding. Lag in Antigua ziemlich weit unter Land. Sechsundzwanzig 12-Pfünder auf dem Oberdeck, vier 6-Pfünder auf dem Achterdeck und zwei 6-Pfünder auf der Back. Sie hat zweihundert Mann Besatzung – wenn sie keine Ausfälle durch das Fieber zu beklagen hat. Aber wenn ich es richtig bedenke, dann war sie schon vor unserer Abreise von der Insel unterbesetzt. Ziemlich neues Schiff, daher sind ihre Segel noch so gut in Form, Sir."

„Danke, Sam. Du hast verdammt gute Augen. Ich werde dem Kapitän vorschlagen, dir einen Todd extra zu genehmigen."

Sam schluckte aufgeregt. „Das würden Sie tun, Sir? Das wäre ganz toll. Ich will auch nie wieder über Off..., äääh ... nie wieder fluchen."

„Bevor du das durchhältst, Sam, werde ich eher Admiral!" Starke grinste breit und ließ sich zur Bramsaling hinunter, dort schwang er sich an eine Pardune, kreuzte die Beine über dem dicken Kabel und ließ sich Hand über Hand auf das Deck hinunter. Dass seine Hosen anschließend mit Teer beschmiert waren, nahm er in Kauf. Er bekam einen roten Kopf, als er sah, dass der Kapitän beifällig nickte und ihm ein sparsames Lächeln schenkte. „Wie ich sehe, haben Sie noch nichts verlernt, Mister Starke. Also was gibt es?"

„Sir, es handelt sich um die Fregatte der Fünften Klasse, die *Diamond* unter dem Kommando von..."

„Kapitän Fielding, ich weiß, Mister Starke. Und Sie sind sich ganz sicher?" Die scharfen grauen Augen schienen ihn durchbohren zu wollen.

„Aye, Sir, ganz sicher!" Starke pokerte hoch, vertraute aber den Worten des Ausgucks. „Sam, der Toppgast, ist auch dieser Meinung."

„Reden wir Klartext miteinander, Sir. Sie haben sich also der Meinung des Ausgucks angeschlossen, richtig, Sir!"

„Äh..., aye, Sir, äh..."

„So, so, der alte Sam sitzt dort oben. Guter Mann! Nun gut. Es ist Ihre Verantwortung, Mister Starke. Vermutlich haben Sie ihm einen Extrabecher Grog versprochen, oder?"

„Aye, aye, Sir!"

„Nun, ich werde Sie nicht Lügen strafen. Er bekommt seine zusätzliche Ration, wenn er Recht behält. Aber was schlagen Sie jetzt vor, Sir? Wie sollten wir uns verhalten?"

„Weglaufen können wir der Fregatte nicht, Sir. Folglich behalten wir unsere Position in Luv hinter dem Geleit bei. Vielleicht sollten wir die Bramsegel aufgeien, die großen Arbeitssegel haben wir ja schon weggenommen." Er steckte einen Finger hinter seine weiße Halsbinde und fuhr zögernd fort: „Aber wir sollten auf alle Fälle das Schiff klar zum Gefecht machen." Er warf einen schnellen Blick nach vorne zum Stall mit dem Vieh. „Allerdings würde ich die Tiere auf den bloßen Verdacht hin nicht schlachten lassen, Sir."

„Sehr gut, Mister Starke, wenn Sie das sagen, dann werden wir das so machen", sagte Turner und nickte ganz ernsthaft.

Starke hätte wetten können, dass in den Augen seines Kapitäns kleine lustige Teufelchen tanzten. „Lassen Sie die Trommler Schiff klar zum Gefecht anschlagen, Sir! Der Bootsmann soll die Gig aussetzen und der Bootssteuerer meine beste Uniform klarlegen und seine Männer bereithalten. Kommando ausführen, Sir!"

Nach wenigen Minuten herrschte an Deck das übliche Tohuwabohu. Es dauerte länger als üblich, die Gefechtsbereitschaft herzustellen, weil die „Passagiere" auf ihre Gefechtsstationen „getragen" werden mussten. Turners Sohn war mit den Frauen ins Orlopdeck verbannt worden, weil das im Gefecht der sicherste Platz war. Lady Jane hatte giftig geguckt, musste sich aber dem Befehl des Kapitäns beugen. Sie wäre viel lieber an Deck geblieben und hätte sich liebend gern an einem möglichen Kampf beteiligt. Aber schließlich war alles bereit. Allerdings waren die 18-Pfünder auf dem Oberdeck noch nicht ausgerannt. Falls es sich doch um eine feindliche Fregatte handeln sollte, wollte der Kommandant ihr eine heiße Überraschung bereiten.

Endlich konnte man das Flaggensignal entziffern, es war in der Tat das Unterscheidungssignal der *Diamond*. Kapitän Fielding hatte höflich darauf verzichtet, das bekannte Signal „Kommandant an Bord melden!" setzen zu lassen. Die schmucke Fregatte setzte sich etwas nach Luv versetzt achteraus der *Willi* und verkürzte ihre Segel. Turner wusste, was sich gehörte. Er befehligte zwar das größere Schiff, aber der Kommandant der Fregatte war ranghöher, daher bestieg er die unter der Relingspforte liegende ganz in Rot und Weiß gehaltene Gig. Die Bootsbesatzung sah in ihren rotweiß gestreiften Hemden, den roten Seidenhalstüchern mit dem aus Goldfäden aufgestickten Hai, den kurzen schwarzen Westen mit zwei Reihen goldener Knöpfe, den schwarzweißen Mützen aus Skunkfellen und den mit Goldfäden verzierten Husarenstiefeln aus schwarzem Wildleder, in die sie ihre weißen Hosen mit dem weiten Schlag gestopft hatten, verdammt fesch aus. Das Haimotiv wiederholte sich auf den roten Blättern der Riemen. Jedenfalls würden die Seeleute auf der Diamant neidisch gaffen, zeigte doch dieser Aufwand, dass ihre Kollegen und an erster Stelle ihr Kapitän reichlich Prisengelder eingesackt haben mussten – aber das war eigentlich ohnehin auf allen Schiffen der Westindischen Station bekannt, aber wenn sie das so deutlich unter die Nase gerieben bekamen, mussten selbst alte Teerjacken schlucken, weil ihnen der Speichel vor Gier im Mund zusammenlief. Die Männer der *Willi* legten die Gig sauber unterhalb der Relingsstufen an die Bordwand der Fregatte. Turner packte die weißen Handläufe und zog sich zum Deck hinauf. Als sein Kopf Deckshöhe erreichte, begannen die Pfeifen der Bootsmannsmaaten melodiös ihr Lied zu zwitschern. Die ihm zustehende Ehrenformation war angetreten. Er grüßte den wartenden Ersten Leutnant, der sich knapp vorstellte und ihn dann in die Kabine des Kapitäns geleitete.

Kapitän Fielding begrüßte ihn freundlich. Dechamp hatte ihm gerade noch rechtzeitig vor der Abfahrt gesteckt, dass Fieldings Familie sehr gute Beziehungen zum Hof unterhielt. Wenn Turner darob auch nicht vor Ehrfurcht in der Erde versank, so wusste er doch, dass er bei so einem Mann sein manchmal freches, vorlautes Maul besser im Zaum halten sollte. Er war gespannt, was für eine Neuigkeit der Kapitän für ihn hatte.

„Schön, dass Sie sich die Zeit genommen haben und mich in meiner kleinen, kargen Behausung besuchen kommen." Klein im Verhältnis zur Achterkajüte der *Willi* mochte stimmen, aber karg war ein gewaltiges Understatement, wie Turner nach einem kurzen Blick in die Runde feststellte. Die Staatskabine war luxuriös aber nicht pompös eingerichtet. „Bitte, nehmen Sie doch Platz", Fielding deutete auf zwei bequeme Sessel, zwischen denen ein kleines Tischchen stand. Turner erkannte sofort den dicken braunen versiegelten Umschlag, der auf der Tischplatte lag. „Die Sonne steht zwar noch nicht unter der Rahnock, aber ich denke, dass wir uns trotzdem ein Gläschen genehmigen dürfen. Rotwein, Weißwein, Sherry, Madeira oder einen Port, Mister Turner?"

„Ich überlasse die Auswahl Ihnen, Sir", entgegnete Turner bescheiden.

Kapitän Fielding lächelte ihn an. „Sie wollen wohl meine Weinkennerschaft prüfen, Commander. Wenn ich Ihnen einen sauren korkenden Miesling anbiete, lacht anschließend die ganze Flotte über den vertrottelten Fielding. Oh je, da werde ich mir Mühe geben müssen."

„Sir, wer in einer so geschmackssicher ausgestatteten Umgebung lebt, der kann keinen schlechten Wein im Keller haben."

„Sie erstaunen mich, Sir, ich hätte einem Wild Bull Turner so eine diplomatische Antwort gar nicht zugetraut."

„Alles hat seine Zeit, Sir."

„Weise, sehr weise gesprochen, junger Mann."

Fielding runzelte die Stirn und fuhr dann ernsthaft fort: „Das bringt uns zum Zweck unseres Rendezvous, Sir. Aber first things first." Er läutete mit einer Glocke. Umgehend stand ein Steward in einem tadellosen weißen Jackett im Raum. „Panther, bring uns eine Flasche von dem Chablis aus Les Clos."

„Aye, aye, Sir."

Fielding, der den erstaunten Blick Turners wohl bemerkt hatte, grinste und meinte erklärend: „Mein Steward wurde auf dem Linienschiff der Vierten Klasse Panther – 50 Kanonen – gezeugt, daher sein Name. Er ist also in der Tat ein echter son of the gun*! So, nun aber zum Geschäft, Sir." Er klopfte mit der flachen Hand auf den braunen Umschlag. „Hier steht alles genau drin, aber ich denke, Sie können Ihre Befehle in Ruhe bei sich an Bord studieren. Es dürfte erst mal reichen, wenn ich Sie kurz ins Bild setze. Ich werde Sie von Ihrem langweiligen Job erlösen und das Geleit nach

---

* Diese Bezeichnung hat ihren Ursprung in der Tatsache, dass der Geschlechtsverkehr auf den Geschützdecks meist zwischen den Stücken vollzogen wurde. Dadurch hatte das Paar wenigstens ein Minimum an Intimität.

England bringen. Der Admiral schickt mich deshalb weg, weil ich einfach wegen meiner Ausfälle derart unterbesetzt bin, dass ich im Ernstfall entweder die Segel bedienen lassen oder kämpfen kann. Der Herr sei mir gnädig und schicke den Froschfressern einen guten langen Schlaf." Er unterbrach sich, denn Panther servierte den Wein. William hob prüfend das Glas in die Höhe, der Inhalt des Glases leuchtete intensiv grüngolden. Er schnüffelte neugierig, konzentrierte Aromen exotischer Früchte und eine dezente Holznote stiegen in seine Nase, aber die Zitrusfrüchte und die Vanille waren vorherrschend. Das schien ein wahrhaft guter Tropfen zu sein, den Namen musste er sich merken. Fielding hob sein Glas: „Auf Ihren Erfolg, Sir!"

„Auf Ihre glückliche Heimkehr, Sir!"

„Ich werde eine Menge Glück brauchen – Sie übrigens auch, mein Bester!"

„Hat man Massel*, dann kalbt auch der Ochse! Aber was haben sich die hohen Herren für mich ausgedacht?" Als er sah, dass Fielding etwas irritiert guckte, erläuterte kurz: „Ich habe einen jüdischen Passagier, Sir. In ihrer Sprache bedeutet Massel so viel wie Glück."

„Ah, ich verstehe. Auf Sie wartet ein kleiner Spaziergang hinüber an die amerikanische Küste. Dort gibt es an der nördlichen Grenze der Carolinas einen kleinen Sund, den die amerikanischen Piraten als Stützpunkt nutzen. Ein schneller chasse-marée soll auch dabei sein und die Flagge der Frogs hochhalten..." Als er sah, dass

---

* Massel (Jiddisch) = Glück

Turner grimmig das Gesicht verzog, unterbrach er sich, blickte ihn forschend, um dann zu fragen: „Kennen Sie das Schiff, Commander?"

„Aye, Sir. Es handelt sich höchstwahrscheinlich um die *Goélette* aus L'Orient. Wir hatten vor einiger Zeit bei St. Lucia flüchtig das Vergnügen, Sir." Flüchtig war genau das richtige Wort, dachte Turner, zum Glück wird Fielding den Witz nicht verstehen. „Der Wein ist übrigens ausgezeichnet, Sir. Ich habe selten so einen exzellenten Weißwein verkostet. Dabei war mein französischer Vorgänger im Kommando so freundlich, mir ein reichhaltig sortiertes Weinlager mit ausgesuchten Tropfen zu hinterlassen."

„Sehr freundlich von Ihnen, den Chablis so zu loben, Sir, dabei ist er mindestens 2 bis 3 Grad zu warm. Leider konnte Panther ihn in der Kürze der Zeit nicht weiter runterkühlen." Fielding schob die Unterlippe schmollend vor, nahm die Flasche und schenkte Turner nach. „Der Admiral und gewisse Kreise, die es vorziehen, stets im Dunklen zu wirken, sind der Meinung, dass Ihr Schiff eindeutig von Bauart und Segelschnitt französisch aussieht. Außerdem haben Sie die Erkennungs- und das Signalbuch mit den Flaggensignalen des Gegners an Bord. Man erwartet daher, dass Sie kurzes Federlesen machen. Die Einfahrt zum Sund ist zwar durch eine Batterie gesichert, aber unseren Informationen nach sollten sie die problemlos wegpusten können. Wie man hört, sollen Sie ja für einen Transporter außerordentlich schwer bewaffnet sein. Übrigens war das ein kluger Schachzug von

Ihnen, die schweren Stücke auf dem Oberdeck nicht auszurennen und einem potentiellen Gegner nur die paar Erbsenschleudern auf dem Achterdeck und der Back offen zu zeigen. Das war ziemlich gerissen, Sir. Also wie gesagt, es läuft alles auf eine hit-and-run-mission hinaus. Die Post, die Sie an Bord haben, übernehmen wir. Wollen Sie vielleicht Ihre Passagiere abgeben?" Als er sah, dass Turner energisch den Kopf schüttelte, fuhr er fort: „Sobald Sie das Rattennest ausgeräuchert haben, können Sie Ihren Weg nach England fortsetzen, Sir." Er zögerte, dann schlug er sich mit der flachen Hand vor die Stirn: „Verdammt, ich werde wohl alt. Ich habe für Sie noch rund zwanzig Seeleute an Bord. Französische Matelots, die auf der *Ville de Rouen* gedient haben. So, wie ich das verstanden habe, handelt es sich um Südfranzosen, sie nennen sich Occidanier, die anscheinend mit den übrigen Franzosen und ganz besonders mit den Bretonen und Normannen nichts am Hut haben, wie man so zu sagen pflegt. Ihr Sprecher, der ehemalige Steward des Kapitäns, hat über den Kommandanten des Gefangenenlagers den Admiral bestürmt, sie auf ihr altes Schiff bringen zu lassen. Sie würden den Eid auf König George vorbehaltlos leisten und tapfer kämpfen. ‚Alles wäre besser als mit diesen ignoranten großkotzigen...'", der Kapitän verzog ob dieses Ausdrucks der Gosse leicht angewidert das Gesicht, „ja, das war wohl der Ausdruck ... großkotzigen Nordfranzosen auf engsten Raum untätig zusammenleben zu müssen. An Bord der *Rouen* wäre es noch erträglich gewesen, weil die Matrosen aus dem

Languedoc, der Provençe und Aquitanien zusammen auf den Vormast gearbeitet hätten. Im Wohndeck hätten sie in separaten Messen und Hängemattenbereichen einen gewissen Abstand zu den anderen halten können. Mein Erster Leutnant hätte sie am liebsten bei uns in den Dienst gepresst, denn es scheinen ausgezeichnete Seeleute zu sein. Wie er mir ziemlich kleinlaut berichtete, hat er aber davon Abstand genommen. Als er ihnen den Vorschlag machte, haben sie ihn mit ihren schwarzen Kohleaugen angefunkelt, dass ihm Angst und Bange wurde – und der Mann ist wahrhaftig keiner, der sich schnell einschüchtern lässt. Dieser Steward hatte ihn mit einer Leichenbittermiene angestarrt und drohend gezischt: ‚Wir 'aben grande – comment on dit en anglais – äääh, Verlangen zu segeln avec le Capitaine Türner, et seulement avec lui, compris!‘ Es muss wirklich beeindruckend gewesen sein.

Nun denn, Mister Turner, es muss geschieden werden. Vielleicht holen Sie uns vor den Western Approaches wieder ein und können mich mit ihrem Schlachtschiff unterstützen. Das wäre mir sehr lieb, junger Mann, in der Tat sehr lieb. Nun noch ein letztes Glas, dann müssen sich unsere Wege vorerst trennen. Wir haben keine verdammte Sekunde zu verlieren…"

Gedankenschwer trank William sein Glas aus, irgendwie schmeckte ihm der Wein jetzt sauer. Vielleicht war das Unternehmen ja wirklich ein Kinderspiel. Dagegen sprach, dass er bis jetzt noch nie von „oben" einen leichten Auftrag bekommen hatte. Er witterte förmlich Unrat! Bestimmt hatte die Sache einen gewaltigen Pferdefuß. Nun, er würde drüben bei sich an Bord die Befehle in aller Ruhe sehr genau studieren und dann versuchen, das Beste daraus zu machen. Das einzig gute war, dass er von diesem nervtötenden Konvoidienst befreit war. In dieser Hinsicht beneidete er Kapitän Fielding nicht. Übrigens ein ausgesprochen netter Herr, dieser Fielding. Möglicherweise holte er das Geleit ja wirklich noch vor dem Kanal ein. Falls Fieldings Familie wirklich so gute Verbindungen hatte wie Dechamp angedeutet hatte, konnte es nicht schaden, sie auf seiner Seite zu wissen. Feinde hatte er wahrlich schon genug. ‚Viel Feind, viel Ehr!' Wer mochte sich diesen Quatsch ausgedacht haben? Ganz gewiss so ein Sesselpuper fern ab vom Schuss! Er für sein Teil zog es jedenfalls vor, möglichst in der Überzahl zu sein und über das schwerere Geschoßgewicht der Breitseite zu verfügen.

Als Turner wieder an Deck kam, sah er, dass die Fregatte sich etwas vor die *Willi* gesetzt hatte, was ihm den Rückweg erleichtern würde. Ein Boot der *Diamond* begleitete sie, um die Franzosen überzusetzen, sowie die Post und die Depeschen abzuholen.

Kaum dass Turner sein Achterdeck erreichte, brüllte er seine Befehle: „Gefechtsbereitschaft beenden! Klar zum Setzen aller Segel! Los! Los! Wir wollen diesen Fregattenheinis mal zeigen, wie ein schneidiges Schiff manövriert wird. Segelmeister zu mir! Mister Dechamp, setzen Sie die Neuankömmlinge sofort am Fockmast ein! Sie kennen sich aus. Vereidigt werden sie, sobald wir auf Kurs sind! Vite, vite, wie unsere occidanischen Freunde zu sagen pflegen.*"

---

* Hier irrt William Turner. In den südlichen Provinzen wurde Occidanisch, die Sprache der Troubadoure, gesprochen. Von der Zentralregierung in Paris wurde der Gebrauch von Occidanisch verboten und strafrechtlich verfolgt. Occidanisch ist kein Dialekt (wie z.B. das Bayerische) sondern eine eigenständige Sprache.

Kapitel 2

Kapitän Fielding blickte ein bisschen neidisch dem bewaffneten Transporter nach, der unter dem Press aller Segel Lage schob und sich unbeirrbar wie ein Leviathan durch die Wellen bohrte, aber keineswegs den Eindruck eines alten, abbruchreifen Eimers bot. Eine hohe weiße Welle strudelte schäumend unter seinem breiten Heck hervor. „Ein schneidiger Kerl dieser Commander, äh…, Turnbull oder so ähnlich." Er überlegte mit schief gelegtem Kopf. „Wie war doch noch der korrekte Name gewesen? Richtig, Turner hieß der Mann. Den Namen sollte man sich merken. Ich hatte ja schon eine Menge Klatsch über ihn gehört, aber der persönliche Eindruck ist doch immer der entscheidende. Er hat sein Schiff tadellos im Griff, obwohl es auch unterbemannt sein dürfte und dazu noch eine ganze Reihe Kranker und Invaliden an Bord hat. Da haben unsere weisen Oberen mal keinen Fehler gemacht, dass sie ihm ein beinahe Schlachtschiff anvertraut haben. Nun ja, vermutlich hat er einen guten Kontakt zu einflussreichen Kreisen. Wie ich hörte ist sein First Luff der junge Dechamp, das sagt schon viel aus – kommt aus einem erstklassigen Stall, der Mann, uralter Adel! Na, und wenn die Gerüchte mit dem Geheimdienst stimmen, möchte ich Turner nicht im Weg stehen, sondern ihn lieber unterstützen, wenn er etwas durchsetzen will. Außerdem versteht er etwas von Weinen und scheint auch sonst einen guten Geschmack zu haben. Er hat die Einrichtung meiner Kabine wie ein professioneller Einbrecher gemustert und ist offensichtlich zu dem Schluss gekommen, dass es sich lohnen würde, sie auszuräumen. Erstaunlich, denn wie man sich hinter der Hand zuraunt, soll er aus äußerst ärmlichen Verhältnissen stammen.

Jedenfalls wird er, so wie ich ihn einschätze, nicht so dumm sein und das Gewäsch unseres Fathers* auf Antigua von einem Spaziergang für bare Münze nehmen. Es sind zwar verfluchte Hochverräter, diese Yankees, aber sie können verdammt hartnäckig, tapfer und brutal kämpfen, wenn man ihnen auf die großen Plattfüße tritt. Schließlich sind die meisten unsere Cousins und auch die eingewanderten Deutschen wissen ihre Waffen zu gebrauchen. Er seufzte tief auf. Aber mich selbst bedaure ich auch ausgiebig. Ich hasse diesen Konvoidienst. Diese Frachterkapitäne sind eine Pest. Geht alles glatt, schreiben sie es ihrer göttergleichen Seemannschaft sowie den ausgezeichneten Segeleigenschaften ihres leckenden Klütenewers zu, allenfalls noch der gütigen Allmacht des lieben Gottes. Landen wir dagegen in der Kloake, dann darf ich sie mit Zähnen und Klauen verteidigen – und das mit einem Schiff, dass nur

---

* In der Royal Navy gebräuchlicher Spitzname für den kommandieren Admiral

noch knapp die Hälfte seiner regulären Besatzung hat. Da gibt es dann zwei Möglichkeiten. Die eine ist, dass ich mein Schiff und meine Männer in einem aussichtslosen Gefecht aufopfere, damit die Pfeffersäcke ihren Allerwertesten retten können, oder aber mir gelingt es tatsächlich, den Angreifer zu verjagen, dann hagelt es Beschwerdebriefe an die Admiralität, weil der eine oder andere Eimer ein paar Beschädigungen davongetragen hat oder im schlimmsten Fall einige sogar geentert und nach Frankreich gebracht wurden. Dann habe ich den schwarzen Peter. Ich sehe die dummerhaftigen Schriftsätze bildlich vor mir: ‚Der Kommandant der Fregatte verhielt sich zögerlich und hat es versäumt, energisch seine Pflicht zu tun. Er schien mehr an der Unversehrtheit seines Schiffes interessiert zu sein, als an... bla, bla, bla!'" Fielding knirschte mit den Zähnen, verscheuchte dann aber die schwarzen Gedanken, straffte sich und murmelte vor sich hin: „Dann wollen wir mal unseren Schäfchen gehörig den Marsch blasen, damit sie wissen, wer hier das Sagen hat!" Laut fuhr er fort: „Middie, wenn der Erste Leutnant es ermöglichen könnte, wäre ich ihm sehr verbunden, wenn er mir hier auf dem Achterdeck ein paar Minuten Gesellschaft leisten würde!"

*

Auf der *Willi* schob Turner die Befehle zusammen, die er intensiv studiert hatte. Auf dem Papier schien der Einsatz tatsächlich höchst einfach zu sein. Jeder halbwegs aufgeweckte Middie konnte ihn im Halbschlaf befehligen, falls die Bedingungen so waren, wie sie auf dem Papier geschildert wurden. Wie hatte Kapitän Fielding richtig gesagt: „Mit der Tide einlaufen, beim Passieren die Batterie mit ein paar Breitseiten ausschalten, Anker werfen, die Freibeuter aus allen Rohren beschießen, die Boote aussetzen und alles verbrennen oder sprengen, was noch schwimmt. Anker auf und dann Valet!" Wenn da bloß dieses ungute flaue Gefühl in der Magengrube nicht gewesen wäre. Wer hatte die Informationen besorgt? War dafür dieses Ekelpaket Saul Hinkie* von der Hermes Furtrading Company in New York verantwortlich? Dann war größte Vorsicht geboten, dem Kerl traute er nicht über den Weg. Seiner Meinung nach war der Mann dumm, arrogant und mit seiner Aufgabe heillos überfordert. William stand auf und suchte die entsprechend Karte der Ostküste Amerikas heraus. Beaufort, der Schlupfwinkel der Freibeuter lag westlich von Cape Outlook. Er grinste bitter in sich hinein. Es war ein Hintertreppenwitz der Geschichte, denn hatte sein letzter Auftrag, der ihn an die Ostküste südlich von Kap Hatteras geführt hatte, nicht

---

* Siehe Turners Abenteuer Band 3 „Harte Männer"

gelautet, nach der Eroberung von Savannah die Zufahrt nach Charleston und die seiner Häfen in der Umgebung aufzuklären? Und war der Landungsversuch der Briten bei Beaufort nicht schmählich gescheitert – möglicherweise durch seine Schuld. Falls das bei der Kriegsgerichtsverhandlung problematisiert wurde, saß sein Kopf verdammt locker. Ausgerechnet an der Mündung des Fahrwassers von Beaufort lag das Rattennest. Er wettete einen verrosteten Farthing gegen eine Jahresheuer, dass die Yankees nach der gescheiterten Invasion die Zufahrt besser gesichert hatten, als es noch in seinen Befehlen geschrieben stand. Der Platz war sehr gut gewählt, lag er doch günstig, um den gesamten Handelsverkehr zwischen New York, Halifax und den Westindischen Inseln zu kontrollieren. Sogar die Routen der Segler, die auf der üblichen Südroute von Europa an die Häfen der Ostküste wollten, führten dort vorbei. Er nahm sein navigatorisches Handwerkzeug und machte sich Notizen. Wenn nichts Unerwartetes dazwischen kam, dann sollten sie mit einem NW-lichen Kurs zwischen zehn und vierzehn Tagen benötigen, um vor der Höhle des Löwen zu stehen. Anschließend blätterte er in den Aufzeichnungen, die sich die diversen Kapitäne gemacht hatten, deren Schiffe sie geentert hatten. Aber außer dem Hinweis, dass es am Kap Hatteras häufig stürmte – und das war eine Binsenweisheit – konnte er nichts finden, was ihm weitergeholfen hätte. Keiner der Skipper schien je Beaufort angelaufen zu haben. Nun, vielleicht konnte er noch von dem schier unerschöpflichen Erfahrungsschatz des Masters profitieren. Es wurde Zeit, Master George Lennon und Leutnant Dechamp in die bevorstehende Mission einzuweihen. Er seufzte. Lady Jane würde ihm ohnehin heute Abend alles Wissenswerte entlocken – ob er wollte oder nicht. In ihren Armen wurde er leider immer wieder schwach, das war ein Fehler, den er abstellen musste, denn von seiner Verschwiegenheit hing oftmals sein Leben und das seiner Männer ab. Vielleicht wäre es doch klüger gewesen, Lady Jane, seinen Sohn und die anderen Frauen auf die *Diamond* zu bringen. Allerdings hätte er zu diesem Behufe Jane vermutlich in Eisen legen lassen müssen – oder Bootsmann „Horseshoe" Baxter hätte sich ihrer mit seinen Bärenkräften annehmen müssen... Unwillkürlich musste William schmunzeln, denn er konnte sich lebhaft ausmalen, wie sich ein zerkratzter, mit diversen Beulen und tiefen Schrunden gesegneter Bootsmann sich bei ihm hinterher für diesen ehrenvollen Auftrag bedankt hätte. Nein, nein, es war schon besser, dass seine Familie sich an Bord befand.

Die nächsten Tage vergingen wie im Flug. Die Geschützbesatzungen wurden gnadenlos gedrillt. Ihr Schweiß floss in Strömen. Die 18-Pfünder waren sehr viel schwerer und mit ihren Lafetten auch sehr viel umständlicher zu bedienen als die 18-Pfünderkarronaden der *Shark.* So manch tiefschwarzer Fluch wurde in Richtung des Achterdecks geschleudert, natürlich nur halblaut, damit kein Bootsmannsmaat oder Midshipman ihn mitbekam. Die Geschützbedienungen der *Shark* trauerten ihren viel einfacher zu ladenden und zu richtenden Karronaden nach.

Parallel dazu brachten die wenigen Offiziere und Sergeanten ihre Soldaten auf Vordermann. Turner hatte das bunte Gemisch aus Angehörigen verschiedener Regimenter in die bevorstehende Aufgabe mit einbezogen. Er hatte nicht einsehen wollen, dass er die Masse der inzwischen fast wieder völlig genesen und zu Kräften gekommenen Infanteristen als Zuschauer behandeln sollte. Falls er sie nicht brauchte, umso besser, falls aber Not am Mann war, dann sollten die erfahrenen Infanteristen darauf vorbereitet sein und ihren Teil dazu beitragen, den Feind zu schlagen. Turner war erstaunt zu beobachten, wie die Einbeziehung der Veteranen deren Verhalten und Genesung beeinflusste. Plötzlich hatten diese Männer nicht mehr das Gefühl, als altes Eisen ausgemustert, trotz ihrer Verdienste für den König und das Vaterland mit ein paar Shillinge abgeschoben zu werden. Sollten sie doch sehen, wie sie mit ihren körperlichen Gebrechen klar kamen. In den Straßen von London war immer noch Platz für einige zusätzliche Bettler. Nein, sie spürten, der Kapitän verließ sich auf sie, wusste ihre Kampferfahrung zu schätzen, sorgte wie ein Vater für sie. Selten hatten sie so eine reichhaltige und abwechslungsreiche Kost vorgesetzt bekommen. In Erwartung des kommenden Gefechts ließ der Kapitän nacheinander das gesamte lebende Vieh schlachten und was Tom, Horace sowie Morlet nicht in Wein oder durch Kochen konservieren konnten, kam auf die ungewöhnlich reich gedeckten Backen der Schiffsmannschaft. Allerdings wunderte sich William am Morgen des Landfalls darüber, dass Tom Lady Jane und ihm immer noch frische Eier zum Frühstück servieren konnte. Das Filou musste es irgendwie geschafft haben, ein paar der Hennen irgendwo zu verstecken.

Commander Turner erschien häufig an Deck, wenn die Veteranen exerzierten und sprach mit dem einen oder anderen. Zusammen mit einem altgedienten Sergeant befragte er die Männer nach ihren speziellen Fähigkeiten. So wurden auf seinen Befehl hin ohne Rücksicht auf die Regimentszugehörigkeit Abteilungen gebildet, in denen Scharfschützen, Grenadiere*, Sprengstoffspezialisten und Nahkampfexperten zusammengefasst wurden. Den darob zuerst verstimmten Lieutenants und Captains der Leichten Infanterieregimenter wurde aber die Zweckmäßigkeit dieses Schachzugs bald klar, spätestens als ihnen Turner bei dem einen oder anderen Glas Portwein – unter uns gesagt, es waren erheblich mehr – erläuterte, dass der vor ihnen liegende Einsatz vermutlich kein Spaziergang werden würde. Ernst hatte er leise, aber jedes Wort betonend gesagt: „Kein Spaziergang, Sirs, sondern hartes Kriegshandwerk! Wir werden jeden Mann brauchen, der schießen kann, egal ob er hinkt oder sich die Seele aus dem Leib hustet. Ob es uns

---

* Grenadiere mussten körperlich recht kräftige Männer sein, um die kugelförmigen mit Sprengstoff gefüllten Eisenkugeln mit der zischenden Lunte fort vom eigenen Schiff in den Bereich des Gegners werfen zu können.

passt oder nicht, hier stimmt der alte Spruch unseres Metiers wieder, meine Herren: ‚Death or Glory!' Was mein Teil angeht, so bin ich dafür, dass die Aufständischen den Part der Toten übernehmen und wir die Ehre einheimsen! Darauf wollen wir trinken, Gentlemen!"

Brausender Beifall antwortete ihm…

*

Von See her zogen dünne feuchte Nebelschwaden tief über das Beaufort-Inlet zwischen Goat Island und Shaklefort Island. Oben auf der Plattform der fast vollendeten steinernen Bastion stand Colonel Brownwood und blickte durch ein zur Gänze ausgezogenes Teleskop hinüber zu dem auf dem grauen wallenden Brodem tanzenden Geisterschiff, das wie auf einer Wolke schwebend, unnatürlich schnell heranzufliegen schien. Der Rumpf war nicht auszumachen, nur die grauen geblähten Segel glänzten windsatt matt im Sonnenlicht der mittäglichen Frühlingssonne. Die Szenerie hatte etwas Gespenstisches, Unwirkliches an sich. Der Oberst war einer dieser nüchternen, recht phantasielosen, kühl berechnenden Bewohner der nördlichen Kolonien, aber er konnte nicht verhindern, dass ihm unwillkürlich ein eisiger Schauer den Rücken hinablief. Er fröstelte und zog seinen Uniformmantel dichter vor der Brust zusammen. Erinnerungen aus fernen Kindertagen in den

Alleghenies schossen ihm durch den Sinn, an Geschichten, die an stürmischen, dunklen Winterabenden am qualmenden Kaminfeuer nach reichlichem Genuss von selbstgebrannten Whiskey von den Männern mit harten, braunen Gesichtern, kalten Augen, verfilzten, dicken Bärten und rauen Stimmen erzählt worden waren. In ihnen war auch von dem in alle Ewigkeit verdammten fliegenden Holländer die Rede gewesen war. War damit nicht ein Verderben bringender Fluch verbunden gewesen? Seine Nackenhaare sträubten sich. Wer das Geisterschiff sah, war des Todes? Er schluckte heftig, dann schüttelte er ärgerlich den Kopf. *„Kinderkram!"*, dachte er unwirsch. Ungeduldig setzte Brownwood das Fernrohr ab, stampfte mit schweren Schritten hinüber zum hinteren Rand der Bastion und blickte schlecht gelaunt über die Zinnen zum Anleger hinunter, auf dem fröstelnd zwei Posten mit hochgeschlagenem Mantelkragen standen. Der eine hatte die Muskete umgehängt und aus seinen Händen einen Trichter geformt. Er stieß ein lautstarkes, lang anhaltendes „Jiiiiiiipiiiijiiipiiiijeeeeee!" aus. Aus dem Nebel erklang dumpf eine ebenso unverständliche Antwort. Dann tauchte ein Kutter aus der grauen Brühe auf, der von zehn Mann gerudert wurde und schnurstracks auf den Anleger zuhielt. Sofort nachdem das Boot festgemacht hatte, sprang ein kleiner drahtiger Mann hinaus, passierte die Palisade und eilte auf die behelfsmäßig aus Bohlen gefertigte Eingangstür des Turmes zu. Er trug keine Uniform, sondern einen schlichten blauen Rock mit goldenen Knöpfen,

weiße Kniebundhosen, eine Perücke und einen kleinen
Dreispitz. Die hohen ledernen Seestiefel wollten nicht
so recht zu seiner übrigen Kleidung passen. Oberst
Brownwood hört ihn schnaufend die Treppenstufen
empor keuchen. „Von körperlicher Ertüchtigung hält
man als Kapitän auf einem französischen Freibeuter
offensichtlich nicht viel! Die Froschschenkelchen sind
im Lauf der Zeit wohl etwas verkümmert, mein Lieber",
dachte er bei sich. Laut grunzte er ungehalten, als der
Ankömmling schwer atmend vor ihm stand: „Wird auch
verdammt noch mal Zeit, Capitaine. Schauen Sie mal da
rüber, da hält ein großes Schiff auf die Einfahrt zu. Ein
Brite dürfte es kaum sein, denn für eine Invasion würde
dieses eine, wenn auch recht große Schiff wohl kaum
ausreichen, denn es könnte keinesfalls die dafür benö-
tigte Anzahl Infanteristen befördern. Daher möchte ich
Sie als Fachmann bitten, ein scharfes Auge darauf zu
werfen, ob es sich um eines Ihrer Schlachtschiffe handelt."

„Es ist mir eine Vergnügen, mon cher Colonel", erwiderte der kleine Franzose, dessen Atem sich inzwischen
wieder beruhigt hatte. Gebieterisch streckte er die Hand
aus, offensichtlich verlangte er nach einem Fernglas. Es
war eine Geste, die ihm als Kapitän in Fleisch und Blut
übergegangen war, aber Brownwood dachte nicht daran, ihm das seine zu überlassen, geschweige denn, es
ihm persönlich zu reichen. Sein Adjutant sprang vor
und hielt Kapitän Rongeur von der *Goélette* sein Fernrohr hin. Der Seemann stütze seine Ellenbogen auf ei-

ner Zinne ab und blickte konzentriert auf das sich mit der Flut und halbem Wind schnell nähernde Schiff. Mit einem lauten Klacken schob er das Fernrohr zusammen, richtete sich auf und blickte nachdenklich vor sich hin.

„Was ist nun, Mister Ronschör?", herrschte ihn der große, massige Oberst ungeduldig an. Der Freibeuter warf ihm einen giftigen Blick zu. Wenn es etwas gab, was er an den Yankees sehr zu schätzten gelernt hatte, dann war es ihre übertriebene Höflichkeit und die geradezu peinliche Beachtung der Etikette. Ohne eine Miene zu verziehen, rieb er sich ausdauernd seine dicke Nase. Schließlich, Brownwoods Gesicht hatte inzwischen schon die Farbe von sehr altem Burgunder angenommen, ließ er sich herab, langsam die Perlen seiner Erkenntnisse in den Kober des ungehobelten Borstenviehs fallen zu lassen. „Oui, mon cher Colonel, c'est ne pas un vaisseau anglais…" Weiter kam er nicht, denn Brownwood brüllte wie ein gereizter Stier los: „Sprechen Sie Englisch mit mir, Sie, Sie, Sie… lausiger Froschfresser! Wir befinden uns in Amerika und hier wird Englisch gesprochen, verdammt noch mal."

„Warum Sie wollen sisch dann von England loslösen, mon Colonel? In die zivilisierten Gegenden von diese Welt verstehen und sprechen Gentlemen Ihren Ranges ganz selbstverständlisch Französisch – selbst in Rüssland." Rongeur funkelte den Amerikaner giftig an. Wer war er denn? Jedenfalls kein fermier bon à rien, was bildete sich dieser plouc sans bonnes manières* überhaupt ein? Was hieß es schon, Oberst einer dieser Freizeitmilizen zu sein, das konnte hierzulande offensichtlich jeder hergelaufene Kuhtreiber werden, Er, Capitaine Rongeur, ehrenwerter Kommandant des guten Freibeuters *Goélette*, konnte dagegen einen Kaperbrief Seiner Majestät des Königs von Frankreich vorweisen. Pah! Er spuckte im hohen Bogen über die Mauerkrone aus.

Brownwood war dicht davor, einem Herzanfall zum Opfer zu fallen. Er wandte sich ab, langsam, ganz langsam zog er ein großes Taschentuch aus seinem Uniformrock, entfaltete es umständlich, nahm seinen Hut ab und wischte sich den Schweiß von der Stirn. Dann machte er seinem Adjutanten ein Zeichen und trat etwa fünf Schritte zur Seite. Die wachhabenden Milizionäre, die sich um einen der vier 12-Pfündern geschart hatten und aus den Augenwinkeln heraus den Zusammenprall der Kulturen beobachtet hatten, blickten sich vielsagend an und gaben sich völlig unbeteiligt. Jetzt bloß nicht die Aufmerksamkeit des Obersten auf sich ziehen, hieß die Devise.

Der Adjutant salutierte vor dem Franzosen, der den Gruß lässig erwiderte und geringschätzig meinte: „Ist der große 'err eine wenisch – wie sagt man – eingeschnappt? Quel malheur! Je suis absolument désolé**.“

* Tollpatschiger Bauer / Hinterwäldler ohne gute Manieren. Das Verhältnis zwischen den Amerikanern und den mit ihnen verbündeten Franzosen war tatsächlich selten herzlich, sondern meist äußerst angespannt, um nicht zu sagen ausgesprochen schlecht. Und das zog sich bis in die höchsten Kommandoebenen hinauf, was zu vermeidbaren Fehlschlägen führte.

** Wie schade! Ich bin untröstlich

Sein Gesichtsausdruck strafte seine Worte Lügen. Aber der Leutnant hatte bessere Nerven als sein Vorgesetzter, er ließ sich nicht provozieren und wartete schweigend mit unbewegter Miene ab. Schließlich fuhr Rongeur fort:

„Es 'andelt sisch ganz zweifellos um eine französische Schiffe. Allerdings isch bin un peut verwündert, dass es alleine segelt. Ein Erklärung wäre, dass die Flott' aus Brest ausgebrochen ist, aber auf die Atlantik von eine tempête très forte zerstreut wurde. Wenn es so ist, dann könnte ünsere ami da draußen, 'ier vielleischt seine Landfall machen, um Frischwasser aufzunehmen, bevor er zu die verabredete Sammelpünkt weitersegelt. Peut-être, mon Lieutenant, peut-être. Andererseits, meine liebe Lieutenant isch 'abe ge'ört von eine Transporter von ünsere glorreische Marine, den les anglais im Süden sollen gekapert 'aben. Quelle blâmage! Das könnte sein auch eine Möglischkeit! Peut-être! Peut-être! Vielleicht es wäre trés klüg, Alarm zu geben, mon cher ami, n'est-ce pas?"

„Das Schiff nimmt Segel weg!", rief einer der Posten. Tatsächlich verschwanden die Bramsegel und das Besanmarsegel. Auch zwei der Vorsegel rutschten an ihren Stagen herunter auf den Klüverbaum. Jetzt war auch der obere Teil des Rumpfes sichtbar. Ein Flaggensignal stieg an einer Steuerbordrahnock empor und wehte im leichten südwestlichen Wind aus.

„Können Sie das Signal entziffern?", erkundigte sich der Adjutant bei dem Freibeuterkapitän. Der blickte konzentriert durch das Glas, zuckte dann zusammen, murmelte einen unverständlichen französischen Fluch und befahl scharf: „Vite! Vite! Klar Schiff zum Gefecht, Monsieur! Diese Erkennungssignal ge'ört zu eine andere Schiff, das isch gut kenne. Cette vaisseau ist eine ennemie!"

Der Leutnant fackelte nicht lange, kümmerte sich nicht um seinen Obersten, sondern brüllte aus voller Kehle: „Alarm! Alarm! Alle Mann auf Gefechtsstation! Die Balkensperre durchsetzen!"

Aus der Baracke am Fuß des Turms, stürmten kurz darauf die Milizionäre. Einige knöpften sich im Laufen noch ihre Uniformröcke zu oder drückten ihre Hüte fester auf den Kopf. Auf dem kleinen Innenhof nahm ein Trompeter Aufstellung und blies das schrille, alles durchdringende Alarmsignal. Die Geschützbedienungen kamen die Treppe hinaufgepoltert und auch aus dem Zwischenstockwerk war lautes Klappern, Knarren und Poltern zu hören. Die meisten Soldaten unten kletterten auf den Wehrgang an der Innenseite der Palisade, wo sie ihre Musketen kontrollierten und anschließend gespannt durch die Schießscharten starrten. Ein Dutzend Männer lief zu einer großen Winde am Strand hinunter, die auf einem massiv gemauerten Steinfundament aufgestellt war. Die Balkensperre bestand aus dicken Baumstämmen, die mit schweren eisernen Ketten miteinander verbunden waren. An der letzten landseitigen Kette war eine starke Leine eingespleißt, die zu der Winsch führte. Die Soldaten verteilten sich an den links und rechts angebrachten Kurbeln und begannen die Leine einzuholen, was zuerst recht leicht ging. Aber als sich dann nach und nach das ganze Gewicht der Balken bemerkbar machte, mussten sie schon ihren ganzen Rücken hineinlegen, um die Sperre gegen den Strom dicht zu holen. Sie schwitzten und stöhnten, aber schließlich tauchte die Kette aus dem Wasser auf. Sie war mit Mud bedeckt, der nach totem Fisch und Algen roch. Eine mühevolle Umdrehung nach der anderen brachte schließlich die losen Glieder der Kette, die gut drei Fuß vor dem Spleiß hingen, bis fast vor das Fundament. Acht Männer wuchteten das schwere Ende hoch und zwei weitere hängten das letzte Glied in einen blank gescheuerten Haken ein und sicherten es. Alle stöhnten nach dieser Anstrengung erleichtert auf. Sorgfältig wurde die Hilfsleine klar zum Laufen aufgeschossen, um später die Sperre wieder kontrolliert öffnen zu können. Man hatte sie am heutigen Morgen teilweise aufgefiert, um den örtlichen Fischerbooten das Auslaufen zu ermöglichen. Über den Köpfen der Männer erklang im und oben auf dem Turm lautes Rumpeln. Sie verschwendeten darauf keinen Blick, denn sie wussten, dass dort im ersten Stock die drei 18-Pfünder und oben auf der Plattform die 12-Pfünder ausgerannt wurden. Eigentlich waren 24-Pfünder vorgesehen gewesen, aber weil die Kolonien zu jener Zeit nur über völlig unzureichende Kapazitäten im Bereich des Geschützgießens verfügten, musste man nehmen, was die Franzosen lie-

ferten und was die Regierung bei der Verteilung für so
einen unbedeutenden Hafen wie Beaufort für angemessen hielt.

Colonel Brownwood fühlte sich nicht besonders
wohl in seiner Haut. Falls es sich bei dem gegnerischen
Schiff – wenn es denn tatsächlich ein Brite war – um ein
voll ausgerüstete Linienschiff handelte, dann würde sein
schöner neuer Geschützturm in kürzester Zeit in handliches Baumaterial für die Fischer der Umgebung zerlegt
werden. Auf so etwas waren die Kerle ganz scharf, denn
ihre Häuser waren zum größten Teil aus Holz – auch
Treibholz – erbaut worden. Steine mussten gegen gutes
Geld von weither herangeschafft werden. Und welcher
Fischer verfügte schon über Geld für so einen Luxus.
Handelte sich dagegen nur um einen Transporter en flûte, dann mochten sie eine faire Chance haben. Er atmete tief durch und schaute hinauf zu der blau-weiß-roten
Flagge, die matt in der schwachen Kühlte wehte.

*

Commander Turner marschierte unruhig auf der
Luvseite auf und ab. Er hatte ein ungutes Gefühl in der
Magengegend und sein Nackenhaar sträubte sich immer stärker, je näher die verschwommene Küstenlinie
kam. Mit einem Ohr lauschte er auf den Singsang der
Lotgasten, die auf beiden Seiten in den Rüsten standen

und abwechselnd die gemessene Tiefe aussangen. Das Fahrwasser verlief nach Aussage des Masters genau in Süd-Nord-Richtung. Die auflaufende Tide schob sie vorwärts, auch wenn der Strom jetzt langsam nachließ. Nachdem sie den Golfstrom verlassen hatten und über das kühle Wasser unter Land gelangt waren, hatte sich über der Wasseroberfläche eine dünne Nebelschicht gebildet. Das war in Turners Augen keineswegs von Vorteil, denn einerseits ragten ihre hohen Masten zweifellos weit über den Bodennebel hinaus, andererseits nahm er ihnen die Sicht auf die enge Durchfahrt und eventuelle unangenehme Überraschungen, die sich die Yankees dort vielleicht hatten einfallen lassen. Der Master stand vorne auf dem Achterdeck über dem Ruder, das sich zu seinen Füßen auf dem Hauptdeck befand. Sein angespannter Körper erinnerte Turner an einen Adler, der zum Zustoßen bereit auf seinem Ansitz hockt. Als ihn William gefragt hatte, ob er sich unter diesen Umständen zutrauen würde, die *Willi* durch das enge Loch zu pilotieren, hatte er einen Moment überlegt und dann nur kurz und ruhig, so wie es seine Art war, geantwortet: „Aye, aye, Sir! Wir stellen gute Männer zum Loten ab und laufen unter kleinen Segeln weiter. Die Fahrwasserrinne ist tief ausgewaschen und wenn wir die Windabdrift berücksichtigen, sollten wir keine Probleme haben. Eine knappe Stunde vor Hochwasser." Der Master war wie immer in brenzligen Situationen kühl bis ins Herz.

„Ihr Wort in Gottes Gehörgang, Mister Lennon. Mögen Ihre Adleraugen uns sicher ins Ziel geleiten."

„Sir, ich möchte wahrlich nicht in Kriegsgefangen-schaft bei den Yankees landen. Wie man so hört, be-handeln sie selbst Offiziere äußerst unhöflich – gelinde ausgedrückt, Sir! Man munkelt, dass sie sogar vor er-niedrigenden Schlägen nicht zurückschrecken!"

„Vermutlich haben sie in ihrer Wildnis verlernt, wie man kultiviert miteinander umgeht", brummte Turner missgelaunt.

Zu seinem Sekretär gewandt, der etwas bleich im Gesicht mit Papier und Stift den Verlauf des Gefechts protokollieren musste, denn das gehörte nun mal zu den Aufgaben des Sekretärs eines Kommandanten, meinte er aufmunternd: „Keine Bange, Mister Goldman, der Master wird uns sicher durch die Enge bringen. Bleiben Sie nur schön brav dicht hinter mir und schreiben Sie bitte alles von Wichtigkeit mit genauer Uhrzeit auf."

„Oh, äääh, aye, Sir, aber mit Verlaub, es ist nicht die Enge, die mich mit einiger Besorgnis erfüllt. Es sind die Amerikaner, die uns vermutlich heute Morgen nicht mit heißem Tee und einem guten englischen Frühstück be-grüßen werden. Ich könnte mir vorstellen, dass sie eher etwas missgelaunt sind." Er zupfte an den Manschetten seines sorgfältig gebürsteten schwatzen Gehrocks und blickte Turner aus seinen dunklen Augen besorgt an.

„Gibt Ihnen Ihre Religion da keine Zuversicht, Sir? Schließlich gehören Sie doch zum auserwählten Volk." Nur wer Turner gut kannte, bemerkte, dass in seinen Worten unterschwellig eine gewisse Portion Ironie mitschwang, seine Miene war ernst und völlig ausdruckslos. Der Master blickte zur Seite und zog eine Augenbraue leicht in die Höhe und schmunzelte.

„Oj! Oj! Oj!" Mister Goldman hob beide Arme zum Himmel und nickte heftig mit dem Kopf. „Schon recht, Sir, aber mein Volk hat so seine Erfahrung mit seinem Adoschem gemacht. Nu, werd' ich nicht verschweigen, dass er uns geholfen hat in schwere Zeiten, so zum Beispiel damals in Ägypten, aber auch der HERR muss sich manchmal um andere Völker kümmern, das ist der Preis dafür, dass dieser Zimmermannssohn Jesus, nu, nennen wir ihn Rabbi, eine neue Religion begründet hat, deren Anhänger IHN auch anbeten. Wie meine Tante immer zu sagen pflegt, es ist immer schlecht, wenn man sein Monopol verliert. Wohin hat der HERR geschaut, als die Römer mein Volk terrorisierten, Jerusalem zerstörten? Wohin, als die heldenhaften Verteidiger der Bergfeste Masada keinen anderen Ausweg mehr für sich sahen, als sich und ihre Frauen und Kinder zu töten, um nicht als Sklaven leben zu müssen? Wo war er, als die spanische Inquisition meine Leute massenhaft auf den Scheiterhaufen schickte? Wo bei den Pogromen im westlichen und östlichen Europa, besonders in der Ukraine, als die Kosaken zehntausende von uns niedergemetzelt haben? Sehen Sie, Sir, warum sollte ich mich jetzt auf den Adoschem verlassen? Warum sollte ER sich ausgerechnet an diesem schönen Morgen um den geringsten seiner Diener, Josef Goldman, Sorgen machen?"

Turner blickte ihn ernst an: „Mister Goldman, Sie sind ja ein Häretiker. Wer hätte das gedacht? Deshalb tragen Sie wohl auch keine Kippa?"

Goldman sah ihn scharf an, rieb sich kurz die Nase, dann streifte er mit einer schnellen Bewegung die Perücke ab und beugte das Haupt, darunter kam auf seinem Hinterkopf die Jarmulke zum Vorschein. „Nirgends steht geschrieben, dass man die Kippa deutlich sichtbar tragen muss. Das Tragen ist nur eine Verabredung zwischen mir und IHM und wenn ER seinen Blick auf mir ruhen lassen sollte, wird er sie sehen, Sir. Im Übrigen täuschen Sie sich, Sir, ich glaube durchaus an den Gott Israels, aber als guter Kaufmann weiß ich, dass auch der beste Geschäftsmann seine Augen niemals überall gleichzeitig haben kann." Er zuckte fatalistisch mit den Schultern. „Vielleicht rührt meine, äääh..., etwas ungewöhnliche Nervosität auch daher, dass ich noch nie in einer derartigen Situation gewesen bin, in der man mit der ernsthaften Absicht auf mich schießt, mich umzubringen."

„Schon gut, Mister Goldman, Sie brauchen sich nicht zu entschuldigen! Da mussten wir alle durch, Ach ja, denken Sie immer daran, nicht jede Kugel trifft."

Goldman nickte. „Aye, aye, Sir!" Leise setzte für sich hinzu: „Aber leider ist eine zumeist auch völlig ausreichend." Er rückte seine Perücke wieder zurecht und zuckte erschrocken zusammen, als ein lauter Ruf aus dem Großmasttopp zu hören war.

„An Deck! An der Steuerbordseite ist eine steinerne Bastion zu sehen!"

„Kakerlaken im Rosinenkuchen! Ich habe es doch geahnt! Diesem Schwachkopf Hinkie in New York kann man nicht trauen. Ich möchte wetten, dass er uns absichtlich in diese Falle hat rennen lassen. Wenn ich den zwischen die Finger bekomme, dann kann er sich aus seinem eigenen Skalp eine Fellmütze basteln, so wahr ich William Turner heiße!"

Der alte Weißkopfadler sah ihn schräg von der Seite an und schüttelte bedächtig den Kopf. Ob Vorsatz oder nur Unvermögen, im Ergebnis kam es auf dasselbe hinaus. Aber er mochte wahrlich nicht an der Stelle von Hinkie sein, falls sie New York jemals wieder heil erreichen sollten. Turner lief anscheinend zu seiner alten Form auf. Der Verlust von Elizabeth, die Rettung seines Sohnes und nicht zuletzt seine neue Liebe zur schönen Lady Jane hatten ihn ruhiger und abgeklärter gemacht. Das traute Familienleben an Bord schien ihm den Biss genommen zu haben. Aber das Feuer unter der Asche glühte noch genauso rot wie früher. Es bedurfte nur einer kräftigen Bö, um die Flammen wieder hoch auflodern zu lassen.

Beide Männer studierten das Fort durch ihre Ferngläser. „Massiver Steinbau", konstatierte Turner, „da werden unsere Kugeln hart dran zu knabbern zu haben. Vermutlich ist das Fort mit 32-Pfündern bestückt."

„Ich würde eher auf 24-Pfünder tippen, Sir, so schwere Geschütze, wie Sie vermuten, sind hier noch Mangelware. Der Allmächtige sei gelobt dafür!"

„Amen!", murmelte Turner mechanisch. „Die runde Form ist recht günstig für uns, denn dadurch können nie alle Stücke gleichzeitig zum Tragen gebracht werden. Wir werden gezwungen sein, Infanterie an Land zu schicken, um die Bastion niederzukämpfen, damit wir auf dem Rückweg nicht nochmals das Vergnügen haben, beschossen zu werden. Eine verdammte Kugel kann ausreichen, um uns zu verkrüppeln. Mister Dechamp, weisen Sie bitte die Offiziere der Infanterie ein. Unsere gesamten Hilfstruppen bis auf die Scharfschützen landen am Ufer und setzten die Batterie außer Gefecht – wenn möglich dauerhaft!" Er machte mit beiden Händen eine Aufwärtsbewegung, die andeuten sollte, dass etwas explodierte und in Stücken in die Luft flog.

„Aye, aye, Sir! Einebnen!" Dechamp hatte wieder seine sonst übliche lässige Trantütigkeit abgelegt, mit der er seine Routineaufgaben anzugehen pflegte und sprühte vor Energie und Tatendrang. Es war erstaunlich, wie sich unter Feuer dieser Ritter der traurigen Gestalt, schlaksig und pferdeähnlich wie er war, in ein vor Energie strotzendes edles Schlachtross verwandelte, das Energie und Mut verströmte und auf seine Männer übertrug. Er warf den Kopf in den Nacken, drehte sich auf dem Absatz um und trabte eilig zu den Offizieren auf der Leeseite hinüber. Sein Spitzname lautete nicht umsonst: Das

Pferd. Turner überlegte, ob er irgendwann tatsächlich vor lauter Kampfeseifer laut zu wiehern beginnen würde.

Sie verloren immer mehr an Fahrt, da der Strom immer schwächer wurde, aber die Bastion näherte sich ihnen trotzdem unaufhaltsam. Da! Oben auf der Plattform schossen rote Flammenzungen aus den Schießscharten hervor, grauweiße Qualmwolken folgten und zogen dann langsam nach Lee ab. Das Donnerrollen der beiden Geschütze ließ die Männer der *Willi* unwillkürlich zusammenzucken. Die Einschläge lagen zu kurz. In Turners Kopf überschlugen sich die Gedanken. Zwei Möglichkeiten kristallisierten sich bei seinen Überlegungen heraus. Erstens konnte er nach drei oder vier weiteren Kabellängen ankern, dann mit Hilfe der Spring das Schiff so drehen, dass er den Turm mit der gesamten Breitseite bestreichen konnte. Das würde den Landungstruppen gute Feuerunterstützung gewähren. Sobald die Soldaten die Boote verlassen hatten und die kleine Festung im Nahkampf angriffen, musste er das Feuer einstellen. Dann konnte er den Anker hieven lassen, was einige Zeit in Anspruch nehmen würde, und seinen Weg auf die innere Reede fortsetzen. Die zweite Variante war, dass er seinen Kurs beibehielt, die Boote während des Passierens des Forts loswarf und unterdessen die runde Bastion mit allem was er hatte unter Feuer nahm so lange die Geschütze das Ziel auffassen konnten.

Die Einschläge der Batterie kamen näher. „Das sind keine 24er oder gar 32er, Sir", ließ sich der Master vernehmen, „die haben hier im tiefsten Busch nur bekommen, was übrig war."

Turner grunzte undeutlich vor sich hin, dann antwortete er: „Äääh… und das ist auch gut so, Mister Lennon."

Das gab den Ausschlag, er entschied sich für die zweite Variante, die entscheidende Vorteile hatte. Wenn er zu viel Zeit hier draußen mit einem Artillerieduell vertrödelte, konnte es sein, dass sich die Freibeuter auf den Seitenarmen des Sundes tiefer ins Landesinnere verkrochen, wohin er ihnen mit seinem Schiff nicht folgen konnte. Er würde sich mit seinen Booten nur auf die Spur von ein paar Nachzüglern heften können. Ein Unternehmen, das bei den starken Besatzungen der Kaperer äußerst riskant wäre. Unterdessen würde ihm die Zeit weglaufen. Er musste bei dem schwachen Wind mit dem Strom einlaufen, die kurze Zeit des Stillwassers nutzen, um den chasse-marée und die Yankeeschoner zu vernichten. Sollte die Beschießung des Turms und die Aktion gegen die Freibeuter zu viel Zeit beanspruchen, konnte es gut sein, dass er den Ebbstrom verpasste. Gegen die Tide auszulaufen war ein Ding der Unmöglichkeit. War er durch die Umstände gezwungen zu ankern und auf die nächste Ebbe zu warten, waren die Rebellen in der Nacht klar im Vorteil. Die *Willi* befand sich dann in einer Lage, die mit der eines Tigers vergleichbar wäre, der in einer Falle saß und von den eingeborenen Jägern langsam aber unabwendbar aus sicherer Entfernung mit Speeren getötet wurde, da nützen ihm seine krallenbewerten Tatzen und das mörderische Gebiss mit den tödlichen Reißzähnen nichts, mochte er noch so laut brüllen und wild um sich schlagen.

Die Boote waren schon draußen auf See zu Wasser gelassen worden, jetzt wurden die Barkasse und die Pinasse längsseits geholt und von den Highlandern sowie den übrigen Angehörigen der leichten Infanterie besetzt. Die Scharfschützen waren oben in den Marsen postiert. Seine Seesoldaten hielt er ebenfalls zurück, denn auf Grund ihrer Erfahrung mit Schiffen waren sie für die Kämpfe um die Schoner der Freibeuter besser geeignet. Inzwischen war der Turm nur noch ein Strich vorlicher als querab an Steuerbord. Neben dem steinernen Gebäude waren jetzt auch deutlich hölzerne Palisaden zu erkennen. Die ersten feindlichen Kugeln fanden mit einem dumpfen Geräusch ihr Ziel. *„Das hört sich an, als ob Davy Jones persönlich an der Bordwand anklopft, verdammt!"*, schoss es Turner durch den Kopf. Er verscheuchte die sinisteren Gedanken und röhrte mit seiner besten Achterdecksstimme:

„Mister Dechamp und Mister Starke! Feuer frei, wenn Ziel erfasst!" Es war an der Zeit, den vorlauten Aufständischen eine gebührende Antwort zu geben. Die beiden Offiziere hoben zum Zeichen, dass sie verstanden hatten, den rechten Arm. Beide beugten sich über die ihnen zugewiesenen Stücke. Naturgemäß konnte Starke, der die 12-Pfünder auf der Back unter sich hatte, das Feuer etwas früher eröffnen. Er beugte sich über das Rohr des am weitesten vorne stehenden Stückes und visierte die Bastion an. „Gleich! Gleich, meine Jungs!", murmelte er, dann richtete er sich auf und gab dem Geschützführer einen Schlag auf die Schulter. „Schick ihnen zwölf Pfund bestes britisches Eisen zum Lunch hinüber, Roy! Möge es ihnen gut bekommen!" Die Männer grinsten und klopften sich gegenseitig auf den Rücken. Die meisten waren halbnackt, viele hatten sich ihre Halstücher über die Ohren gebunden, um den Lärm der Abschüsse etwas zu dämpfen. In das giftige hellere Belfern der 12-Pfünder mischte sich dann das drohende Donnern der schweren 18er ein. Im Handumdrehen verwandelten sich das Ober-, das Achterdeck und die Back in einen stinkenden, mit nervenzerfetzendem Lärm erfüllten Vorhof der Hölle. Den Männern lief der Schweiß in Strömen am Körper herunter. Ihre Gesichter und nackten Oberkörper färbten sich schwarz ein. Sie wuchteten mit langen Spillspaken die schweren Lafetten herum, um die Seitenrichtung zu korrigieren, Pulveräffchen schleppen mit bleichen Gesichtern Pulverkartuschen aus dem Magazin heran. Im Nu waren die zurückgelaufenen Stücke ausgewischt und wieder mit Pulver, Pfropfen, Kugel und einem zweiten Pfropfen geladen und sobald alles festgerammt war, fielen die Geschützbedienungen in die Taljen ein und hievten ihr Geschütz in Schussposition. Der Geschützführer hatte alles zum Feuern klar gemacht, nun visierte er nochmals über das Rohr und hielt dann den Luntenstock an das Zündloch. Das Stück spuckte seine Ladung mit Feuer und Donner aus und ruckte in die Brooktaue zurück. Sofort begann die Schinderei von neuem. In den winzigen Pausen war für den einen oder anderen gerade so viel Zeit, sich mit einem Schöpflöffel Wasser aus den Pützen zu erfrischen, die überall an Deck aufgestellt worden waren. Viel konnte der Guncaptain nicht sehen, da die dichten Qualmwolken vom Schiff weg auf die Bastion zugetrieben wurden. Aber sie erzielten auf diese kurze Entfernung trotzdem Treffer. Dem massiven Turm machten sie zwar nicht viel aus, aber die Palisaden erlitten schwere Schäden. Soldaten wurden wie Stoffpuppen durch die Luft gewirbelt, wenn so eine massive 18-pfündige Kugel einschlug und die in den Boden gerammten Pfähle zerschmetterte. Aber auch die *Willi* musste Schläge verdauen, immer wieder schüttelte sich das Schiff verärgert, wenn es getroffen wurde, um dann aber unbeirrt seinen Weg fortzusetzen – ganz wie eine alte vornehme Lady, die sich von dem Gekläffe eines Rudels Straßenköter nicht beirren läßt, sondern ihnen, wenn sie zu nahe kommen, voller Verachtung ihren Regenschirm über das verfilzte Fell zieht. Jetzt war das Fort fast querab. Die Boote hatten nicht direkt auf die Befestigung zugehalten, sondern hatten in einem flachen Bogen weiter nach Osten ausgeholt. Ein kluger Schachzug, dachte Turner bei sich, wer von den Middies am Ruder wohl darauf gekommen war? Armstrong oder der einarmige Blake? Er würde es herausfinden – irgendwann einmal in einem anderen Leben, wenn dieser Irrsinn hier vorbei war und daran war noch lange nicht zu denken ... Allerdings waren sie bis jetzt recht glimpflich davongekommen, da die Geschützbedienungen drüben nach britischer Manier auf den Rumpf zielten und nicht auf das Rigg, wie es die Froggs bevorzugt zu tun pflegten.

Durch das Geschützfeuer hatte sich die Luft in der Durchfahrt erwärmt und der Nebel war verschwunden. Vorne auf der Back war eine laute, sich überschlagende Stimme zu hören: „Sir, Sir! Vor uns schwimmt wat quer im Fahrwasser. Is kaum auszumachen. Sieht bald aus wie eine verdammte Riesenseeschlange oder der Dübel soll mich holen, Käpt'n, Sir!"

Turner blickte Lennon verdutzt an. Der verzog das Gesicht zu einer gequälten Grimmasse. „Ich tippe auf eine Balkensperre, Sir, bullshit!"

„Kuhfladen auf dem Plumeau! Ruder nach Steuerbord, rasch! Segel bergen, Lennon, die Männer sollen sich selbst übertreffen." Mit diesen Worten stürmte er vom Achterdeck und rannte nach vorne. Goldman folgte ihm pflichtbewusst. Hinter sich hörten sie den Master seine Befehle durch die Flüstertüte brüllen.

Das Schiff begann langsam anzudrehen. Die Segel flogen förmlich in den Geitauen nach oben. Auf der Back angekommen, blickte er über die Kante. Die Balken waren in der Tat kaum auszumachen, denn sie waren mit Wasser vollgesogen und ragten kaum über die Wasseroberfläche hinaus. Man konnte die Lage der Sperre am besten verfolgen, wenn man das gekräuselte Wasser auf der Seeseite beobachtete, an der sich der Strom staute und an der glatten Wasserfläche hinter den Balken. „Achtung! Alles flach an Deck legen! Sofort! Runter Männer!" Turner warf sich lang auf das Deck. Sein Sekretär, der den Sinn des Befehls nicht verstanden hatte, wurde durch die Ereignisse sehr nachdrücklich darüber aufgeklärt. Mit einem heftigen Anprall schob sich der Steven des Transporters ein Stück auf einen der Balken und kam dann abrupt zum Stehen. Goldman taumelte ungeschickt ein paar Schritte vorwärts und schlug dann lang hin. Halblaut schimpfte er vor sich hin. William konnte zwar nicht verstehen, was er sagte, aber er wäre jede Wette eingegangen, dass es keine Verse aus der Thora waren. Was er verstand, war dann allerdings ein lautes: „Oj! Oj! Oj!" Turner dankte seinem Schöpfer, dass sie nur noch so wenig Fahrt im Schiff gehabt hatten. Langsam, ganz langsam rutschte das Vorschiff wieder von dem Balken herunter, das Heck wurde herumgedrückt und im Nu zeigte das Vorschiff in Richtung der kleinen Festung. Aber das war um ein Vielfaches besser, als mit dem überaus verwundbaren Heck mit seinen großen Fensterflächen dem feindlichen Beschuss ausgeliefert zu sein. Allerdings konnte er das Feuer jetzt nur noch mit den beiden besonders langläufigen 9-pfündigen Jagdgeschützen erwidern.

„Mr. Starke, übernehmen Sie die 9-Pfünder, laden Sie Kartätschen, feuern Sie mit beiden Kanonen versetzt und zielen Sie gut. Wir sind im Augenblick so etwas wie eine sitting duck*, geben Sie den Kerlen da drüben etwas zum Nachdenken! Und, Sir, wir schicken Infanterie an Land – haben Sie bitte ein Auge auf die Rotröcke, ich möchte keinen der Männer begraben müssen, weil er zu viel britisches Blei im Körper hat! Haben Sie das verstanden, Sir?"

„Aye, aye, Sir!" Starke platzte bald vor Stolz, zog dann aber doch schnell den Kopf ein, als eine Kugel verdammt tief über sie hinwegbrummte. Hinter sich hörte er wieder das unterdrückte: „Oj! Oj! Oj! Gewalt!" Im Grunde war das Feuer mit den leichten 9-Pfündern nur eine heroische Geste, dachte Turner, aber nichts konnte die Moral seiner Männer schneller untergraben, als tatenlos die Einschläge zu zählen und abwarten zu müssen, bis eine Kugel traf. Und Einschläge gab es leider nicht zu knapp und auch oben im Rigg brachen Leinen mit einem lauten Knall. Von Zeit zu Zeit fiel irgendetwas von oben in das über das Deck aufgespannte Splitternetz. Die Scharfschützen auf den Marsen feuerten pausenlos und gut gezielt auf die Geschützbedienungen oben auf der Plattform, so dass das Feuer der 12-Pfünder nach und nach recht sporadisch wurde. Aber gegen den 18-Pfünder im Schutz der Mauern konnten sie nichts ausrichten.

Turner ging zum Achterdeck zurück, auf dem Weg dorthin sprach er mit den Männern. „Na, Jolly, ist das nicht genau nach deinem Geschmack? Die Yanks da

---

* leichte Beute, wehrloses Opfer, leicht zu treffendes Ziel

drüben müssen schuften und bluten und du sitzt hier neben deinem süßen, schwarzen, etwas schwergewichtigen Liebling und darfst Däumchen drehen?"

Der Angesprochene grinste breit, wobei seine schlechten Zähne unnatürlich weiß aus seinem geschwärzten Gesicht leuchteten. „Aye, Sir! Aber noch lieber wäre es meinem Honey und mir, wenn wir ihnen kräftig Feuer unter dem Hintern machen könnten. Nicht wahr, Jungs?" Seine Kumpels nickten begeistert.

Auf dem Achterdeck erwarteten ihn Dechamp und Lennon. Dechamps Nüstern blähten sich erregt, wie üblich hing ein dicker Wassertropfen an der Nase, seine langen Pferdezähne kauten auf seiner Unterlippe herum, die Augen funkelten wie bei einem Vollblüter kurz vor dem Bespringen einer hitzigen Stute. Er deutete enthusiastisch zum Land hinüber. „Die Stoppelhopser verstehen ihr Handwerk, Sir, das muss der Neid ihnen lassen. Das Gros greift das Fort von der Rückseite an, nur ein paar Grenadiere haben sich im toten Winkel unter die Scharte des 18-Pfünders vorgearbeitet und sind augenblicklich dabei, Granaten vorzubereiten, die sie in den Turm werfen…"

„Gut, gut, Mister Dechamp, aber was ist mit der Sperre, die muss umgehend weg. Haben die das da drüben erkannt? Das konnte ich bei meinen Befehlen naturgemäß nicht berücksichtigen!"

Lennon mischte sich ein. „Die Veteranen sind richtig gut, Sir! Schauen Sie selbst", er deutete zum Fort hinüber. Dort hatte sich eine kleine Gruppe von Rotröcken von der Steinmauer gelöst, verließ den sicheren toten Winkel und hetzte Haken schlagend in Richtung auf den massiven Steinklotz zu, an dem die Balkensperre befestigt war. Zum Luftholen warfen sie sich zu Boden und nutzen dabei jede kleine Deckung aus, Mulden, die der Wind oder eine Sturmflut in den Sand gegraben hatte, niedrige Sandhügel, die sich an zwergenhaften verkrüppelten Sträuchern oder den vereinzelten Tuffs von Strandhafer gebildet hatten. Turner riss dem Master das Sprachrohr aus der Hand. Er röhrte zu den Marsen empor: „Achtung! Scharfschützen! Den Männern auf dem Weg zu Sperre Feuerschutz geben!" Eine schwere Kugel pfiff jaulend über das Achterdeck hinweg, er spürte einen kräftigen Luftzug. *„Das war knapp!"*, dachte Turner.

„Oj! Oj! Oj!"

„Aye, aye, Sir! Feuerschutz für die Strandkrabben!". kam die Rückmeldung von den Marsen. Auf dem Geschützdeck meldete sich eine krächzende Stimme: „Wird den Jungs gar nicht recht sein, denn wenn es ein Spaziergang wird, können sie nachher gar nicht so richtig damit prahlen." Lautes Gelächter antwortete ihm. Turner musste widerstrebend grinsen, offensichtlich war die Stimmung unter den Männern gut. Er blickte wieder zur Festung hinüber. Er sah gerade noch, wie sich zwei riesenhafte Grenadiere mit dem Rücken an die Turmmauer stellten und ihre Hände vor den Bäuchen falteten. Ein kleinerer stieg in die Hände und dann weiter auf ihre Schultern. Einer seiner Kameraden reichte ihm einen Sack. Die Pyramide wäre vor Schreck fast zusammengebrochen, als das Geschütz feuerte. Nachdem sich der Pulverqualm langsam wieder verzogen hatte, waren auch die Grenadiere verschwunden. Stattdessen schoss aus der Geschützpforte eine lange Feuerzunge, es sah aus, als ob ein Drachen aus seiner Felsenhöhle Feuer spuckte. Wieder war die Öffnung von dunklen Rauchwolken verhüllt. Als auch diese abgezogen waren, gähnte ein großes Loch in der Turmwand. Das konnte nicht das alleinige Werk der paar Handgranaten gewesen sein, sie mussten auch die bereitliegenden Pulverkartuschen zur Explosion gebracht haben. Da drinnen konnte kein Mensch überlebt haben. Kurz darauf tauchten rote Röcke oben auf der Plattform auf, wo anscheinend ein kurzer, heftiger Nahkampf stattfand, Bajonette und Säbel blitzten. Dann sank die Flagge an der Fahnenstange herab. Ein Brite hatte die Leine mit einem Hieb durchtrennt. Inzwischen hatten auch die Infanteristen den mächtigen Steinquader erreicht, jedenfalls fast alle. Zwei regungslose rote Bündel auf dem hellen Sand legten davon Zeugnis ab, dass auch die Verteidiger gut zu zielen vermochten. Die Männer hantierten eng zusammengedrängt an der Befestigung der Kette. Plötzlich drückten sie sich eng an den Klotz haltend zu beiden Seiten um die Ecken. Kaum hatten sie die Ecken umrundet, als auch schon am Haken und seiner Sicherung eine Stichflamme emporstieg, gleich darauf rutschte die Kette immer schneller dem Wasser zu.

„Mister Lennon! Klar zum Setzen der Mars- und Bramsegel, Sir! Und heute noch, wenn ich bitten dürfte, wir haben keine Sekunde zu verschenken!" Schon begann der Bug der *Willi* zu drehen, weil die Sperre langsam nachgab und aufschwang. Sie brauchten dringend Fahrt im Schiff, um nicht steuerlos auf Grund zu laufen. Turner musste sich eisern zusammenreißen, um nicht ungeduldig von einem Bein auf das andere zu treten. Eine Strandung war wirklich das Letzte, was er jetzt gebrauchen konnte. Von Land klangen laute Hurra-Rufe herüber. Er konnte blitzende Bajonette und funkelnde Breitschwerter hinter den Überresten der Palisaden und den unfertigen niedrigen Steinmauern erkennen. Er war sich sicher, dass dort drüben in diesem Augenblick eine ganze Reihe von in der Wolle gefärbter Yankees ohne zu zögern den Treueeid auf König Georg geleistet hätten.

Die Segel fielen klatschend herunter, flappten unlustig in der Brise, die Rahen wurden angebrasst und die Schoten durchgeholt. Die Brise fiel ein und füllte träge die Segel. Unten am Ruder unter dem Achterdeck rief der Quartermaster: „Ruder im Schiff, Sir! Frage: Kurs?"

„Auf die Ankerlieger drüben unter Land zuhalten, O'Hara!"

„Aye, Sör! Auf die Reede zuhalten!"

Turner schätzte den Abstand auf weniger als eine Meile. Jetzt musste alles schnell gehen. Verwundert stellte er fest, dass auf den Ankerliegern erstaunlich wenig Aktivität herrschte. Es mochte gut sein, dass sich die Skipper hier sicher gefühlt und dem größten Teil der Besatzungen Landurlaub gewährt hatten. Vermutlich befanden sie sich selbst auch nicht an Bord, sondern hatten nur eine kleine Ankerwache zurückgelassen, während sie die Freuden des kleinen Hafens genossen. Aber was war das da hinten? Ein Schiff lag sehr weit unter Land, es unterschied sich in der Bauart von den Freibeutern. Es war deutlich größer und als Bark getakelt. Ein ganz normales Handelsschiff, vermutete Turner. Vermutlich hatten die Freibeuter es geentert und in ihren Fluchthafen eingebracht. Ein genauer Blick durch das Fernrohr zeigte ihm, dass die britische Flagge schlaff unter der des französischen Bourbonenkönigs hing. Vermutlich hatte man es so weit sein Tiefgang es zuließ unter Land verankert, um mit ihm bei den Ausflüglern von Beaufort Eindruck zu schinden und Interessenten für Ladung und Schiff anzulocken.

„Äääh, Mister Dechamp klar zum Ankern, die Spring nicht vergessen!"

„Aye, aye, Sir!" Dechamp klang ein wenig beleidigt. Traute ihm sein Kommandant so wenig zu? Nun, schoss es ihm durch den Sinn, eigentlich war es reine Höflichkeit, dass der Kommandant ihm den Befehl gegeben hatte, denn das Manöver würde die eingespielte Truppe unter der Leitung des Bootsmannes durchführen. Dechamp gab dem Bootsmann ein Zeichen, der bestätigend seinen Hut schwenkte.

Hinter ihm räusperte sich Goldman lautstark. Turner wandte sich heftig um, er konnte jetzt keine ojojojos gebrauchen. Aber Goldman deutete achteraus auf ihre beiden großen Schiffsboote, die gerade vom Steg unterhalb des Forts ablegten, Segel setzten und hinter ihnen her steuerten. Interessant war aber noch ein kleines drittes Boot, etwa von der Größe eines Kutters, das zur Landspitze auf der anderen Seite des Fahrwassers zuhielt. Die Infanteristen mussten es am Landungssteg entdeckt und in Besitz genommen haben. Deutlich konnte er darin ihre roten Röcke erkennen. Was hatten die Stoppelhopser da drüben vor? William schob seinen Hut nach vorn in die Stirn und rieb sich den Hinterkopf. Wie hatte es Dechamp vorhin so richtig ausgedrückt: ‚Die Stoppelhopser verstehen ihr Handwerk, Sir, das muss der Neid ihnen lassen!' Recht hatte er. Ganz offensichtlich wollten die Männer in dem Boot auch den Befestigungspunkt der Balkensperre auf der anderen Seite sprengen. Lennon unterbrach seinen Gedankengang.

„Einer der Freibeuter will sich davonstehlen, Sir. Ich möchte meinen, dass es der chasse-marée ist."

Turner wirbelte wieder herum und blickte durch sein Teleskop. Tatsächlich versuchte sich ein Schiff mit drei verhältnismäßig kurzen Masten ohne Rahen oder sonstige Segelspieren mit der Hilfe seiner langen Riemen von den Ankerliegern frei zu manövrieren. Allerdings kamen auf jeder Seite nur drei Riemen zur Anwendung, was ein deutliches Zeichen dafür war, wie unterbesetzt das Schiff war. Zudem wurden die Ruder nur sehr langsam und recht unkoordiniert bewegt. Statt der üblichen fünf Männer an jedem Riemen wuchteten anscheinend nur maximal drei die schweren Hölzer aus dem Wasser, brachten sie nach vorne in Auslage und versuchten sie kraftvoll durch das Wasser zu ziehen. Jede fußkranke spanische Nacktschnecke kam während der Siesta schneller voran als der französische Freibeuter.

„Mister Dechamp, Mister Horner ab in die Kutter und verfahren wie besprochen, Gentlemen! Mister Goldman, notieren sie die Anzahl und den Zustand der Schiffe vor dem Beginn unseres Angriffs! Mister Lennon wird Ihnen hilfreich zur Seite stehen, was die Größe der Schiffe angeht und welche Flagge sie führen. Bringen Sie, wenn möglich, die Namen der Schiffe in Erfahrung"

„Aye, aye, Sir!", erklang zackig das dreifache Echo. „Freibeuter in Brand setzen!"

„Istzustand festhalten…, Sir!"

Turner wandte sich wieder den beiden Offizieren zu: „Arbeiten Sie sich von beiden Seiten zur Mitte hin! Sobald die Barkasse und die Pinasse zu Ihnen stoßen, habe ich eine besondere Aufgabe für Sie, Mister Dechamp! Sie halten dann auf dem kürzesten Weg auf das britische Handelsschiff unter Land zu, entern es, kappen die Ankertrosse und lotsen es raus in den Ebbstrom, der unterdessen eingesetzt haben sollte. Ein paar Pennies Prisengeld sollten uns doch den Schreck von vorhin mit dieser hinterhältigen Balkensperre vergessen machen, oder was meinen Sie Gentlemen?"

Das obligatorische aye, aye, klang diesmal nicht nur pflichtbewusst sondern durchaus freudig überrascht.

„Mister Quincy, Sie nehmen die Gig, die mit unseren neuen aquitanischen Freunden bemannt ist und machen den chasse-marée unschädlich. Wie es den Anschein hat, ist er dabei, sich nach links in die Büsche zu schlagen – sozusagen, ... ahem!"

Bei sich dachte Turner: „*Falls die Kerle desertieren wollen, könnte es sein, mein lieber Quincy, dass du in Kürze deinem Herrgott gegenüberstehst. Du hast deinen Dienst zwar fast fehlerfrei, aber so uninspiriert versehen, dass auch dein Privatleben vergleichbar verlaufen sein sollte, da könnte eigentlich kein langes Sündenregister zusammengekommen sein, möchte ich mal zu deinen Gunsten vermuten.*"

„Aye, aye, Sir! Dem Fröschlein Feuer unter den lahmen Schenkelchen machen. Wird gemacht, Sir! Bin mal gespannt, wie sich die Blackstrap-froggies* gegen die grauen Kanalquakies halten werden. Wie man hört, sollen es unter ihnen ausgesprochen giftige Exemplare geben..."

„Mister Quincy, werden Sie nicht poetisch, aus Ihnen wird nie ein Mann des Wortes, lassen Sie lieber Taten sprechen! Ab dafür und zwar ein wenig plötzlich!"

Der Anker fiel laut klatschend ins Wasser. Der Bootsmann überwachte das Manöver. Nachdem der Anker sich eingegraben hatte, wurde die Spring mit Hilfe des Spills soweit dichtgeholt, dass die Breitseite zum Tragen kommen konnte.

---

* Blackstrap: Im Mittelmeer wurde statt des gewohnten Rums billiger Rotwein – blackstrap – an die Besatzung ausgeteilt. Die Männer wurden geblackstrappet. Quincy benutzt diesen Ausdruck hier um die Süd- von den Nordfranzosen, die am Englischen Kanal zu Hause waren, zu unterscheiden.

„Mister Starke! Mit Stangengeschossen und Ketten-
kugeln laden! Auf die Riggs zielen! Feuer frei, sobald Sie
ein Ziel erfasst haben!"

„Verkrüppeln, Sir, verstanden!"

Gleich darauf setzte eine heftige Kanonade ein. Aus
der Entfernung von einer Kabellänge waren Fehlschüs-
se kaum möglich und so herrschte schon nach wenigen
Salven an Deck der Freibeuter ein wirres Durcheinander
aus Masten, Spieren, Segeltuch und Leinen. Zufrieden
schmunzelnd beobachtete William Turner, dass auf den
meisten Schiffen die kleinen Besatzungen überstürzt in
die Boote sprangen und sich schnell in Richtung auf das
rettende Ufer entfernten. Die Amerikaner waren gewiss
tapfere Männer, aber sie wussten durchaus, wann sie den
kürzeren Strohhalm gezogen hatten. Nur auf drei oder
vier Kaperern schien man entschlossen zu sein, Wider-
stand zu leisten und wenn es das Leben kosten sollte.

Oberst Brownwood lag oben auf der oberen Ge-
schützplattform und presste die Hände gegen den
Bauch, dorthin, wo ihn das Bajonett durchbohrt hatte.
Ein wühlender Schmerz breitete sich von dort aus in
seinem Körper aus. Schweißperlen liefen ihm die Stirn
herunter in die Augen. Sein Adjutant lag neben ihm, seine gebrochenen Augen schienen ihn vorwurfsvoll an-
zustarren. Brownwood murmelte entschuldigend: „Es
waren einfach zu viele, mein lieber Freund. Wir haben
getan, was wir konnten. Es war nicht genug, aber wir
haben uns aufrichtig bemüht, unsere Pflicht zu tun. Oh,
diese verdammten Schmerzen!" Er versuchte die Hand

auszustrecken, um sie seinem Adjutanten zu reichen, aber er war schon zu sehr geschwächt. Stattdessen verkrampfte sie sich in dem blauweißroten Tuch der Flagge. Keuchend fuhr er fort: „Ich habe es gewusst! Schon gleich heute Morgen, als ich den Fliegenden Holländer gesehen habe. Wer das Geisterschiff sieht, der muss sterben, so ist das schon von Alters her..." Er krümmte sich zusammen und stieß ein letztes gurgelndes Stöhnen aus, dunkles Blut schoss ihm in einem dicken Schwall aus dem Mund. Dann brachen seine Augen.

Hinter den Booten brach auf der Landspitze ein Vulkan aus. Eine gewaltige rote Stichflamme schoss himmelwärts, die Bastion wurde von einer dunklen Qualmwolke eingehüllte, aus der dicke Feldsteine bis auf die Reede geschleudert wurden und dort einschlugen, wie es Kanonenkugeln nicht besser hätten tun können. Es war reine Glückssache, dass kein Boot getroffen wurde, denn der Einschlag eines solchen Steinbrockens hätte ganz zweifellos das Sinken des Bootes verursacht. Als der Qualm weitgehend abgezogen war, boten die kläglichen Überreste des Turms ein Bild des Jammers. Er ähnelte einem morschen, mehrfach abgebrochenen Backenzahn. Eins stand fest, über die kleine Festung musste sich Turner beim Auslaufen keine Gedanken mehr machen.

Die Kutter von Dechamp und Horner hatten die äußeren Schiffe erreicht, beide wurden nicht verteidigt, daher konnte eine langsam brennende Lunte in die Pulverkammer gelegt und geschwind in der Segellast und der Vorratslast des Bootsmannes, das reichlich brennbare Substanzen enthielt, Feuer gelegt werden, ohne dass die Seeleute und Marineinfanteristen gestört wurden. Dechamp durchsuchte flüchtig die Achterkajüte und nahm das Schiffstagebuch und eine Kassette an sich. Zurück im Boot wandten sie sich dem nächsten Ziel zu. Jetzt waren auch die großen Boote mit den Infanteristen heran. Da sie den Befehl Turners nicht mitbekommen hatten – während der andauernden Kanonade war es unmöglich gewesen, sie mit der Flüstertüte anzupreien – fielen sie über die Schiffe in der Mitte der verankerten Flotte her. Als Dechamp das bemerkte, brach er sofort die Brandschatzung ab. Er hatte den Sinn von Turners Befehl verstanden und handelte dementsprechend. Die Schiffe in der Mitte sollten geschont werden, bis er das Handelsschiff raus ins Fahrwasser gebracht hatte. Falls er sich den Weg zwischen den eng beieinanderliegenden entflammten Rümpfen hindurch suchen musste, konnte es geschehen, dass auch die Prise durch fliegende Funken oder brennende Segeltuchfetzen in Brand geriet. Bei der schwachen Brise würde es einige Zeit dauern, bis sie frei von den Gefahrenstellen war, darum durfte er jetzt nicht zögern und sofort die Prise entern. Er stieß den Mann an der Pinne an und befahl rau: „Neuer Kurs auf das Handelsschiff unter Land, Shultz!"

„Aye, aye, Sör! Kurs Barkie!"

„Legt euer Kreuz in die Schläge, Jungs! Ich möchte Strudel an den Blättern sehen, so tief, dass die Langusten am Grund Sonnenbrand auf dem Panzer bekommen!", feuerte Dechamps die Seeleute an. Die Männer grinsten breit und erhöhten die Schlagzahl, der Kutter schoss durch das trübe Wasser. Von einem der verankerten Freibeuter wurden sie mit Musketen beschossen.

„Nur nich drängeln, Mussörs", preßte Shultz zwischen den gefletschten Zähnen heraus, „ihr kommt noch früh jenuch dran!"

„Wahr gesprochen, Shultz! Aber jetzt schmeißen wir erst mal die Yanks von der Prise herunter. Die wissen so ein schönes Schiffchen gar nicht richtig zu schätzen. Vermutlich können sie eine Bark noch nicht mal anständig segeln, weil sie nur an ihre verdammten Schratsegel gewöhnt sind."

Die verhältnismäßig hohe Bordwand der Prise wuchs vor ihnen in die Höhe. Über der Verschanzung erschien ein Kopf mit einer Strickmütze. Ein Seesoldat vorne im Kutter feuerte seine Muskete ab, daraufhin verschwand der Kopf sofort wieder. Oben an Deck brüllte jemand: „Die verdammten Rotröcke kommen, hol sie der Teufel!"

„Shultz, nach vorne unter die Galion, schnell!"

Mit ein paar kräftigen Schlägen der Riemen schoss das Boot an der Bordwand entlang nach vorne. Der Bugmann hakte den Bootshaken in das Backbordbugstag ein. Die Seesoldaten zogen sich auf das Galliot hoch und von dort aus weiter auf die Back, die Seeleute folgten ihnen, aber keiner von ihnen war so flink wie Leutnant Dechamp. Er schwang seine Degen und stürmte über die Back in Richtung der Kuhl. Was er dort sah, ließ ihn fast laut auflachen. Mit gut zwei Schritt Abstand von der Bordwand standen dort etwa zehn Männer, alle in einer recht abenteuerlich anmutenden Bekleidung. Offensichtlich hatten sie ausnahmslos am Abend zuvor mehr getrunken als ihnen zuträglich gewesen war. Möglicherweise hatte der eine oder andere seinen Kater heute Morgen auch schon mit dem einem oder zwei kräftigen Zügen aus der Buddel bekämpft. Wie sagt der Volksmund doch so richtig: Man soll die Hunde, die einen am Abend gebissen haben, am nächsten Morgen mit ihresgleichen vertreiben. Jedenfalls waren einige der Kerle nur mit Hosen bekleidet, andere hatten immerhin zusätzlich ein Hemd übergeworfen, aber den mit Abstand seltsamsten Anblick bot der Mann mit der Mütze, denn diese und ein Waffengurt waren die einzigen Kleidungsstücke an seinem Körper. Dechamp vermutete, dass sich Frauen an Bord befanden und der Mann bei einer löblichen Beschäftigung gestört worden war. Alle Männer des pittoresken Empfangskomitees hatten Piken oder Entermesser in den Händen und stierten wild entschlossen zur Reling, über die ihre ungebetenen Gäste an Deck steigen mussten.

„Im Namen des Königs! Die Waffen runter und die Hände hoch, verdammte Rebellen. Ergebt euch! Sofort!"

Die Freibeuter fuhren herum und stürmten mit blitzenden Waffen in Richtung der Back. Einer brüllte: „Auf euren König Georg ist geschissen! Nieder mit dem Tyrannen!" Offensichtlich führte ihr erhöhter Alkoholspiegel zu einer falschen Einschätzung der Kräfteverhältnisse.

Der Erste Leutnant rief: „Auf sie, Männer! Aber Achtung, unter Deck dürften sich Frauen aufhalten! Gegen Frauen führen wir keinen Krieg."

Die Rotröcke legten ihre Musketen an und feuerten gezielt in den dichten heranstürmenden Mob. Einige der Freibeuter warfen die Arme in die Höhe und wurden von der Wucht der schweren Bleigeschosse nach hinten auf das Deck geworfen, anderen knickten in der Hüfte ein und fielen vornüber. Dann waren die Marines und die Matrosen mit ihren Bajonetten und Entermessern über ihnen. Es war nicht das, was man unter einem ausgeglichenen Kampf verstehen mochte. Die Kaperer wurden ohne jedes Zögern gnadenlos niedergemacht, ihre Leichen sofort über Bord geworfen.

Dechamp holte tief Luft, rieb sich heftig die lange Pferdenase. *„Was würde Turner jetzt machen? Der Kapitän schien nie zu zögern und teilte in derartigen Situationen scheinbar ohne lange nachzudenken die Männer zu den anstehenden Aufgaben ein. Und das auch noch in der korrekten Reihenfolge der Wichtigkeit. Nur die Ruhe, James, alter Freund, bleib ruhig! Was war zu tun? Was würde der Kapitän als erstes befehlen? Ja, natürlich, das war es!"*

„Shultz, ans Ruder! Äääh ... Toppgäste die Marssegel setzen!" Was als nächstes? „Die Seesoldaten durchsuchen derweil das Schiff! Die Frauen beruhigen, die sich vermutlich im Zwischendeck aufhalten." Er sah die fragenden Blicke von Sergeant Bull. „Äääh... sagen sie ihnen, wir setzen sie später an Land ab..., äääh, zwei Mann zur Bewachung sollten ausreichen!" Dechamp blickte konzentriert ins Rigg. „Ja, dann kommen die anderen wieder an Deck, kappen das Ankerkabel und helfen beim Trimmen der Rahen und beim Setzen der Schratsegel!"

„Aye, aye, Sör!" Bull salutierte zackig wie auf dem Kasernenhof. Der erfahrene Seesoldat blickte mit unbewegtem Gesicht auf das Gewirr der Ankerlieger und die schmalen Lücken zwischen ihnen, enthielt sich aber jeden Kommentars, stattdessen teilte er routiniert seine Männer ein. „Mike, du übernimmst mit deinen Spezies den vorderen Niedergang. Die anderen mir nach!"

Die Seeleute enterten in den Wanten auf und legten auf den Fußpferden der Rahen aus. Die Segel waren hafenfein gestaut worden, so dauerte es einige Zeit, bis alle Bändsel gelöst waren und die Segel von den Rahen fielen. Aus dem Wohndeck war aufgeregtes Geschnatter und schrilles Kreischen zu hören, das aber bald verstummte. Gleichdarauf erschienen auch die Seesoldaten wieder an Deck und verteilten sich auf die Stationen, die ihnen Bull zuwies. Von der Back waren die wuchtigen Schläge von Äxten zu hören. Die Rahen wurden gebrasst und die Schoten dichtgeholt.

Ruder im Schiff, Sir!", meldete Shultz.

„Schaffen Sie es, uns selbstständig durch die Ankerlieger zu steuern oder muss ich Ihnen Ruderkommandos geben, Shultz? Eigentlich habe ich etwas anderes zu tun…"

„Aye, Sir, frei von den Ankerliegern halten, besonders den brennenden." Shultz schmunzelte in sich hinein. *„Du bist gar nicht so blöd, Mister Hochwohlgeboren. Du weißt genau, dass du noch lange nicht so gut wie der Käpt'n bist und ich dir etwa dreißig Jahre Erfahrung voraus habe und mit einem Schiffchen wie diesem hier lesen und schreiben kann. Aber eins würde mich interessieren, nämlich, was du Wichtigeres zu tun hast, als das Schiff aus dieser Klemme zu lotsen."* Er ließ das Ruder durch seine hornigen Pranken wirbeln. Das Schiff beschleunigte willig, machte aber, bedingt durch den schwachen Wind, nur mäßige Fahrt durchs Wasser. Die nächsten Minuten dehnten sich für Dechamp zu Stunden. Er schwitzte Blut und Wasser. Es hätte ihn nicht verwundert, wenn sein Haar anschließend schlohweiß gewesen wäre. Er umklammerte die Reling so fest, dass seine Knöchel weiß hervortraten. Shultz steuerte die Bark in irrwitzigen Schlangenlinien durch die kleinen Lücken in der ankernden Flotte. Abfallen, anluven, wieder abfallen und…, die Männer in der Kuhl und dem Achterdeck an den Brassen und Schoten schufteten wie die Galeerensklaven. Es war eng, verflucht eng! Mehrfach sah es so aus, als würden sie mit einem der Ankerlieger unklar kommen. Das eine Mal zog ein Spiegel so dicht vorbei, dass man bequem auf das Achterdeck des Glattdeckers hätte übersteigen können, ein anderes Mal war sich Dechamp sicher, dass sie mit ihrem Klüverbaum mit dem Vorschiffgeschirr des Schoners unklar kommen würden und um das Maß vollzumachen, hielt Shultz ein weiteres Mal so lange auf die Bordwand eines Freibeuters zu, dass eine Kollision unvermeidlich schien. Dechamp wollte schon einen Ruderbefehl herausschreien, da fiel der Quartermaster im letzten Augenblick ab, er hatte sich mit diesem Schlag die nötige Höhe geholt, um die nächste Lücke ansteuern zu können. Während der ganzen Zeit versuchte er möglichst kein brennendes Schiff zu passieren und in dem einen Fall, wo sich das nicht vermeiden ließ, blieb er in Luv des feuerspuckenden Wracks. Als sie sich dem letzten Schiff näherten, blies Dechamp die Backen auf und wandte sich an den immer noch recht gebrechlich aussehenden Midshipman Stan Kimberley: „Sir, nehmen Sie diesen bourbonischen Feudel achtern weg und setzten Sie bitte wieder unsere Flagge ganz nach oben. Schaffen Sie das?"

Kimberley strahlte: „Aye, Sir! Selbstverständlich! Flagge setzen!"

Dechamp blickte Shultz nachdenklich an. Hatte sich der Alte einen Spaß daraus gemacht, ihm den Angstschweiß auf die Stirn zu treiben? Das war gut möglich. Fest stand aber, dass er seine Aufgabe tadellos gemeistert hatte. „Gut gemacht, Mister Shultz. Ich werde Sie in meinem Bericht lobend erwähnen."

Shultz griente wieder auf seine hintergründige Weise und meinte nur lapidar: „Nicht nötig, Sir, der Käpt'n weiß, was er an mir hat." Das war eigentlich schon eine Subordination, aber Dechamp überhörte sie geflissentlich. „Kurs auf die *Willi*, Shultz!"

„Aye, aye, Sir! Kurs auf unsere *Willi*!"

Sie ließen das Geknatter der Handfeuerwaffen und das mörderische Kriegsgeschrei hinter sich. Auf einem oder zwei Schiffen wurde allem Anschein nach noch gekämpft. Als sie Rufweite der *Willi* waren, rief sie Turner an: „Gut gemacht, Männer! Leutnant bringen Sie das Schiff in See und drehen Sie draußen bei!"

„Aye, Sir! Verstanden!"

„Wie heißt das Schiff?"

„Äääh…? Keine Ahnung, Sir, habe noch keine…"

„*English Rose*, Sir", flüsterte ihm der Midshipman zu.

„*English Rose*, Sir!", bellte Dechamp durch die Flüstertüte.

„Sehr schön, Mister Dechamp. Ab dafür!"

Derweil hatte die Gig von Steuermannsmaat Quincy unter den vorderen Backbordrüsten der *Goélette* festgemacht. Mit lautem Gebrüll sprangen die Südfranzosen von der Püttingplattform über die Reling auf das Deck. In dem sich entspinnenden verbissenen Nahkampf Mann gegen Mann hagelte es nicht nur Hiebe mit den Blankwaffen, sondern auch wüste Beschimpfungen, die an beleidigendem Inhalt nichts zu wünschen übrigließen. Das Spektrum reichte von der mutmaßlichen Einnahmequelle der Mutter des Gegners in den Hafenspelunken von Marseille, über die vermutete Anzahl der bei der Zeugung des jeweiligen Gegners beteiligten Väter, weiter zu dessen angenommener Zeugungsunfähigkeit bis hin zu den widernatürlichen Sexpraktiken der Bretonen mit Angehörigen der capra aegagrus hircus. Die Parteien waren etwa gleich stark. Während die meisten Bretonen und Normannen etwas kräftiger gebaut und stärker waren, glichen die Occitanier das durch größere Beweglichkeit und Wendigkeit aus. Beide Parteien schenkten sich nichts. Es gab viele leichte Verletzungen, aber auch Tote, wobei die Nordfranzosen von der Kampftechnik des Savate* überrascht wurden. Die unerwarteten Fußtritte irritierten sie. Das galt auch – allerdings nicht im selben Maße – für das Fechten mit zwei Waffen, wie das in den südlichen Ländern recht häufig praktiziert wurde. Eine ganze Reihe der Aquitanier benutzten neben ihrem Entermesser noch ein langes Messer mit Parierstange, so dass der Gegner auf zwei Waffen achten und sie abwehren musste. So blieb lange offen, welche Seite in den unerbittlichen Zweikämpfen die Oberhand gewinnen würde. Zwar hatten die Nordmänner die größeren Verluste zu beklagen, aber da sie merkten, dass sie von diesen Gegnern kein Pardon erwarten konnten, kämpften sie bis zum Äußersten um ihr Leben. Selbst wenn sie schon aus mehreren Verletzungen bluteten, wehrten sie sich weiter. Plötzlich veränderte sich die Situation mit einem Donnerschlag – und das konnte man wörtlich nehmen. Unten im Achterschiff gab es eine heftige Explosion, die das Schiff erschütterte. Die ineinander verbissenen Kämpfer hielten überrascht inne. Gleich darauf sprangen laut brüllende Soldaten über die Steuerbordreling und fielen den Verteidigern mit gefällten Bajonetten in den Rücken. Das gab den Ausschlag, Wer von den Bretonen nicht schnell genug über die Reling

---

* Savate war ein Kampfstil, der in den engen Gassen des Vieux Port in Marseille von Seeleuten und zwielichtigem Gesindel gepflegt wurde. Mit Faustschlägen und Fußtritten war es möglich einen Gegner auf sehr beengtem Raum zu töten, ohne im Besitz einer Waffe zu sein.

ins rettende Wasser sprang, wurde von den Bajonetten durchbohrt oder den Entermessern massakriert. Quincy stutzte. Hieß es nicht immer, dass Fischer und Seeleute nicht schwimmen konnten? Das konnten die meisten Freibeuter tatsächlich nicht, aber den sicheren Tod vor Augen riskierten sie es, wild paddelnd das Beiboot zu erreichen, das die *Goélette* achtern mitschleppte. Ein Teil der ungeschickt auf das Wasser einschlagenden Flüchtlinge erreichte das rettende Boot auch schnaufend und prustend, viele nicht.

Die Soldaten des Kutters waren durchaus rechtzeitig gekommen, um die Entscheidung schnell herbeizuführen. Quincy rief ihnen zu: „Danke, Kameraden, ihr seid wirklich großartig!" Dann wischte er das Blut von der Klinge seines Entermessers an der Kleidung eines der getöteten Feinde ab und erinnerte sich an seine Anweisungen. Lautstark befahl er: „Legt Feuer! Eine Lunte in die Pulverkammer! Und dann nichts wie weg hier!"

Einer der Occitanier zögerte, er deutete auf das Wasser und sagte: „La marée basse commence, Monsieur… die Ebbe ist kommend, du verstehen?"

Steuermannsmaat Quincy blickt finster und fuhr ihn an. „Egal! Feuer! Überall beaucoup de feu! Vite, vite!" So viel Französisch hatte er schon gelernt. Der Matrose zuckte die Schultern und machte seinen Kameraden ein Zeichen, die daraufhin unter Deck verschwanden. Auch Quincy ging den achteren Niedergang hinunter in die Kapitänskabine, packte das Loggbuch und andere Bücher zusammen, die ihm interessant erschienen und eilte zurück an Deck, denn unten im Schiff breitete sich schon ein intensiver Brandgeruch aus. Das Schiff trieb quer zum Ebbstrom in Richtung der *Ville de Rouen*. Während Quincy mit seine Crew in ihr Boot jumpten und die Soldaten wieder in den Kutter hinabstiegen, hüllte sich die Bordwand der *Willi* in dicken Qualmwolken, gleich darauf rollte der Donner der Abschüsse über sie hinweg. Die Männer zogen unwillkürlich die Köpfe ein, als die schweren Eisenkugeln über sie hinwegrauschten. Worauf ließ der Kapitän schießen, fragte sich Quincy. „Absetzen und Ruder an überall!" Er verrenkte sich fast den Hals, um nach hinten zu schauen. Zuerst konnte er kein lohnendes Ziel für die schwere Artillerie entdecken, aber als die nächsten Kugeln hohe grauweiße Wassersäulen aufwarfen, gewahrte er die Flottille aus großen flachgehenden Prähmen, die mit Männern vollgestopft waren und, falls er sich nicht irrte, hatten einige sogar im Vorschiff eine Feldschlange zu stehen. Die Yankees wollten es offenbar wissen! „Mes amis, die Yanks kommen, vite, vite!"

Quincy hatte richtig gesehen, denn es dauerte nicht lange, da schoss an ihrer Steuerbordseite ein gutes Stück achteraus ein Geysir aus schmutzigem Brackwasser in die Höhe. Eine der Feldschlangen hatte ihren Giftzahn erprobt. Die *Ville de Rouen* begann zu drehen und legte sich dann quer zum Gezeitenstrom in die Fahrrinne. Turner musste die Ankertrosse gekappt und einen Anker geopfert haben, denn in so kurzer Zeit war es unmöglich, die Trosse mit dem Spill einzuhieven. Ihre Kutter, die Pinasse und die Barkasse hatten ihre menschliche Ladung schon auf das Deck des Transporters ausgespien. Die Boote wurden nach achtern verholt, um beim Auslaufen mitgeschleppt zu werden.

Quincy seufzte erleichtert auf. Gleich hatten sie es geschafft, hinter ihnen war nur noch der Kutter. Unablässig donnerten die Stücke der *Willi* und hielten die Boote der Yankees im Schach, die inzwischen immerhin die Enge verlassen hatten, die von dem morastigen Marschland mit niedrigen verkrüppelten vom Sturm gebeugten Bäumen und zerzausten Büschen gebildet wurde, das der Stadt vorgelagert war. Zwei der großen Prähme waren getroffen worden und gesunken. Andere Boote bemühten sich, die im Wasser treibenden, sich an Wrackteilen festklammernden Männer zu retten. Die übrigen begannen sich zu verteilen, was es den britischen Geschützführern erschwerte, Wirkungstreffer auf die beweglichen einzelnen Ziele anzubringen. Einige Prähme, die besonders schlau sein wollten, wählten einen Kurs durch die brennenden Ankerlieger, die ihnen Schutz vor den Kugeln der *Willi* boten. Dann fiel Freund wie Feind der Himmel auf den Kopf. Das erste Kaperschiff flog mit Höllengetöse in die Luft. Es folgte in kurzen Abständen ein im höchsten Maße obskures, aber nichtsdestoweniger beeindruckendes Feuerwerk, als ein Schiff nach dem anderen explodierend zerbarst und seine Trümmerstücke in alle Richtungen schleuderte. Mehrere Boote der Rebellen fielen den teilweise noch brennenden Wrackteilen zum Opfer. Auf einem der plumpen flachbödigen Booten, auf dem eine Feldschlange mitgeführt wurde, musste so ein glühendes Teil in den Pulvervorrat gefallen sein, denn das Pulver explodierte und da, wo eben noch ein großes Boot gewesen war, befand sich im nächsten Augenblick nur noch eine kreisrunde brodelnde Wasserfläche, in der Wrackstücke, Uniformteile, Tang, tote Fische und abgerissene menschliche Gliedmaßen schwammen. Niemand an Bord der *Ville de Rouen* konnte sich daran erinnern, jemals ein derartig spektakuläres Feuerwerk gesehen zu haben. Die Luft war erfüllt vom Krachen der Explosionen, vom rasenden, irrwitzigen Rauschen der Flammen. Die tobenden Brände saugten die Luft unvorhersehbar abwechselnd aus allen Quadranten an, so dass der Wind mal unberechenbar auffrischte, nur um dann kurzzeitig völlig einzuschlafen und die *Willi* bekalmt manövrierunfähig im Strom liegen zu lassen. Nur die auslaufende Tide trug sie verlässlich, wenn auch sanft der Ausfahrt zu. Glücklicherweise war auch den Yankees der Schreck gehörig in die Glieder gefahren und hatte ihr Mütchen erheblich abgekühlt. Die meisten Prähme machten kehrt und wurden mit langen Riemen in Richtung des sicheren Hafens zurückgepullt. Auf einigen schienen die Ausfälle durch Verletzungen so groß zu sein, dass sie es nur noch bis an das Ufer der sumpfigen Insel schafften. Kein besonders angenehmer Platz, da auch dort viele Bruchstücke einschlugen, aber die

Besatzungen hatten nicht vor, dort zu kampieren und ihr Dinner einzunehmen, sondern gaben Fersengeld, sobald sie festen Boden unter den Füßen spürten.

Auch Quincys Boot hatte die *Willi* erreicht. Der Steuermannsmaat stieg als erster an Deck, dann folgten die Verwundeten mit ihren durchgebluteten behelfsmäßigen Verbänden unter Mithilfe ihrer Kameraden. Auch drei leblose Bündel wurden an Deck gehievt. Schließlich überquerte auch der Rest der Besatzung die Reling. Vom Achterdeck erklang lautstark die Stimme ihres Herrn und Meisters:

„Das Boot nach achtern verholen, Männer." In seinem besten aber grammatikalisch recht dürftigen Französisch radebrechte Turner: „Vous faites du bon travaile, mes amis!" Die Occitanier grinsten erfreut, schlugen sich gegenseitig auf die Schultern, dann legten sie grüßend den gekrümmten Zeigefinger an die Stirn. Der Matrose, der Quincy auf die einsetzende Ebbe hingewiesen hatte, flüsterte Steward Morlet zu, der zu ihrem Empfang auf dem Deck erschienen war: „L'examination réussie, mon vieux!" Der schwermütige Provençale nickte nur freudlos. Es folgte eine kurze Pause, dann ein grollendes: „Quincy zu mir!" Im Ton dieser Aufforderung lag ein Unterton, der Quincy ganz und gar nicht gefiel. Was hatte er verbrochen, dass der Allmächtige ihn so rüde zum Report bestellte. Er war sich keiner Schuld bewusst, hatte er doch nur seine Befehle ausgeführt. Mit einer prophylaktisch demütig gebeugten Haltung trabte er zum Achterdeck. Kaum hatte er sich gemeldet, fragte ihn Turner scharf: „Der Freibeuter treibt, richtig?"

„Aye, aye, Sör! Er war nicht verankert, als wir ihn geentert haben, Sör."

„Was haben Sie veranlasst, nachdem die Besatzung niedergekämpft war?"

„Ich habe das Loggbuch und ein paar andere Dokumente gesichert, die es mir Wert zu sein schienen, Sör. Derweil haben die Frenchies wie befohlen Feuer gelegt und eine Lunte zur Pulverkammer entzündet."

Turner stampfte mit dem Fuß auf und grollte gefährlich leise: „Das Sie ein Riesenrindvieh sind, Quincy, habe ich immer geahnt, aber dass Sie so ein monströses Mondkalb sind, das konnte ich wahrlich nicht wissen. Nun gucken Sie nicht so unschuldig! Wir treiben quer im Fahrwasser und das macht der chasse-marée auch. Warum er etwas schneller ist als wir, kann ich nur vermuten und das ist im Ergebnis auch völlig egal, jedenfalls haben Sie es geschafft, dass eine scharfe Bombe auf uns zutreibt. Wunderbar, Mister Quincy, gute Arbeit! Der Kongress wird ihnen eine Plakette für besondere Verdienste überreichen – vielleicht auch ein nicht zu kleines Geldgeschenk – falls Sie Ihren kleinen Streich überleben. Und jetzt verschwinden Sie aus meinen Augen, Sir. Machen Sie es sich im Laderaum gemütlich und klopfen sie den Rost von den Kanonenkugeln, aber kommen Sie mir nicht unter die Augen, bevor ich mich in den Kugeln spiegeln kann! Oder machen Sie sonst was, aber bleiben Sie unsichtbar! Ich könnte mich vergessen!"

Quincy verließ als gebrochener Mann das Achterdeck. Ihm fielen wieder die Worte des Franzosen ein, denen er keine Bedeutung beigemessen hatte. Hätte er doch nur … Verdammt, hätte, würde, könnte, alles nur Worte, die sein Versagen kaschieren sollten. Tatsache war, dass er sich den Anschiss des Kapitäns redlich verdient hatte. Aber das war nur ein Teil der bitteren Wahrheit, der andere war, dass seine Karriere ruiniert war. Turner würde ihn bei der ersten sich bietenden Gelegenheit von Bord jagen und seine ersehnte Beförderung zum Master konnte er in den Wind schreiben, wenn jemand seine Beurteilung durch Commander William Turner in die Hände bekam. Und er konnte sich darauf verlassen, dass das geschehen würde, denn die Navy verfügte über das Gedächtnis eines Elefanten. Er seufzte tief auf und tröstete sich damit, dass er so viel Prisengeld gescheffelt hatte, dass er sich davon irgendwo an der Küste, wo man ihn nicht kannte, ein Pub kaufen konnte, in dem er zwischen Ale und Rum freudlos seine Tage fristen konnte. Vielleicht fand sich auch eine kräftige, ausreichend dumme Gans, die ihn mit Blick auf sein Vermögen heiratete, einen großen Teil der Arbeit für ihn erledigte und nicht mitbekam, dass sie einen armseligen Versager geehelicht hatte.

„Mister Starke, versenken Sie den chasse-marée – und das etwas flott, Sir! Halten sie tief, perforieren Sie seine Wasserlinie. Und Schnellfeuer, wenn es Ihnen recht ist, Sir! Auf geht's!"

„Aye, Sir! Den Froscheimer versenken. Wird erledigt, Sir!"

Die ersten Schüsse erschreckten lediglich die Fische in der Nähe des Freibeuters, aber bald trafen die ersten schweren Kugeln ihr Ziel. Der chasse-marée war bei weitem nicht so massiv gebaut wie eine Fregatte oder gar ein Linienschiff. Er war ganz auf Schnelligkeit getrimmt, diesem Ziel hatte man eine dicke Beplankung und dicht nebeneinander angeordnete Spanten geopfert. Der Franzose bot einen schaurigen Anblick, aus allen Luken, Skylights, Fenstern und Niedergängen schlugen Flammen oder zumindest dicker schwarzer Rauch. Das Feuer war auch auf das stehende Gut und die Masten übergesprungen. Der Großmast brannte wie ein Kienspan, mit dem man den Kamin entzünden wollte. Immer mehr Kugeln fanden ihr Ziel, allerdings kam der von Quincy präparierte Brander näher und näher, auf alle Fälle viel zu schnell näher. Man musste schon stark im Glauben sein, um zu der Überzeugung zu kommen, dass das Schiff bedingt durch den Wassereinbruch vorne tiefer im Wasser lag und langsamer wurde.

„Was zum Teufel macht dieser verdammte Tollpatsch denn jetzt wieder!", rief Turner fassungslos aus. Quincy war in die Gig gesprungen, die außer dem Kutter der Soldaten noch längsseits gelegen hatte und pullte zu dem Franzosen hinüber, als ob eintausend Teufel mit langen glühenden Kneifzangen hinter ihm her wären.

„Ich fass es nicht! Mister Starke, Feuer einstellen!"

Die Gig erreichte das brennende Schiff, Quincy legte unter den vorderen Püttings an. Bevor er auf das Deck sprang, riss er sich das Hemd vom Leib, tauchte es ins Wasser und wickelte sich das nasses Tuch um den Kopf. Dann zog er sich über die Reling und eilte, sich an der Reling entlangtastend, durch den dichten Rauch auf das Vorschiff. Kapitän Rogeur war ein vorsichtiger Mann, er hatte den zweiten Anker für den Fall der Fälle klar zum Fallen machen lassen, stellte Quincy erleichtert fest. Mit wuchtigen Schlägen hieb er mit seinem Entermesser den Lasching durch, der den Schlickhaken in Position hielt. Mit einem lauten Klatschen fiel der in das hoch aufspritzende Wasser. Mit Donnergepolter rauschte die Trosse durch die Klüse.

Nachdem sie ein gutes Stück ausgelaufen war, an Schwung verloren hatte und ruhig an Deck lag, belegte Quincy das unhandliche Kabel unter Aufbietung aller Kräfte notdürftig auf der dafür vorgesehenen Anker-betting. Er litt an akuter Atemnot. Es kam nicht darauf an, dass sich der Anker sicher in den Grund eingrub, sondern darauf, die Geschwindigkeit des treibenden Wracks zu vermindern. Hustend und keuchend tastete er sich durch den atemberaubenden Qualm zurück zur Gig, ließ sich mehr hineinfallen, als dass er hineinstieg. Er riss sich das Hemd vom Gesicht und sog gierig die vergleichsweise gute Luft ein, dann warf er los und pullt müde wieder in Richtung seines Schiffes. Sein Atem ging rasselnd, jeder Zug an den Riemen bereitete ihm Mühe. Am liebsten hätte er sich auf den Boden rutschen und sich treiben lassen. Der Weg schien ihm unendlich weit zu sein, etwa so weit wie von Dover nach Calais. Bösartigerweise schien die *Ville de Rouen* zusätzlich auch noch Fahrt aufzunehmen, denn nach dem Ende der Explosionen hatte sich der Wind wieder auf seine ursprüngliche Richtung eingependelt und füllte matt die inzwischen gesetzten Mars- und Schratsegel. Die Ruderschläge des Steuermannsmaaten wurden immer kürzer, ein Riemen glitt ihm aus der Hand und rutschte langsam ins Wasser. Quincy blickte ihm glasig hinterher. Schließlich beugte er sich mühsam zur Seite um es wieder herauszuangeln, dabei fiel er auf die Seite und blieb fatalistisch so liegen. *„Es ist sowieso alles egal"*, war sein letzter Gedanke, dann hüllte ihn wohltuende Bewusstlosigkeit ein.

„Bootsmann, Tom! Den Kutter bemannen! Die Gig mit Mister Quincy bergen! Ab dafür und etwas plötzlich die Herren, wenn ich bitten darf!"

Der Kutter hatte kaum abgelegt, als die *Goélette* in die Luft flog. Turner schluckte trocken. Direkt nach der Detonation war in der näheren Umgebung des ehemaligen Kaperers nichts mehr zu erkennen. Mit angehaltenem Atem wartete er darauf, dass sich der Qualm verziehen möge. Diesmal schien das länger zu dauern als bei den vorrangegangenen Explosionen.

Die Schockwelle warf die Männer auf dem Deck fast um und ließ die Segel backschlagen. Die hohe Welle, die durch die Detonation erzeugt worden war, brach sich klatschend am Schiff, leckte gierig an der hohen Bordwand hoch und sandte eine Wolke aus Spritzwasser über das Schiff. Verdammt, wo war die Gig? Turner stieß zischend den Atem aus. Da, zwischen den hölzernen Wrackteilen, die auf dem glasigen, blasigen Strudel tanzten, und der Masse, der mit den weißen Bäuchen nach oben treibenden Fische, drehte sich das kleine Boot um die eigene Achse.

Erfreut über diesen unerwartet reichhaltig gedeckten Tisch kreisten Seevögel über dem Schiffsfriedhof und stürzten sich pfeilschnell auf die treibenden Kadaver. Die Luft war angefüllt mit dem scharfen, säuerlichen Geruch verbrannten Schießpulvers. Von Quincy war nichts zu sehen.

Turner schluckte. Wo war der verfluchte Kerl geblieben? Der Kutter schoss auf die Gig zu und ging längsseits. Tom sprang hinüber, untersuchte offensichtlich etwas, was am Boden lag. Schließlich richtete er sich wieder auf und schwenkte seine Mütze heftig über dem Kopf. Offensichtlich war das als positives Zeichen gemeint.

Ein bewegungsloser Körper wurde vorsichtig von der Gig in den Kutter gehoben, dann dieser von der Gig in Schlepp genommen und hielt wieder auf die *Willi* zu.

„Mister Lennon, lotsen Sie uns bitte auf die See hinaus, ich habe von diesem verdammten Drecksloch genug!"

„Aye, aye, Sir! Kurs offene See. Wird gemacht. Das Unternehmen war ein voller Erfolg, Sir. Meinen herzlichen Glückwunsch."

Turner blickte ihn müde an, er machte nicht den Eindruck eines strahlenden Siegers. „Wenn Mister Quincy etwas Ernsthaftes widerfahren ist, dann werde ich mir mein Leben lang Vorwürfe machen. Nun gut, er war nicht gerade ein brillanter Kopf, aber irgendwie gehörte er einfach dazu. Er war ein alter Sharkie, wir haben eine Menge gemeinsam durchgestanden und er war immer da, wenn man ihn brauchte – wie wir eben gerade wieder gesehen haben…"

Lennon nickte stumm. William Turner blickte zurück auf die mit Planken und anderen Überresten der zerstörten Schiffe bedeckte Wasserfläche.

„Wenn ich mir die Ansteuerung zum Hafen so anschaue, ist mir klar, warum der Invasionsversuch hier scheitern musste, Mister Lennon. Wenn wir unseren Befehl ausgeführt und das Gebiet erkundet hätten, wäre diese Pleite vielleicht vermieden worden."

Lennon blickte ihn erstaunt an. Er räusperte sich umständlich und meinte dann leise: „Ahem, Sir, die Invasion galt nicht diesem Beaufort, sondern dem gleichnamigen Hafen in South Carolina, gut vierzig Seemeilen südlich von Charleston."

Turner blickt ihn an, wie eine Kuh wenn es donnert. „Ahem ... äääh, wie es scheint, bin ich nicht sonderlich viel klüger als unser Quincy." Er schob den Hut in die Stirn und rieb sich intensiv den Hinterkopf.

Kapitel 3

Auf See, New York, Mai 1779

William Turner stand hinter seinem Schreibtisch auf und reckte sich. *„Diese verdammte Verwaltungsarbeit macht mich noch krank"*, sinnierte er übelgelaunt. Er blickte zum großen Tisch hinüber, an dem sein Sekretär eifrig schrieb. *„Ich muss unbedingt zusehen, dass ich befördert werde, dann kann ich mir immer so einen Luxus leisten. Aber der Mensch denkt und die Admiralität lenkt. Schließlich ist da auch noch das Kriegsgerichtsverfahren. Puuh, wenn ich diese leidige Geschichte doch erst hinter mir und wieder ein Kommando hätte. Vermutlich hätten die hohen Herren auch nichts gegen einen Sekretär einzuwenden, wenn ich ihn selbst bezahle. Ob ich freilich noch ein zweites Mal auf so eine Perle treffen werde, wie den Joseph Goldman, ist sehr zweifelhaft. Der Mann ist pünktlich, gewissenhaft und hat eine schnelle Auffassungsgabe. Von seinen buchhalterischen Fähigkeiten und dem Durchblick bei geschäftlichen Transaktionen ganz zu schweigen."*

Bei der Überprüfung der Bücher des Zahlmeisters war der junge Mann auf eine ganze Reihe von Unregelmäßigkeiten gestoßen, die er zusammengestellt und mit umfangreichen Erläuterungen versehen dem Kapitän vorgelegt hatte. Das hatte ihm das Wohlwollen seines

Kommandanten, aber den innigen Hass des Pursers eingebracht, denn Turner hatte sich nach der Lektüre Mister Pulleye kommen lassen und war mit ihm dermaßen Schlitten gefahren, dass dieser am Schluss auf den Knien gelegen und seinem Kapitän mit Tränen in den Augen geschworen hatte, alle seine Bücher umgehend zu korrigieren und sie von Stund an fehlerlos zu führen. Turner hatte ihn durchdringend angestarrt und leise, sehr leise gezischt: „Das würde ich Ihnen auch ganz dringend raten, denn Sie haben den König betrogen und Ihre Kameraden bestohlen! Es ist ein guter Brauch in London, Diebe und Betrüger auf dem Richtplatz in Tyburn am Halse aufzuhängen bis sie tot sind. Haben wir uns verstanden, Pulleye?" Der Purser hatte genickt und war aus der Kabine geflüchtet, als ob sieben Teufel mit rotglühenden Kneifzangen hinter ihm her wären.

Jane, die das Gespräch in ihrer kleinen Kammer belauscht hatte, war herausgekommen und hatte William zärtlich die Wange gestreichelt. „Huuu, Du kannst ja richtig böse sein, mein kleiner Tiger. Mir ist doch tatsächlich ein eiskalter ängstlicher Schauer den Rücken hinuntergelaufen, als Du diesem Mistkerl gedroht hast. Ich mag Dich ganz besonders, wenn Du den Wüterich herauskehrst." Dann hatte sie ihn umarmt und abgeküsst. Anschließend zog sie ihn... aber über das, was dann geschah, lässt man am besten des Volkes Stimme berichten: „Als der Adam dann vom Schlaf erwachte/

und die Eva freundlich ihn anlachte./Sagt, ob seine Ripp' ihn noch gefreut?/Das verschweigt des Sängers Höflichkeit."

Jetzt türmten sich auf Goldmans Tisch die Tagebücher der Freibeuter und die sonstigen Dokumente, die von den Booten beim Entern erbeutet worden waren. Der Sekretär hatte eine Liste erarbeitet, in der alle Prisen und ihre Schicksale verzeichnet waren, welche von den Amerikanern erbeutet worden waren. Leider waren viele Logbücher nur nachlässig geführt worden und umfangreiche Aufzeichnungen über Häfen, Ansteuerungen sowie Wetterbeobachtungen gab es sogar nur zwei. Diese Rutter, Periploi oder Portolane hatte Turner sofort einkassiert. Die von erfahrenen Nautikern erstellten und mit Kommentaren versehenen Karten über Ansteuerungen, Durchfahrten und Häfen waren Gold wert. Schon die antiken Seefahrer, so beispielsweise die Karthager, hatten sich derartiger Periploi bedient. Natürlich konnte man sich nur bedingt auf diese Aufzeichnungen verlassen, da es sich um keine offiziellen Veröffentlichungen handelte, die regelmäßig kontrolliert und verbessert wurden, sondern um Erfahrungsberichte, die ein Kapitän mit einem ganz bestimmten Schiff zu einer bestimmten Jahreszeit bei bestimmten Wetter- und Strombedingungen unter ganz bestimmten Umständen niedergeschrieben hatte. Je öfter dieser Kapitän dasselbe Seegebiet befuhr und seine Beobachtungen im Rutter manifestierte, desto wertvoller wurde dieser. Leider hatten die allermeisten Yankees es nicht für nötig gehalten, Segelanweisungen für die Gewässer in ihrem Hinterhof niederzuschreiben.

Turner gähnte missmutig und überlegte, was er vor dem Dinner noch erledigen wollte. Als erstes musste er mit Leutnant Dechamp reden, der mit seiner Prise dicht unter seinem Lee segelte, dann mit dem Zimmermann die Gefechtsschäden besprechen und schließlich war zusammen mit dem Schiffsarzt Ian MacKinnon die Schlachterrechnung aufzumachen. Er seufzte. Hoffentlich kam Quincy, das alte Schlachtross, durch. Dann wartete da noch eine unangenehme Sache auf ihn. Er musste die Eifersüchteleien der drei Bediensteten in der Achterkajüte beenden. Er zuckte zusammen, denn draußen vor der Tür stieß der Posten den Kolben seiner Brown Bess kräftig auf das Deck und röhrte: „Der Erste Leutnant, Söör!"

„Soll reinkommen!"

Dechamp kam hereingetrabt und strahlte über das ganze Gesicht wie ein Pferd, dass gerade erfolgreich seinen Reiter weit draußen im Walde abgeworfen, sich flott davongemacht, dann einen vollen Sack Hafer gefunden und diesen verbotenerweise aber genussvoll bis zum letzten Korn verspeist hatte. Er legte die Bücher, die er unter dem Arm geklemmt hatte, auf den Schreibtisch und sprudelte mit seiner Meldung heraus: „Wie mir scheint, haben wir ein goldenes Vögelchen befreit, Sir. Bei einem schnellen Blick in die Konnossemente habe ich festgestellt, dass die Bark wertvolle Ladung in ihren

Laderäumen befördert: Kaffee, Kakao, Limonensaft in Jemmyjohns und ein rotes Farbkonzentrat, das aus der Dactylopius coccus gewonnen wird, die auf der Opuntia ficus-indica wohnt. Alles auf den holländischen Inseln produziert – steht da – aber ich möchte wetten, dass die Dokumente gefälscht sind."

„Dechamp, können Sie nicht einmal reden wie ein ganz normaler Mensch?", grollte Turner, dem die Anstrengungen des Tages in den Knochen steckten. Obwohl er scheinbar nur tatenloser Zuschauer auf dem Achterdeck seines Dickschiffs gewesen war, spürte er, dass die Last der Verantwortung ihn nur langsam aus ihren scharfen Krallen entließ. Seine Nerven vibrierten noch dumpf wie Saiten eines Kontrabasses. „Was die Fälschungen angeht, könnten Sie Recht haben. Die Kaasköppe sind Meister in diesem Gewerbe. Außerdem wird meines Wissens nach Kaffee und Kakao nur auf Martinique oder auf dem spanischen Festland angebaut, also wäre es Konterbande."

„Jemmyjohns sind…"

„Belegen Sie das, Mister Dechamp. Ich weiß, dass Demijohns große bauchige Glasbehälter unterschiedlicher Größe mit einem schlanken Hals sind, die beim Transport von einem Korbgeflecht aus Weidenzweigen oder einem Lattengestell geschützt werden. Weiter, Sir!"

Dechamp blickte etwas verschnupft, rieb sich den obligatorischen Tropfen mit dem Jackenärmel von der Nase und fuhr dann kurz angebunden fort: „Es handelt sich um Läuse, die auf bestimmten Kaktusarten hausen.

111

Sie können sich vorstellen, dass viele Millionen Läuse nötig sind, um eine Gallone rote Farbe zu gewinnen. Dementsprechend teuer ist dieses Scharlachrot … Sir!"

„Na, geht doch, Sir!" Er räusperte sich ausgiebig, ging zu seinem Weinschrank hinüber und goss zwei doppelstöckige Brandys ein. Er blickte zu seinem Sekretär hinüber, der sich den Anschein gab, in seine Arbeit vertieft zu sein, der aber bei der Erwähnung der hochwertigen Ladung spitze Ohren bekommen hatte. „Mister Goldman, ich denke, Sie haben sich eine Pause verdient, vertreten Sie sich die Beine auf dem Achterdeck."

„Aye, aye, Sir!"

Turner reichte Dechamp ein Glas. „Gute Arbeit, James. Legen Sie die Unterlagen auf den Tisch des Sekretärs dort drüben. Hatten Sie Verluste, Sir?"

„Nein, glücklicherweise nicht. Wir haben die Männer der Ankerwache mit heruntergelassenen Hosen überrascht. In einem Fall können Sie das sogar wörtlich nehmen. Es waren übrigens auch Frauen an Bord." Er grinste bei der Erinnerung breit. „War eine tolle Vorstellung, die Sie da abgeliefert haben, Sir, wenn ich das mal so ausdrücken darf. Mein Gott, war das ein Feuerwerk. Da wäre selbst der verstorben King George II. neidisch geworden und Mister Händel hätte in seine Orchestrierung noch ein paar Kesselpauken und Dutzende von Oboen, Fagotten und Hörner zusätzlich einbauen müssen."

„Was ist mit den Frauen geschehen, James?"

„Wir haben sie auf der Landspitze an der Einfahrt gegenüber des zerstörten Forts abgesetzt, Sir."

Turner nickte zufrieden. „Auf Ihren Erfolg, James! Ich werde ihren hervorragenden Einsatz in meinem Bericht erwähnen." Sie nahmen genüsslich einen Schluck des französischen Cognacs. „Stellen Sie eine Prisenmannschaft zusammen, mit der Sie sicher nach New York versegeln können. Alles klar, Dechamp? Na, wunderbar, dann ab dafür." Er trank aus. „Es gibt noch viel zu tun. Es versteht sich von selbst, dass Sie in Lee unter meinen Schwingen bleiben, keine Extrawürste, Sir!"

„Aye, Sir! Das Küken bleibt bei der Henne, verstanden, Sir!" Er wendete sich zum Gehen, da ließ ihn eine leise Frage, in der kaum erkennbar etwas Lauerndes mitschwang, auf der Stelle innehalten.

„Ach, Mister Dechamp, wer hat übrigens die Bark durch die Ankerlieger pilotiert. Sir?"

Dechamp schluckte nervös, der Kommandant hatte ihn auf dem falschen Fuß erwischt. Lahm entgegnete er: „Nun, Sir, ich hatte das Kommando…"

„Larifari, Dechamp, dass Sie der kommandierende Offizier waren weiß ich, schließlich bin ich nicht gaga, aber wer hat das Schiff hinausgebracht? Erzählen Sie mir nicht, dass Sie es waren, Mister Dechamp! Sie verfügen über viele ausgezeichnete Gaben und ich könnte mir wirklich keinen besseren Ersten wünschen, aber so ein großes Schiff aus so einem Mauseloch heil hinauszulotsen, dafür fehlen ihnen noch ein paar Jährchen Erfahrung. Also, wer?" Turner stieß fragend seinen Kopf vor.

Dechamp schluckte schwer, sein großer Adamsapfel hüpfte nervös auf und ab. „Der Quartermaster Mike O'Hara, Sir."

Turner nickte, ein dünnes Lächeln spielte um seine Lippen. „Dachte ich es mir doch. Warum nicht gleich so, Mister Dechamp? Fremde Federn stehen Ihnen nicht. Wir sind hier bei der Navy und nicht bei den Blue Horseguards. Nun gut, nachdem das geklärt ist, machen Sie weiter. Wir wollen hier keine Wurzeln schlagen."

„Aye, aye, Sir!", trompetete der Leutnant, salutierte und marschierte erleichtert aber auch etwas beschämt zum Ausgang. Turner folgte ihm. Auf dem Achterdeck wollte ihn Lady Jane in Beschlag nehmen, aber er winkte ab und meinte nur kurz angebunden: „Entschuldige, meine Liebste, aber es sind noch viele Dinge zu regeln." Sie wollte widersprechen, aber dann fiel ihr ein, was sie alles zu bedenken gehabt hatte, als sie noch selbst ein Schiff kommandiert hatte. Sie strich sich eine Locke aus der Stirn, nickte dann verständnisvoll und lächelte ihn an. William nickte ihr dankbar zu und verschwand über den Niedergang in den Eingeweiden des Schiffes. Zusammen mit dem Timmy besichtigte er die Schäden, die die feindlichen Geschosse vor allem im Vorschiff angerichtet hatten, soweit die Leckagen frei zugänglich waren. Die Zimmermannsmaaten hantierten mit Pflöcken, geteerten Segeltuchflicken und zugeschnittenen Plan-

114

ken, um den Wassereinbruch zu minimieren. Wenn sie in keinen Kuhsturm liefen, sollten sie problemlos den sicheren Hafen von New York erreichen. Er feuerte die Männer an und ließ sie in der fast völligen Dunkelheit der engen Gelasse der Segelkojen und Stores im Vorschiff zurück. Endlich erreichte er das Lazarett, das nur von blakenden Gefechtslaternen erhellt wurde. Doktor MacKinnon und sein Sanitätsgast saßen in ihren blutigen Schürzen auf Hockern und erfrischten sich mit einem guten Schluck Narkosemittel. Es roch nach altem Blut und jungem Rum.

„Nun, Doc, wie sieht es aus? Vor allem, wie geht es dem Steuermannsmaaten Quincy, Sir?"

„Er hat über einen gewissen Zeitraum hinweg zu wenig gesunde, saubere Luft eingeatmet, das hat ihn beinahe umgebracht. Aber wenn wir ihn oben an Deck in der frischen Seeluft stauen, sollte er gut durchgelüftet werden und bald wieder munter wie ein Fisch im Wasser sein – hoffe ich jedenfalls. Allerdings habe ich auch schon erlebt, dass sich Männer nie wieder ganz erholt haben. Aber Mister Quincy hat die Konstitution eines Bullen, er wird es schaffen, Sir."

„Amen! Ich wünsche sehr, dass Sie Recht behalten, Doc. Wie sieht es mit sonstigen Verlusten aus?"

„Vier Soldaten sind gefallen, ein knappes Dutzend Männer ist verletzt, aber ich denke, dass ich die wieder zusammenflicken kann."

„Schön zu hören, Mister MacKinnon. Nun, dann werde ich mal schauen, was für Wunden unsere tapferen

Recken davongetragen haben." Er schritt an den Lagerstätten der Verwundeten entlang und sprach mit jedem ein paar aufmunternde Worte.

„Na, wieder mal beim Faulenzen, Brian?", meinte er, an einen Matrosen gewandt, dessen Oberkörper bandagiert war.

„Aye, Sir! Ich brauch das! Ich lasse mir immer erst von den Yanks einen kräftigen Schmiss verpassen, damit ich so richtig wütend werde. Zur Belohnung gibt es dann stets glücklicherweise die berühmten Schmerztropfen des Doc. Die Becher könnten allerdings een bissken größer sein. Is eben een Schotte, der Doc!"

„Und was ist mit dir, Thomas Nicholson?"

„Bin selber schuld, Sir. Bin in einer Blutlache ausgerutscht und hab mir so 'nen Stich eingefangen. Aber Unkraut vergeht nicht, Sir!"

„Nee, dir muss man die Rübe abhacken bevor du in Davy Jones Locker einfährst, Tommy", spottete der neben ihm liegende Mann.

„So kenne ich dich, Sammy, immer einen lockeren Spruch auf den Lippen. Weitermachen, Jungs, ich brauch euch an Deck! Doktor, geben Sie den Kerls nicht zu viel Schmerzmittel, sonst wollen die hier gar nicht mehr raus! Die sollen sich ihren Todd im Schweiße ihres Angesichts mit anständiger Arbeit im Rigg verdienen, verdammt nochmal! Simulanten und Faulenzer sind es, allesamt! Passen Sie gut auf, dass die Burschen es mit dem Simulieren nicht zu weit treiben und plötzlich das

Atmen vergessen. Diese Saubande schreckt vor nichts zurück, um mich zu ärgern!" Aber er schmunzelte dabei und die Männer glucksten erheitert.

Zuletzt blieb er bei dem aschgrauen und noch immer keuchenden Quincy stehen. „Markieren Sie hier nicht das kranke Huhn, Mister Quincy. Ich werde Ihnen etwas Passendes auf dem Oberdeck aufriggen lassen, damit Sie ordentlich durchlüften können. In zwei, drei Tagen will ich Sie wieder bei der Arbeit sehen."

Quincy blickte ihn aus rotunterlaufenen Augen trübe an und krächzte: „Aye, Sir! Danke, Sir! Entschuldigen Sie den Mist, den ich gebaut habe…"

„Ruhe im Schiff, Quincy. Sie waren brillant! Verrückt, aber brillant! Ich werde Sie lobend in meinem Bericht erwähnen." Er nickte ihm wohlwollend zu und machte sich auf den Rückweg zurück an Deck.

Unlustig schlenderte er zurück in die Kabine, weil ihn dort eine Aufgabe erwartete, die ihm zuwider war. Er musste die Kompetenzen der eifersüchtig auf ihre Privilegien schielenden Diener klar regeln. Es hörte sich lächerlich an, dass er sich wegen dieser Subalternen den Kopf zerbrach, aber es waren Rädchen im Uhrwerk des Schiffs, auf deren Loyalität er sich hundertprozentig verlassen können musste. Sie konnten mit gezielten Indiskretionen die Stimmung an Bord negativ beeinflussen und Misstrauen säen, wo unbedingtes Vertrauen herrschen sollte. Zudem waren Sie so etwas wie seine Ohren im Wohndeck, die ihm mit gebotener Diskretion Hinweise über die Stimmung unter den Männern zukommen ließen. Der Seesoldat auf seiner kleinen Gräting nahm Haltung an und präsentierte die Muskete. „Sööör!"

„Danke, Smith Three! Mein Bootssteuerer, der Diener der Lady und mein Steward sollen kommen und zwar muy pronto…", knurrte er verdrießlich.

„Aye, aye, Sööör!"

Turner warf die Tür hinter sich zu und ließ sich auf den Lehnstuhl hinter dem Schreibtisch fallen. Verbiestert murrte er vor sich hin, dass er sich wegen des bevorstehenden dienstlichen Gesprächs noch nicht mal die dicke Uniformjacke vom Leibe reißen durfte. Josef Goldman am großen Esstisch blinzelte ihn hinter seinen Brillengläsern fragend an. Der junge Mann hat ein gutes Gespür dafür entwickelt, wenn sein Herr und Meister in Gewitterstimmung war. Er versuchte ihn aufzuheitern: „Sir, wussten Sie, dass es im Jiddischen kein Wort für disappointed* gibt?"

„Ach was! Mister Goldman, Sie wissen doch ganz genau, dass ich kein Wort Jiddisch kann! Also, was soll das?"

„Nur ein kleiner Scherz, Sir." Ungerührt fuhr der Sekretär fort: „zwei Freunde streiten sich darüber, ob es für disappointed ein entsprechendes jiddisches Wort gibt. Da sie sich nicht einigen können, schlägt der eine vor, seine Momme zu fragen, die fließend Jiddisch spricht und ausschließlich Jiddisch. Gesagt getan. Der Sohn erklärt der Momme in perfektem Jiddisch: ‚Neh-

---

* Enttäuscht

men wir mal an, ich habe mich Freitagabend zum Dinner angesagt. Nehmen wir weiter an, du kochst und bäckst den ganzen Tag, um mir das leckerste Essen zu bereiten, Challa* und gehackte Leber, gefilte Fisch, Knedlach-Suppe, Hühnchen und Kugel und Zimes und Apfelmus und zwei verschiedene Strudel zum Nachtisch. Und dann, am Freitag, zehn Minuten ehe ich erscheinen wollte, schicke ich dir einen Boten mit der Botschaft, dass ich leider nicht kommen kann. Was würdest du sagen?'

‚Was ich sagen würde?', jammert die Mutter und ringt die Hände. ‚Ich würde sagen: Oj, oj, was bin ich disappointed!'

Turner blickte ihn einen Augenblick lang verständnislos an, dann grinste er schwach. „Nicht schlecht, Mister Goldman. Machen Sie weiter!" Der Posten vor der Tür meldete die Diener, die gemessenen Schritts hereintraten. Tom hatte sich natürlich an die Spitze gesetzt, Morlet hatte Horace mit einem giftigen Blick ans Ende verwiesen. Sie nahmen vor Turner Aufstellung. Er musterte sie nacheinander streng.

---

* Bei Challa handelt es sich nicht einfach um zwei Brotlaibe für den Schabbat, sondern hauptsächlich bezeichnet Challa einen kleinen Teil des Teiges, der vor dem Backen des Brotes abgetrennt und verbrannt wird (eine Art Opfergabe zur Ehre Gottes). Vor der Vertreibung der Juden aus Israel wurde dieser abgesonderte Teig dem Kohen (Priester) im Tempel zum Essen gereicht. Die Knedlach-Suppe enthält Knödel aus Eiern, Öl, Mazzemehl, Schmalz, Wasser und Gewürze. Kugel und zimmes: eine Art Kartoffelkloß und eine leicht süßliche Beilage aus gekochtem Gemüse und Früchten.

„Tom und Horace, wir haben das Problem schon einmal besprochen, aber da das nicht so recht gefruchtet hat und die Lage durch meinen neuen Steward Morlet noch verschärft worden ist, werde ich euch jetzt eine dienstliche Anweisung geben. Bei Nichtbefolgung dieses Befehls drohen die üblichen Konsequenzen. Habt ihr das verstanden?"

„Aye, aye, Sir!"

„Oui, mon capitaine!"

„Sehr wohl, Herr Kapitän!"

„Tom, als erstes zu dir. Du bist mein Bootssteuerer. Die damit verbundenen Aufgaben sind ab jetzt dein Hauptbetätigungsfeld. Du kümmerst dich um meine Waffen, und dass sich die Kommandantengig sowie die dazugehörige Mannschaft in einem perfekten Zustand befinden. In der Pantry ist Morlet der Chef." Er blickte streng den Provenzalen an. „Da Tom meine lukullischen Vorlieben kennt, empfehle ich dir, Morlet, um mich nicht zu verärgern, bei Bedarf rechtzeitig den Rat von Tom einzuholen. Die Kommunikation zwischen euch sollte problemlos klappen, da Tom fließend Französisch spricht. Morlet, bedenken Sie immer, ich bin Engländer und kein Franzmann. Pépin und Tom, habe ich mich verständlich ausgedrückt?"

„Aye, aye, Sir!" Falls Tom verstimmt war, ließ er sich das nicht anmerken. Im Grunde änderte sich für ihn auch nicht allzu viel. Er behielt weiterhin ständigen Zugang zur Kapitänskajüte und blieb in gewisser Weise der engste Vertraute Turners.

120

„Horace, dir obliegt die Pflege der Kleidung Ihrer Ladyschaft." Im Stillen fügte er hinzu: „Das allein ist eine Lebensaufgabe!" Laut fuhr er fort: „Dazu kommt die Bedienung in ihrem, äääh…, Gemach. Weiterhin kannst du dich um die Perfektion der Ausbildung ihre Zofe, dieser Constance, kümmern. Ich denke, dass sie keinen besseren Lehrmeister finden kann. Damit solltest du ausgelastet sein. Ansonsten gilt auch für dich, da du die Vorlieben Ihrer Ladyschaft genau kennst, solltet ihr, du und Morlet eng zusammenarbeiten. Verstanden?"

„Jawohl, Herr Kapitän, ich habt die Botschaft vernommen. Alles wird zu Ihrer vollen Zufriedenheit erledigt werden. Sobald wir London erreichen, kann Madame Constance im königlichen Haushalt Stellung nehmen." Turner musterte ihn misstrauisch. Veralberte ihn dieser impertinente Bursche? Aber Horace blickte ihm gerade und unschuldig in die Augen.

„Ahem… äääh! Sehr gut! Nun zu dir, Morlet. Du bist für meine Kleidung, meine Räume mit allem Drum und Dran und die Mahlzeiten im Salon verantwortlich. Du hast die Schlüsselgewalt über meinen persönlichen Locker mit den Vorräten und die Weinlast. Mein Sekretär wird mit Dir eine Bestandsaufnahme machen, die monatlich wiederholt werden wird." Er schaute den Provenzalen an, der aussah, als wollte er protestieren, sich dann aber eines besseren besann und nur vielsagend die Schultern in die Höhe zog. „Das ist kein Misstrauen, Morlet. Der Bootsmann und die anderen Handwerker müssen das auch machen, ist das klar?"

„Oui, naturallement, mon capitaine. Die Engländer sind berühmt für ihren Krieg mit Bergen von Papier."

„Wer gewinnt, hat Recht, Steward, n'est-ce pas?" Turner ärgerte sich, dass er sich dem Franzosen gegenüber zu einer Art Entschuldigung hatte hinreißen lassen. Schließlich hatte der zu parieren wie das letzte Pulveräffchen auch. Er überhörte geflissentlich Morlets gemurmelte Bemerkung: „Le vainqueur a toujours raison, mais qui est le vainqueur à cette guerre – je ne sais pas! " Er fixierte ihn und fuhr scharf fort: „Bei großen Einladungen an Bord wirst du mit den anderen beiden Schlauköpfen hier eng zusammenarbeiten. Beide sind auf ihre Art hervorragende Köche. Nur ein Dummkopf glaubt, dass er nichts mehr dazulernen kann. Ihr müsst euch nicht lieben, aber geräuschlos und effektiv zusammenarbeiten. Und noch eine letzte Warnung im Guten: wenn ich auch nur den kleinsten Streit in der Pantry höre oder einen von euch beleidigt mit einer auf dem Deck schleifenden Unterlippe antreffe, fahre ich mit euch dermaßen Schlitten, dass ihr euch wünscht, nicht geboren worden zu sein. Ich bin kein Freund der Katze, aber manchmal kann ihr Tanz auf dem Rücken eines vergesslichen Dickkopfs eine höchst nachhaltige Gedächtnisstütze sein." Er hob die Stimme: „Habt ihr das in eure kleinen eifersüchtigen Köpfe hineingehämmert?"

Ein dreistimmiger Chor stimmte einen Choral zur Ehre des örtlichen Vertreters des lieben Gottes an.

„Wegtreten!"

＊

Bei Sandy Hook hatten sie einen Lotsen an Bord genommen. Der kleine Mann war wieselflink an der Bordwand der *Willi* emporgeentert, hatte Turner mit dem gebührenden Respekt begrüßt, sich dann aber sofort abgewendet, um dem Segelmeister mitzuteilen, was für Segel er gesetzt haben wollte und mit welchen Manövern im weiteren Verlauf beim Einlaufen zu rechnen sei. So klein er war, so strahlte doch jeder Zoll von ihm Autorität aus. Seine Ruderkommandos kamen kurz und scharf. Als der Quartermaster der Wache für einen Augenblick unaufmerksam war, folgte sofort ein scharfer Anpfiff vom Achterdeck über ihm. Lennon schmunzelte vor sich hin. Er war sicher, dass er einen ehemaligen Kapitän eines großen Handelsschiffs vor sich hatte.

„Wo sind Sie gefahren, Sir?" erkundigte er sich.

„Weltweit, Sir", bekam er als lakonische Antwort.

Sie hatten die Ecke von Breezy Point gut frei an Steuerbord passiert und liefen mit raumachterlichem Wind auf die Narrows zur Upper Bay zwischen Fort Hamilton und Fort Flaggstaff zu, um auf die weite Reede von New York zu gelangen. Sie hatten weiter draußen Signale mit dem Wachschiff, einer Fregatte, ausgetauscht. Man hatte sie ohne Probleme vorbeisegeln lassen und lediglich darauf aufmerksam gemacht, dass zurzeit nur ein Hafenkapitän vor Ort war, aber kein kommandierender Admiral mit seiner Flotte. Nach dem Passieren der Enge bot sich ihnen ein atemberaubender Anblick. Vor ihren Augen entrollte sich ein beeindruckendes Panorama. Auf der Reede zwischen Bedloe's* und Ellis Island an Backbord sowie Govenors Island an Steuerbord lagen zahlreiche Frachter, aber auch einige Kriegsschiffe. Besonders auffällig war ein großer Dreidecker. Dahinter entrollte sich ein beeindruckendes Panorama vor ihren Augen. Auf York Island, eigentlich einer Halbinsel, dessen südliche Spitze Manhattan genannt wurde, drängten sich die Häuser, Lagerhallen, Werften und alle nur denkbaren Gewerbetriebe. Schwarze Rauchsäulen stiegen aus hohen Schornsteinen über den Arbeitsstätten auf. Man hatte allerdings den Eindruck, dass es fast genauso viele Kirchtürme wie Schornsteine gab, jedes Quartier schien seine eigene Kirche zu haben. An der Landspitze, dort, wo der North oder Hudson River und der East River sich vereinigten, dräuten die Schießscharten einer Festung. Turner ließ den obligatorischen Salut für den Gouverneur schießen, der vom Fort beantwortet wurde.

Während sie sich unter kleinen Segeln zu ihrem Ankerplatz vortasteten, war der Lotse anscheinend der Meinung, dass er seine Arbeit schon so gut wie abgeschlossen hatte und er etwas für die Bildung dieser Navytrottel tun sollte. „Gentlemen, wenn ich Ihre geschätzte Aufmerksamkeit auf die Hügel hinter der Stadt richten darf, dort liegen die White Plains, da hat ein unfähiger englischer General den Sieg über die geschlagenen Va-

---

* Heute Liberty Island mit der Freiheitsstatue

124

gabunden dieses Generals Washington verschenkt. Sie kennen natürlich seinen Namen, es war William Howe. Es ist eine Schande! Da muss erst so ein verdammter preußischer General* mit einem weiß Gott unaussprechlichen Namen und seine Hessen kommen, um den Yankees das Laufen beizubringen. Er hat mit seinen Füsilieren Washingtons rechte Flanke eingedrückt und so den Kommandierenden der Rebellenarmee zum Rückzug gezwungen. Aber anstatt entschlossen nachzustoßen und den demotivierten und abgerissenen Hungerleidern den Rest zu geben, hat sich Howe auf Manhattan zurückgezogen und dort verschanzt. Ja, der Herr General Howe ist schon ein großartiger Stratege. Er ist der beste General, den die Amerikaner für ihre Sache gewinnen konnten. Schließlich ist auch dieser hanebüchene Plan des Sichelschnitts von Kanada aus über den Lake Champlain und entlang des Hudson auf seinem Mist gewachsen. Wie kann man so blöd sein und eine Armee von 10.000 Soldaten in feindliches Gebiet schicken, ohne den Nachschub sichern zu können? Die Kavallerie sollte sich die Pferde aus dem Land besorgen, genauso sollte es die Armee mit der Verpflegung halten. Nun mögen die Yankees zwar nicht die besten Soldaten sein, aber so geisteskrank sind sie nicht, dass sie abwarten, bis der böse Feind kommt und ihnen Fass und Scheuer leert. Und das Verstecken der Pferde in den dichten Wäldern war eine Kleinigkeit. Außerdem beherrschen die Rebellen die Taktik des hit and run her-

---

* Gemeint ist General Wilhelm zu Innhausen und Knyphausen

vorragend. Sie legten Hinterhalte, zerstörten Brücken, griffen kleine Truppenteile in Überzahl an, na ja, Sie kennen das Spiel ja sicher zur Genüge."

„So wie Sie das schildern, scheint diese Kampagne tatsächlich nicht sonderlich gut überlegt gewesen zu sein", stimmte ihm Turner widerwillig zu, der Sir William Howe in Philadelphia schon mal persönlich kennengelernt und ihn eigentlich recht sympathisch gefunden hatte. Allerdings hatte sich der General auch nicht dazu herabgelassen mit einem dahergelaufenen Navy-Leutnant strategische Probleme zu diskutieren. „Aber wie wären Sie vorgegangen, Mister?"

„Der Vorstoß von Norden über den Lake Champlain und die Besetzung des Forts Ticonderoga durch General Burgoyne war völlig in Ordnung. Die Yankees waren über die Preisgabe des Forts durch ihren General St. Clair entsetzt, dabei hat der Mann völlig richtig gehandelt, denn nachdem die britische Light Infantry unter Brigadier Simon Fraser den beherrschenden Mount Defiance besetzt und Artillerie dort hinaufgeschafft hatte, waren seine Stellungen im Fort Ticonderoga und auf dem Mount Independence nicht zu halten. Nicht ohne einen gewissen Witz ist es, dass die regulären Truppen des Forts eine Zeitlang von Milizeinheiten verstärkt wurden, die dort die Vorräte auffraßen und dann rechtzeitig nach Hause gingen, bevor die Briten eintrafen. So weit, so gut. Aber der Hauptstoß hätte dann entlang des North River geführt werden müssen. Von New York aus hätten die auf und neben dem Fluss vordringenden Truppen versorgt werden können. Als erstes hätte man die immens wichtige Ost-West-Verbindung bei Fishkill unterbrechen und anschließend West Point besetzen müssen. Schon alleine dieser Schachzug hätte die Verbindungslinien – Kommunikation und Nachschub – zwischen den Neuenglandstaaten und den Südstaaten ganz erheblich gestört. Dann hätte der weitere Vormarsch, immer am Hudson oder North River als sichere Nachschublinie entlang, über Poughkeepsie, Hudson, Albany, Queensburry, Whitehall, Dresden bis zum Lake Champlain erfolgen müssen. Die am Wege liegenden Forts der Aufständischen waren in einem schlechten Zustand, mangelhaft ausgerüstet und mit zu kleinen Garnisonen ausgestattet. Sie zu besetzen und so den Nachschub über den Fluss bzw. die Uferstraße zu sichern, hätte keiner großen Anstrengung bedurft. Zum Schluss hätte die Garnison von Fort Ticonderoga den von Süden vordringenden Truppen entgegenkommen und den Sack dichtmachen können. Eine anschließende enge Blockade der Häfen – vor allem Boston – in Neuengland hätte die Aufständischen ganz erheblich unter Druck gesetzt. Eine Verhandlungslösung wäre ganz sicher möglich gewesen, denn wie man hört, gibt es in England zahlreiche Bürger und Politiker, die einen großen Teil der Forderungen der Amerikaner für durchaus gerechtfertigt halten. Und wenn man es richtig bedenkt, dann ist in der Tat nicht einzusehen, warum man unseren Landsleuten, wenn sie Steuern bezahlen, keinen Platz im Parlament einräumen und damit ein gewisses

Mitspracherecht gewähren sollte. Nun, unser militärisches Genie hat anders entschieden, und was ist dabei herausgekommen? Saratoga! Seitdem haben wir auch noch die Froschfresser am Hals, verdammt noch mal! Und mit ihnen jede Menge Nachschub und Freiwillige für die Rebellen." Der kleine Mann schäumte vor Wut. „Diese Erkenntnisse sind übrigens nicht auf meinem Mist gewachsen, Gentlemen, sondern mir von meinem Bruder vermittelt worden. Er ist oder besser gesagt war Colonel beim 29th Regiment of Foot. Nach dem heldenhaften Tod des sehr fähigen und beliebten Regimentskommandeurs Brigadegeneral Simon Fraser am 7. Oktober 77 in der Schlacht von Bemis Heights hat er um seinen Abschied nachgesucht, weil er nicht länger unter einer solch dilettantischen Führung seine Männer verheizen wollte. Natürlich hat sich dadurch nichts geändert, aber denken Sie daran, Gentlemen, dieser unglückselige Krieg hätte schon vor drei Jahren beendet werden können, wenn wir eine tatkräftige, entschlossene Führung gehabt hätten. Hätte, hätte, hätte! Aber wie heißt es doch so richtig, wenn Adam nicht in den Apfel gebissen hätte, dann würden wir noch immer im Paradies leben. Jetzt genug des Schwafelns, machen wir uns wieder an die Arbeit.

Da drüben der Dreidecker, das ist die *Enterprise*. Ein schlagkräftiges Schiff der Zweiten Klasse. Segelt aber nicht besonders gut, genau wie ihre Schwesterschiffe *Orion*, *Galaktica* und *Starfighter*, kein Vergleich mit der *Victory*. Alles klar zum Ankern, Master?"

„Alles klar, Lotse."

Der Lotse verankerte sie in der Nähe der *Enterprise*. Midshipmen Stan Kimberley und George Corbey hatten sich recht gut erholt und kamen ihren Aufgaben im Signaldienst gewissenhaft nach. So meldete Corbey, kurz nachdem er den Schiffsnamen herausgefunden hatte, dass die *Enterprise* unter dem Kommando von Kapitän Sir John Amoi stand. Der Name war Turner fremd, aber wer wollte wissen, in welch fernen Welten der Kapitän in diesen kriegerischen Zeiten bisher unterwegs gewesen war.

Kaum, dass der Anker sich eingegraben hatte, kam eine Gig eilig auf sie zu gepullt. Allem Anschein nach kam sie von einem Aviso, einem schlanken, als Kutter getakelten Windhund. Da der Bootssteuerer auf dem Anruf der Deckswache mit *Speedy* antwortete und damit klar machte, dass er einen Kommandanten an Bord hatte, wurden auf der *Willi* an der Relingspforte alle Vorbereitungen für einen gebührenden Empfang getroffen. Mister Starke beäugte kritisch die kleine Ausführung der Ehrenwache, fand aber nichts auszusetzen. Das Boot schor längsseits und flink erklomm ein Offizier mit Hilfe der weißen Tampen die Treppenleisten. Starke verbarg seine Überraschung, als er erkannte, dass der Ankömmling ein einfacher Leutnant und kein Commander war. Er schien nicht viel älter als Starke zu sein. Vermutlich war er der Günstling eines kommandierenden Admirals, der ihm den Befehl über den Kutter *Speedy* anvertraut hatte. Auch dem Kapitän des Avisos war deutlich seine Überraschung anzumerken, auf diesem großen Schiff von einem so jungen Offizier begrüßt zu werden.

„Leutnant Mike Graeth, Sir, Kommandant der *Speedy*. Ich habe wichtige Nachrichten für Ihren Kapitän." Er klopfte auf seine linke Brustseite.

„Starke, Sir, diensttuender Leutnant Seiner Majestät Transporter *Ville de Rouen*. Wenn Sie mir bitte folgen wollen." Er geleitete den jungen Offizier nach achtern in die Staatskabine. Mike Graeth quollen beinahe die Augen aus dem Kopf, als er Lady Janes ansichtig wurde, die in einen Traum aus weißer Seide und feinster Spitze gehüllt, verführerisch wie hingegossen auf der breiten Rückbank halb lag, halb saß. Ein aufgeschlagenes Buch lag auf ihrem Schoß, ein Arm ruhte unter den geöffneten Scheiben auf der Fensterbank. Sie schaute den Leutnant, der – Ehre wem Ehre gebührt – von recht stattlicher Gestalt war, aus ihren großen veilchenfarbenen Augen unschuldig an und gurrte: „Welch ein Glanz in dieser bescheidenen Hütte. Treten Sie doch näher, Leutnant." Sie streckte ihm ihre rechte Hand entgegen, die einem dünnen weißen Gespinst steckte, das am letzten Glied des Mittelfingers befestigt den Handrücken bedeckte, aber die Finger frei ließ. Graeth blickte sich kurz um und musterte die sauber in Leinwand verpackten Pakete auf dem großen Salontisch. Er überlegte kurz, was sich wohl darin befinden mochte, dann ging er zu ihr hinüber und beugte sich artig zum Kuss über ihre Hand.

„Je suis enchantée de faire votre connaissance, Madame. Was für ein strahlender Stern ist in diesem düsteren Verließ gefangen?", raspelte er kräftig Süßholz. „Leutnant Mike Graeth von Seiner Majestät Aviso *Speedy*. So nennen mich übrigens auch meine Freunde – Speedy!"

Sie kicherte mädchenhaft und strahlte ihn an. „Sie werden es nicht glauben, Sir, aber bei Ihren Worten überkam mich ein gewiss nicht ganz unbegründeter Verdacht, wie Sie sich diesen nomme de guerre verdient haben", gurrte sie. Ein Schauer lief ihm den Rücken herunter. „Aber ich warne Sie, mein kleiner Leutnant, in diesem düsteren Verließ, wie Sie es auszudrücken beliebten, haust Wild Bull Turner wie weiland der Minotaurus im Labyrinth von Kreta und alles an Bord ist ihm mit Kopf und Haaren untertan. Wenn Sie sein Missfallen erregen, dann könnte es sein, dass Sie besser holterdiepolter alle Segel setzen – einschließlich aller Taschentücher Ihrer Besatzung – und sich mit Brassfahrt nach Luv verdrücken … Speedy!" Sie lachte ihr verführerisches, dunkelkehliges, gurrendes Lachen.

Der Leutnant wurde rot und räuspert sich. „Ahem… äh, habe natürlich nichts persönlich Abwertendes gemeint und wollte Ihnen nicht zu nahe treten, Madame. Verzeihen Sie mir, wenn ich mich von meinen Gefühlen habe hinreißen lassen, aber ich war so überrascht."

„Schon gut, Leutnant. Der Kommandant wird sofort zu Ihrer Verfügung stehen. Ich denke, wir sollten uns in der Wartezeit ein Gläschen gönnen. Nichts Schweres, vielleicht einen französischen Weißen? Ja, das ist der Tageszeit angemessen …" Sie hob die Stimme: „Horatio, bring uns eine Flasche von dem Weißen, du weißt schon, den von der Loire und drei Gläser! Dazu ein paar Nüsse und etwas Käse."

„Den Pouilly-Fumé, Milady. Sehr wohl, sofort. Darf ich Ihnen in Abwesenheit des Herrn Kapitäns die Dame vorstellen, Sir? Lady Jane Osborne", verkündete Horace bedeutungsschwer mit einer kleinen Verbeugung und zog sich dann dezent in die Pantry zurück. Steward Pépin Morlet war schon unterwegs, um den georderten Weißwein unten aus der Last zu holen; durch die Lagerung dort unten würde er annähernd die richtige Trinktemperatur haben. Horace knackte drei Dutzend Walnüsse und warf die duftenden Kerne in ein Schälchen, dann holte er die Käsestücke aus dem Ölpapier bzw. aus der dünnen Zinnfolie und den feuchten Tüchern und bereitete sie mundgerecht vor. Von draußen erklang die lautstarke Meldung des Seesoldaten und Turner kam in die Kabine geeilt. Leutnant „Speedy" hatte sich Janes Warnung zu Herzen genommen und hatte in gebührendem Abstand von ihr Platz genommen. Der Hinweis auf ihre einflussreiche Familie mochte ein Übriges dazu getan haben. Wenn man gerade erst die erste Stufe der Karriereleiter erklommen hatte, tat man gut daran, seine Füße vorsichtig zu setzen. Er sprang auf, als der Kommandant hereingetürmt kam. Der musterte ihn kurz mit seinen durchdringenden blauen Augen und machte dann eine einladende Handbewegung, die ihn aufforderte, wieder Platz zu nehmen.

„Wer sind Sie, Sir und was wollen Sie?"

„Leutnant Mike Graeth von Seiner Majestät Aviso *Speedy*, ich habe eine wichtige Depesche für Sie, Sir."

„Ahem, äääh … Meine Name ist William Turner und wenn ich Ihnen…" Jane unterbrach ihn lächelnd, Horace hat mich in deiner Abwesenheit schon vorgestellt, my dear."

„Na, dann ist das ja geklärt." Er streckte die Hand aus. Graeth zog einen braunen Umschlag mit vielen Siegeln und Schnüren aus der Brusttasche und reichte ihn Turner. Gleichzeitig schob er ihm eine Quittung zu. „Wenn Sie freundlicherweise den Empfang bestätigen würden, Sir."

Turner beäugte den Brief misstrauisch. Auf den ersten Blick unterschied er sich nicht von der üblichen Korrespondenz der Admiralität. Bevor er nach seinem Federmesser greifen, die Siegel zerbrechen, die Schnüre durchtrennen und den Brief entfalten konnte, servierte Morlet den Wein, den Käse und die Nüsse. Turner legte den Brief zur Seite, es war besser, seine Neugierde zu zügeln, bis der Gast gegangen war. Geduldig beobachtete er, wie Morlet den weißen Wein vorsichtig aus dem Dekanter am Sideboard in die Gläser laufen ließ, dann zuerst der Dame, dann ihm und zum Schluss dem Leutnant einen kleines Tablett servierte, auf dem das gefüllte Glas, ein Schälchen mit Walnusskernen und ein kleiner Teller mit Käsestücken standen. Den Dekanter stellte er in Reichweite des Leutnants auf den großen Tisch. Er schien seine Pappenheimer* zu kennen. Wie immer machte er dabei ein Gesicht, als würde er die tägliche Abgangsliste auf einem Pestschiff verlesen, aber in seiner taubenblauen Livree mit den Goldknöpfen, der weinroten Weste, den seidenen Kniebundhosen und der tadellos frisierten Perücke mit einer großen schwarzen Samtschleife im Queu bot er einen äußerst beeindruckenden Anblick, den seine knappen, abgezirkelten Bewegungen und der würdevoll aufrechte, steife Gang noch verstärkten.

Turner schnüffelte zufrieden an seinem Glas. Das leicht rauchige Aroma, von dem dieser Wein seinen Namen bekommen hatte, war deutlich auszumachen. Aus dem großen Glas stieg ein feiner Duft auf, als ob man zwei Feuersteine aneinanderreiben würde. „Ahem, äääh... Auf das, was wir lieben, Mister Graeth!"

„Auf die Ladies, Sir."

„Auf die Schiffe, ihr Schmeichler! Die kommen bei euch doch stets immer zuerst."

William nahm einen Schluck und erfreute sich an den frischen Aromen von Zitrusfrüchten und Pfirsich. „Ah, das tut gut. Das war eine gute Wahl, Milady. Aber Sie wissen ja immer, was gut ist."

„Man tut, was man kann, Sir. Zusammen mit dem Bleu ist er eine echte Offenbarung. Was meinen Sie, Leutnant?"

---

* Ja, Ja, ich weiß, Schiller hat Wallensteins Tod erst dreißig Jahre später geschrieben, aber Pappenheimer gab es natürlich auch ohne Schiller!

Graeth schluckte schnell den Käse hinunter, den er im vollen Mund hatte. „Äh…, Madam, Sie haben völlig Recht." Dabei konnte er kaum etwas von Geschmacksnuancen mitbekommen haben, da er den Teller blitzschnell geleert hatte und gerade dabei war, sich eine Handvoll Nüsse hineinzustopfen. Er lief rot an und kämpfte mit einem Erstickungsanfall.

Jane läutete mit einer kleinen Glocke. „Wie mir scheint, ist auf der *Speedy* Schmalhans Küchenmeister, my dear Sir. Vermutlich führen Sie aus Gewichtsgründen, um die Geschwindigkeit zu optimieren, nur geringe Vorräte an Viktualien mit sich, nicht wahr?" Zu Morlet gewandt, befahl Sie: „Bring bitte dem Herrn Leutnant eine große Käseplatte und etwas frisches Brot sowie Butter. Wir sind schlechte Gastgeber, Steward!"

Pépin Morlet verbeugte sich knapp und musterte den Leutnant abschätzig. In seinen Augen stand in großen Lettern zu lesen: *„Hungerleider!"* Er wandte sich ab und verschwand in Richtung Pantry. Wer gute Ohren hatte, hätte hören können, dass er leise auf Französisch vor sich hin brabbelte: „Das heißt Perlen vor das Borstenvieh werfen, mon dieu! Dieser junge Armenhäusler kann doch keinen exzellenten Wein von Spülwasser unterscheiden. Engländer, pah! Und die ausgezeichneten Käse – reine Verschwendung. Der kann sich gar nicht vorstellen, was das für ein Aufwand bedeutete, diese Käselaibe vor dem Verschimmeln zu bewahren. Ein großer Eimer voller choucroute avec des pommes de terre,*

---

* Sauerkraut mit Kartoffeln

wie es diese Barbaren im Elsass, diese Beutefranzosen, fressen, wäre völlig ausreichend und auch angemessen. Aber der Wille der Madame ist mir Befehl…"

„Von wo kommen Sie, Sir und wie haben Sie uns gefunden?", erkundigte sich Turner.

„Von Jamaica, Sir. Dem dortigen Chef der Station war bekannt, dass Sie eine Unternehmung an der feindlichen Küste durchführen sollten. Er war der Meinung, dass das nicht ohne Beschädigungen Ihres Schiffes abgehen würde, Sie folglich anschließend eine Werft aufsuchen würden. Da erschien mir New York der erste logische Hafen zu sein, Sir."

„Sehr richtig gedacht, Mister Graeth. Gut gemacht. Wie kommen Sie mit den amerikanischen Freibeutern klar?"

„Diese Yankee-Schoner sind schnell und laufen auch verdammt viel Höhe, aber ich kann sie immer noch um knapp einen Strich ausluven, wenn ich alle Tricks aus dem Zaubersack hole. Und schnell ist meine *Speedy* wie ein Greyhoundrüde, der hinter einer heißen Hündin her ist", schwärmte er, dann wurde ihm die Anwesenheit einer Lady bewusst. Er wurde bis über beide Ohren rot. „Oh, verzeihen Sie, Milady …, äääh…"

Jane blickte ihn kühl an, aber in ihren Augen tanzten kleine Teufelchen. „Jemand hat man mal weise gesagt:

‚If Ladies are present, Gentlemen should also.*‘ Übrigens können Sie davon ausgehen, dass ich weiß, warum der Rüde so eilig hinter der Hündin her läuft."

„Was ist mit dem Hafenkapitän, Sir? Ist er nicht auf dem Posten?", lenkte William das Gespräch auf ein anderes Gleis.

„Der Kapitän liegt mit einem schweren Malariaschub in der Koje, Sir. Er ist bis auf weiteres dienstunfähig. Den Laden schmeißt jetzt Commander Marcus Alderian. Ein fähiger Administrator, dieser Commander. Aber über ihm steht in der Rangliste natürlich Kapitän Sir John Amoi von der *Enterprise*, der letztlich temporär die Verantwortung für alles trägt. Wie immer in so großen Häfen gibt es natürlich ein Geflecht von Interessen, die alle auf ihren Vorteil bedacht sind. Wie ich gesehen habe, bringen Sie eine Prise ein." In der Stimme des jungen Mannes schwang ein klein wenig Neid mit. Bei seinen Einsätzen als schneller Kurier konnte – durfte – er sich nicht den Zeitverlust leisten, eine Prise aufzubringen. Außerdem hatte er vermutlich gerade so viele Männer an Bord wie nötig waren, um sein Schiff optimal segeln zu können, an die Abstellung einer Prisenbesatzung war da nicht zu denken. „Es wird nicht ganz einfach werden, hier in vertretbarer Zeit ein anständiges Urteil des Prisengerichts zu bekommen. Sorry, Sir, aber so sind hier die Verhältnisse, hat man mir erzählt."

---

* Wortspiel, das einen Reiz aus der Verkürzung des Satzes zieht. „Sind Damen anwesend, dann sollten sich die anwesenden Herren wie Gentlemen benehmen."

„Ahem… äääh! Na, das wollen wir doch mal sehen. Übrigens, existiert die Hermes Furtrading Company noch, Mister Graeth?"

Der junge Leutnant zuckte die Achseln. „Nie gehört, Sir. Was ist damit? Pelze werden Sie aber in der nächsten Zeit nicht mehr brauchen. In der letzten Woche ist zwar noch ein übler Schneesturm über die Stadt hinweggebraust, aber jetzt ist wohl endgültig der Frühling angebrochen."

„Ach, es war nur eine allgemeine Frage, Sir. Ich habe bei einem früheren Besuch den Eigentümer kennengelernt und wollte diese Bekanntschaft auffrischen." *Schlittenfahren will ich mit diesem Halunken Saul Hinkie! Der soll sich bis in alle Ewigkeit an unser Wiedersehen erinnern!* Er lächelte bösartig vor sich hin. Graeth, der ihn beobachtete, erstarrte, denn er spürte die Welle kalter Wut, die von Turner ausging, fast körperlich. *„Jetzt möchte ich um keinen Preis auf der falschen Seite des Degens stehen!"*, schoss es ihm durch den Kopf. Aber gleich darauf fuhr Turner wieder freundlich fort: „Was ist dieser Sir Amoi für ein Mensch, können Sie mir da etwas behilflich sein, Sir?"

Graeth hob die Achseln. „Man bekommt ihn kaum zu Gesicht. Aber er ist ein guter Seemann und hat sein Schiff im Griff. Allerdings überlässt er den täglichen Kleinkram seinem First Luv*. Er erscheint nur gottgleich auf dem Achterdeck, wenn das unvermeidlich ist. Er promeniert viel auf seiner Heckgalerie und wenn ihm etwas auf einem Schiff missfällt, dann bekommt

---

* First Luv = Erster Leutnant

der unglückliche Kommandant in kürzester Frist eine Note per Boot überbracht, in der seine Missetaten aufgezeichnet sind, mit der dringenden Aufforderung, diese umgehend abzustellen. Fama est, dass er stundenlang an einem neuen Signalsystem brüten soll, dass mit wenigen Flaggen auskommt – nun ja, jeder hat so seinen Spleen. Aber nachdem, was man so hört, ist er ein fairer Vorgesetzter – nur halt ein wenig menschenscheu. Es wird gemunkelt, dass er viele Jahre in Ostasien zugebracht hat und seitdem eine tiefsitzende Abneigung gegen Menschenansammlungen hat, Sir. Auf eine Einladung zum Tee oder zum Dinner werden Sie gewiss vergeblich warten, Sir."

„Ahem… äh…, sehr gut, Mister Graeth, Sie waren mir eine große Hilfe. Gewiss warten auf Sie an Bord wichtige Geschäfte. Es war äußerst freundlich von Ihnen, uns so viel von Ihrer kostbaren Zeit zu schenken, aber jetzt will ich Sie nicht länger aufhalten." William warf einen schnellen Blick auf die große, leere Platte, die so sauber aussah, als ob eine Katze sie genüsslich und sehr gründlich abgeschleckt hätte. Der Leutnant trank noch rasch sein viertes Glas Wein aus, dann erhob er sich.

„Es war mir eine Ehre, Sir. Bin ganz besonders erfreut, die Bekanntschaft Ihrer Ladyschaft gemacht zu haben, oh, pardon!" Er hielt sich dezent eine Hand vor den Mund, da er leicht aufstoßen musste. „Herzlichen Dank für den kleinen Imbiss, Madam und Sir. Ganz annehmbarer Tropfen, dieser Weiße, das muss ich schon neidlos anerkennen. Jetzt geht es zurück zu Hardtack und verdünnten Pusser's Rum mit Limejuice." Er klang ein wenig melancholisch. Steif schritt er zu Jane hinüber und küsste ihr die ausgestreckte Hand. Er blähte die Nasenlöcher auf und murmelte fast unhörbar vor sich hin: „Tolles Parfum, da könnte der schärfste Bluthund glatt die Spur des Fuchses verlieren..."

Turner räusperte sich lautstark. „Kommen Sie gut zurück auf Ihr Schiff, Leutnant." Jane kicherte amüsiert.

„Aye, aye, Sir!"

Kaum hatte Graeth ganz leicht schwankend den Raum verlassen, als William seinen Dolch aus der Scheide hinten am Hosenbund zog. Der Griff des Dolches bestand aus zwei ineinander verdrehten Schlangen. Er hatte vor unendlich langer Zeit – war das wirklich erst zwei Jahre her? – diese Waffe von einer gewissen Capitana Janine in die Hand gedrückt bekommen, als er von ihrer Piratenbrigg *Medusa* flüchten musste. Auch Lady Jane sah die Waffe und fühlte sich kurz in Zeit und Raum zurückversetzt. Rasch durchtrennte William mit der scharfen Klinge die Schnüre des Briefes und brach dann die Siegel auf. Schnell überflog er den Inhalt, um dann überrascht scharf den Atem einzuziehen.

„Was gibt es, mein Liebling?"

„Großes Geheimnis, Jane", meinte er leichthin. „Aber das muss Dich nicht interessieren." Sie war natürlich vollkommen anderer Meinung, aber schlau genug, jetzt nicht in ihn zu drängen. Wie sie nur zu gut wusste, wäre das nur kontraproduktiv gewesen. Sie sprang auf und rauschte – ganz die beleidigte Unschuld – aus der Kabine. William schnaufte zufrieden und las das Schreiben nochmals gründlich:

Commander William Turner, Esq.

Wir haben unwiderlegbare Beweise, dass unser ehemals sehr geschätzter Mitarbeiter Saul Hinkie in New York auch für die Gegenseite arbeitet. Er ist somit eine Gefährdung für unsere Organisation und bedeutet besonders für unsere Agenten eine tödliche Bedrohung. Wir haben daher beschlossen, in Zukunft auf seine Dienste zu verzichten. Allerdings ist darüberhinaus sicherzustellen, dass er in Zukunft keine Informationen an den Feind mehr weitergeben kann. Wir bitten um Nachricht, sobald Sie uns definitiv versichern können, dass Mister Hinkie bis zum jüngsten Tag schweigen wird. Die Wahl der Mittel, dieses Ziel zu erreichen, überlassen wir Ihnen.

Handeln Sie umgehend und durchgreifend. Jedweder Zeitverzug könnte sich gegen Sie wenden.

Mit vorzüglicher Hochachtung und in Erwartung Ihrer umgehenden Vollzugsmeldung verbleiben wir Ihre untertänigsten Diener

Hermes Shipping Agency, London

N.B. Verbrennen Sie diesen Brief! Jetzt sofort!

Puh, diesmal meldete sich sogar die Oberschlange aus London zu Wort. Wenn auch das Wort „Mord" nicht ausdrücklich benutzt wurde, war doch völlig klar, was man von ihm erwartete. Der feinsinnige Hinweis auf den Zeitverzug, der sich gegen ihn wenden könnte, war sehr doppelsinnig. Wie er Hermes einschätzte, war es eine nackte Drohung. Verdammt! Wie sollte er Hinkie, diesen Mistkerl, um die Ecke bringen. Nicht, dass er bei diesem miesen Kerl irgendwelche Skrupel gehabt hätte. Das Problem war vielmehr, wie sollte er das Problem lösen, ohne in Zukunft mit der Angst leben zu müssen, irgendwann als Mörder angeklagt zu werden? Politiker kamen und gingen, wer konnte wissen, wie ein Nachfolger von Hermes mit dieser Angelegenheit umgehen würde? Außerdem musste man immer mit der Möglichkeit rechnen, dass es Zeugen der Tat gab, mit denen man nicht gerechnet hatte. Er zerknüllte den Brief, nahm einen Weinkühler vom Sideboard, stopfte das Pergament hinein, entzündete einen der dünnen Holzspäne, die in einem silbernen Schälchen bereitlagen, um bei Bedarf Tabakspfeifen zum Brennen zu bringen. Er blies die kleine Flamme an, bis sie kräftig loderte, dann hielt er sie an den Brief. Nachdenklich sah er zu, wie er zu Ache zerfiel. Wenn er sich schon nicht selbst die Hände schmutzig machen wollte, wen sollte er dann mit der Drecksarbeit beauftragen. Tom? „*Snake*" Taylor oder einer der anderen Waldläufer? Den Indianer Brokenwing? Und, und, und...? Jeder der Genannten konnte und würde auf sein Geheiß hin dem Verräter sauber und schnell in einer dunklen Gasse das Licht auspusten. Aber da war wieder das Problem mit dem Mitwisser. Turner konnte dem Gedanken, zusammen mit einem seiner geschätzten Bordkameraden eine Leiche im Keller zu haben, keine positive Seite abgewinnen. Vielleicht sollte er im Nachtjackenviertel von Manhattan einen Totschläger anheuern. Für ein paar Goldstücke würde er gewiss einen gewissenlosen Mordbuben finden. Aber damit war das grundsätzliche Problem nicht gelöst. Um in Zukunft in Ruhe leben zu können, musste er der perfiden Logik solcher Taten folgend, den Erfüllungsgehilfen bei der Übergabe des Erfolgshonorars töten. Die Schlange biss sich in den Schwanz. Er ging nach achtern auf die Heckgalerie und leerte den Weinkühler, die Asche wirbelte davon. Die immer hungrigen Möwen segelten erwartungsvoll heran und zogen böse kreischend wieder in die Höhe, als sie sich in Ihren Erwartungen getäuscht sahen.

„Midshipman für den Kommandanten, Sööör!"

„Soll reinkommen!"

Durch die Tür schlüpfte ein ängstlicher Stan Kimberley in die heiligen Hallen, sah sich mit großen Augen bewundernd um und stotterte:

„Si... signal von der *Enterprise*, Sir. ‚Ka... kapitän zum Rapport melden!'"

*

Die Bordwand der *Enterprise* und die darüber in schier unendliche Höhen ragenden Masten schienen bis in die Wolken über ihm aufzuragen. Mein Gott, war das ein riesiger Kasten, dagegen nahm sich die *Willi* wie ein Tender aus. Seine geliebte *Shark* hätte man hier vermutlich als Arbeitsboot an Deck gesetzt.

„Boot, ahoi!"

„*Ville de Rouen!*", antwortete Tom in fehlerlosem Französisch. Das würde oben an der Eingangspforte für einige Bewegung sorgen. Schiffsjungen und Seesoldaten würden in aller Eile herbeigeordert werden. Der Leutnant der Wache und der Sergeant der Marineinfanteristen würden ihre Männer mit kritischen Augen mustern und dafür sorgen, dass das Begrüßungskomitee einen tadellosen Eindruck machte. Die Bootsmannsmaaten feuchteten ihre Lippen an und holten mehrfach tief Luft, bevor sie ihre Pfeifen an den Mund hoben. Turner rückte den Degen zurecht, packte die geweißten Manntaue und schwang sich auf die unterste Stufe an der Bordwand. Gewandt erklomm er die Treppe bis zum Eingangsportal in Höhe des Hauptdecks. Die Pfeifen zwitscherten und die Ehrenwache aus Marineinfanteristen und Schiffsjungen stand sauber ausgerichtet zu seinem Empfang bereit. Ein junger Leutnant begrüßte ihn.

„Sir, willkommen an Bord der *Enterprise*. Ich bin Howey Hughes, der Sechste Leutnant. Wenn Sie mir bitte folgen wollen."

Der Leutnant führte ihn am Wachposten der Seesoldaten vorbei, der nur stumm seine Muskete präsentierte, bis in die Lobby der Admiralssuite. Offensichtlich legte Sir Amoi keinen Wert auf die sonst üblichen lautstarken Ankündigungen von Besucher durch die Marines. Im Vorraum wartete ein untersetzter Mann in der typischen Uniform eines Bootsteuerers auf ihn. „Der Admiral bittet Sie einen Moment Geduld zu haben, er muss noch dringend etwas mit seinem Steward besprechen."

Turner knurrte leise vor sich hin. Seit wann hatten Gespräche mit Stewards Vorrang vor dem mit einem Commander? Das war ein Affront, zumindest hätte man sich eine bessere Ausrede einfallen lassen können. Wenn man es jedoch etwas anders betrachtete, dann blieb der Kapitän anscheinend lieber bei der Wahrheit, anstatt eine fadenscheinige Lüge aufzutischen – möglicherweise weil ihm die Meinung anderer Menschen gleichgültig war. William verbarg seinen Ärger und musterte sein Gegenüber.

„Irgendwie kommen sie mir bekannt vor, Mister. Sind wir früher einmal zusammen auf einem Schiff gefahren?"

„Ganz gewiss nicht, Sir. Mein Name ist Bonden, James Bonden, und ich bin seit Ewigkeiten der Bootssteuerer des Kapitäns. Wenn wir zusammengefahren wären, dann hätte ich jetzt gewiss einen kleinen Pub an der Westküste – bei dem Glück, dass sie mit den Prisen haben, wie man so hört –, wäre das bestimmt für mich drin gewesen."

Turners scharfen Ohren konnten deutlich den walisischen Dialekt des Mannes mit ihrem Singsang und dem leicht gerollten „R" heraushören. In diesem Teil des Königreichs sollten begnadete Dichter und Erzähler zu Hause sein. Allerdings wurde kolportiert, dass sie für eine gute Pointe auch schon mal die Realität etwas korrigierten, sozusagen ihren Wünschen anpassten. Und ungewöhnlich trinkfest sollten sie auch sein. Beide Eigenschaften waren vermutlich ein Erbe ihrer keltischen Vorfahren und die hatten sie mit den Schotten, Iren und Leuten aus Cornwall gemeinsam. Allerdings verübelten sie den Engländern, dass man ihnen den Status eines eigenständigen Stammes wie den Schotten und Iren mit beispielsweise einem eigenen Adel und Parlament – so wenig das auch immer zu sagen haben mochte – vorenthielt und ihnen provokatorisch den jeweiligen englischen Kronprinzen als Stadthalter aufoktroyierten. „Was würden sie denn in ihrem Pub ausschenken, Mister Bonden?"

„Nur Getränke mit Waliser Herkunft natürlich, Sir! Also Waliser Bier und besten Penderyn Peated Welsh Whisky." Er musterte Turner abschätzend, „Nun ja, vielleicht findet sich auch noch irgendwo eine verstaubte

Flasche Gin*, Sir ... für einen lieben Gast aus England!"
Er grinste verschmitzt. Zwar kam dies einer Subordination schon sehr nahe und William kannte genug Kapitäne, die das zum Anlass einer geharnischten Beschwerde beim Kommandanten genommen hätten. William allerdings dachte nicht daran, sich zum Affen zu machen, denn er wusste nicht, wie der hohe Herr darauf reagieren würde, wenn man seinen engen Vertrauten, mit dem ihn gewiss unzählige durchgestandene Abenteuer verbanden, anzuschwärzen versuchte. Er mochte müde abwinken oder auch zum Schein sehr empört tun, nur um den Beschwerdeführer im Geiste in die Kategorie der humorlosen Korinthenkacker einzuordnen.

„Nicht nötig, Mister Bonden! Wenn der Whisky trinkbar ist, nehme ich gerne damit Vorlieb."

Jetzt beäugte ihn Bonden wachsam und sehr aufmerksam. Zweifellos hatte ihm Williams humorvolle Antwort gefallen. „Sir! Trinkbar, mit Verlaub gesagt, Sie scherzen wohl? Es ist ein Gedicht von einem Single Malt Whisky mit 46 % Vol. mit einer Farbe von altem Messing und die Aromen...!" Er verdrehte genießerische die Augen, schnalzte mit der Zunge und küsste seine Fingerspitzen. „Als erstes riechen Sie süßen aromatischen Rauch, der steigt Ihnen sofort und deutlich in die Nase, aber bald kommen andere Noten wie Vanille

---

* Traditionell wurde in England Gin getrunken, während in Schottland und Irland Whisky bevorzugt wurde. Das war noch in der Handelsschifffahrt nach dem WK II verbreitet. In der Maschine gaben die Schotten den Ton an und konsumierten Whisky, die Brücke war mit Gin trinkenden Engländern (Pink Lady = brrr!) besetzt. Ähnlich soll es sich bei der Royal Navy verhalten haben oder noch so sein.

und grüne Äpfel hinzu. Und der Geschmack im Mund erst: Erfrischende Zitrusnoten, Vanille und grüne Äpfel, komplex und sanft. Jeder Schluck hat einen mittellangen Nachklang mit einem Rest von Rauch und Vanille. Jedenfalls schmeckt er nach mehr." Er seufzte wohlig und leckte sich die Lippen, wobei er deutlich schmatzte.

„Lassen Sie mich wissen, wenn sie ihr Pub eröffnet haben, Bonden, dann werde ich mich bei Gelegenheit davon überzeugen, ob an ihrer begeisterten Schilderung etwas dran ist. Wehe ihnen, wenn sie mich für irgendeine Wald- und Wiesenplörre in die westliche Einöde gelockt haben."

Bonden schüttelte energisch den Kopf. „Sie werden es nicht bereuen, Sir." Er kam vertraulich ein wenig näher, kniff ein Auge zu und flüsterte: „Ich werde dem Steward einen Tipp geben, dass er Ihnen ein Glas zur Probe serviert. Mehr ist nicht drin. The old man passt höllisch auf, dass unsere mageren Bestände nicht zu schnell dahinschmelzen."

Verblüfft blickte ihn Turner an. Da war sie wieder, diese zweite unsichtbare aber einflussreiche Ebene unterhalb des Achterdecks, die einem das Leben erheblich erleichtern konnte, wenn man akzeptiert war und an den richtigen Strippen zu ziehen verstand. War man dagegen bei den Decksoffizieren und ihrer Clique auf Legerwall gesegelt, dann konnte man daran verzweifeln. Bevor er antworten konnte, öffnete sich die Tür zum

Salon und ein Steward trat heraus. Er schnarrte von oben herab, was nicht einfach war, denn er maß höchstens fünf Fuß plus zwei oder drei Zoll:

„Der Herr Kapitän lässt bitten, Sir."

Turner betrat die geräumige Achterkajüte. Waren ihm nach der Enge auf der *Shark* schon seine Gemächer auf der *Willi* weitläufig vorgekommen, so konnte man hier schon beinahe von einem Saal sprechen.

„Commander William Turner von Seiner Majestät Transporter *Ville de Rouen* meldet sich wie befohlen zur Stelle, Sir!"

Sir Amoi stand auf, umrundete seinen riesigen Schreibtisch aus massivem Mahagoni, der von ungewöhnlich geschickten Handwerkern reich mit geschnitzten Blumen, Fantasieungeheuern sowie für Turner unbekannten Symbolen verziert worden war und kam ihm auf dem dicken orientalischen Teppich entgegen. Jovial reichte er ihm die Hand. „Habe viel von Ihnen gehört, Sir, ja, gehört. Sollen ja ein toller Draufgänger sein. Schätze wagemutige Männer, Mister, ja, wagemutig und doch immer mit der nötigen Portion Vorsicht, ja, vorsichtig müssen Sie sein, sonst würden Sie nicht mehr unter uns weilen, ja, weilen. Nehmen Sie doch bitte Platz." Er deutete auf einen wuchtigen Sessel, der mit Seidenstoff bezogen war. Auf der Rückenlehne war eine große goldene Chrysantheme eingewebt, den vorderen Abschluss der Armlehnen bildeten die Köpfe grimmig blickender Löwen und die vorderen Füße waren großen, mit Krallen bewehrten Raubtiertatzen nachempfunden.

Das Pendant des Sessels zierte auf der Rückenlehne eine rote Blüte, die William nicht kannte. Sir Amoi, der sein nachdenkliches Gesicht beobachtet hatte, meinte leichthin, so, als ob solche Muster in diesem Teil der Welt alltäglich wären: „Das ist eine Lotusblüte. Im Buddhismus symbolisiert die Lotusblume die Reinheit von Sprache, Geist und Körper, die die weltliche Begierde überwunden hat. Lotus ist eines der acht Glückssymbole. Verschiedene Farben der Blüte stehen für verschiedene Aspekte der Perfektion. Rot steht für das Herz, seine Reinheit, Leidenschaft, Liebe und die Fähigkeit zum Mitgefühl. Die Chrysantheme auf dem anderen Sessel wird von den chinesischen Gelehrten zusammen mit dem Bambus, der Pflaume und der Orchidee zu den ,vier Edlen' gezählt. Aufgrund ihrer Blütezeit im schon kühlen Herbst gilt sie als Symbol des Mutes. Sie gehört zur Gruppe der Pflanzen, die als Symbol für ein langes Leben, für Bescheidenheit, Vornehmheit und ewige Liebe stehen. Interessant, nicht wahr, junger Mann?"

Turner nickte stumm. Das war eine Welt, die ihm völlig fremd war. Offensichtlich gab es außerhalb Europas Völker, die über eine hochentwickelte Kultur verfügten. Da griffen die lapidaren Verächtlichmachungen aller fremden Gesellschaften als primitiv und heidnisch, die in den gehobenen Kreisen Englands sehr häufig gang und gäbe waren, ganz offensichtlich zu kurz. Dass es dort ungewöhnlich fähige Künstler und Handwerker geben musste, von denen ihre europäischen Kollegen noch Einiges lernen konnten, zeigte jeder Blick auf die

Möbel und Kunstgegenstände in diesem Raum. Auf dem in gleicher Manier wie der Schreibtisch gefertigten Sideboard saß in der Mitte eine etwa einen Fuß große Buddha-Figur aus einem Stein, dessen Farbe am besten als ein feines Weiß mit einem leicht rosa Schimmer beschrieben werden konnte. Eingerahmt wurde die Figur von zwei weißen Elfenbeinzähnen, in die geschickte Handwerker, nein, das war stark untertrieben, dachte Turner, richtig musste es geniale Zauberer mit dem Schnitzmesser heißen, von außen nach innen mit mehreren Schichten dreidimensionale Landschaftsansichten, Figuren, Blüten und filigranen Kugeln versehen hatten. Was für eine Geduld, was für eine ruhige Hand, was für ein Geschick waren notwendig, um so etwas Wunderbares zu erschaffen. Alles hier in dieser Kabine spiegelte einen exquisiten exotischen Geschmack wieder, dazu passte auch ein fremdartiger Duft, der von den Räucherstäbchen ausging, die in mehreren aufwendig ziselierten Messingschalen neben dem Buddha langsam abbrannten. „Bonden, *du hinterhältiger Hundsfott*", dachte Turner, „*du wolltest mich wohl aushorchen und meine Reaktionen testen. So wie das hier ausschaut, wirst du wohl auch einen prallen Beutel mit Prisengeld in Fernost gemacht haben, da würde ich meine Jahresheuer drauf wetten. Aber warte es ab, man sieht sich immer zweimal im Leben.*"

„Gefällt Ihnen mein Mitbringsel aus China, Sir? Er ist aus einem massiven Stück Jade* herausgearbeitet worden, ja, worden", meinte Sir Amoi leichthin. „Was darf ich Ihnen anbieten, Mister Turner, ja, anbieten?"

Ehe Turner antworten konnte, erschien wieder der hochnäsige Steward mit einem Tablett. Er bewegte sich übertrieben langsam und bedächtig. Zuerst stellte er seinem Herrn und Meister einen schweren Kristalltumbler auf den Tisch zwischen den beiden Sesseln und dann mit einer, Turner hätte wetten können, bedauernden Geste einen zweiten bei ihm ab. Sir John lächelte kurz.

„Wie ich sehe, haben Sie den Bonden schon auf Ihre Seite gebracht, Sir. Guter Mann, dieser Bonden, ja, guter Mann. Hätte schon längst sein Leutnantspatent machen können. Hat aber jede Möglichkeit dazu abgelehnt, meint, ja meint, dass ich ohne ihn vor die Hunde gehen würde. Ist natürlich Quatsch, aber was soll ich machen, kann ihn zu seinem Glück nicht zwingen. Herzensguter Kerl – für einen Waliser, ja Waliser! Nun denn, dann wollen wir mal sein Lebenselixier probieren. Auf ein langes Leben, Sir."

„Mögen Sie hundert Jahre alt werden, Sir."

„Wir wollen nicht übertreiben, Mister Turner, achtundneunzig würden mir fürs erste ausreichen."

Der alte Knabe hatte Humor. Turner sog die Aromen des Whiskys langsam ein und nahm dann einen guten

---

* Während in Europa die grüne (jadegrüne) Farbe bevorzugt wird, erfreut sich in Fernost neben der sündhaft teuren grünen Imperial-Jade mit einer unglaublichen Farbtiefe auch die weiße Jade mit einem leichten rosa Einschlag großer Beliebtheit – und ist entsprechend sehr, sehr teuer!

Schluck. Er war überrascht, denn alles, was Bonden behauptet hatte, stimmte. Das war wirklich ein exzellenter Tropfen. „Aaah…! Köstlich, Sir."

Der Kapitän hatte ihn aus den Augenwinkeln heraus aufmerksam belauert, jetzt grinste er leutselig. „Sie haben Geschmack, Sir, ja, Geschmack. Gefällt mir. Aber jetzt zum Geschäft. Was ist in diesen Paketen, Sir?" Er deutete auf die in Segeltuch verpackten Bündel neben der Tür.

William reichte ihm seinen versiegelten Bericht. „Sir, hier steht alles ausführlich über meinen letzten Einsatz drin, Sir."

Amoi machte eine abwehrende Handbewegung. „Schildern Sie mir das Wichtigste in kurzen Worten. Lange Berichte pflege ich abends langsam und gründlich zu studieren. Sollten mir Ungereimtheiten auffallen, können Sie sicher sein, dass Sie von mir hören werden, Sir, ja, hören werden."

„Selbstverständlich, Sir, selbstverständlich. – *Jetzt fange ich auch schon mit diesen blöden Wiederholungen an, verdammt!* – Stets zu Ihren Diensten, Sir John."

„Nun los, Mister."

Turner gab ihm einen kurzen Abriss der Geschehnisse in Beaufort. „Und in diesen Paketen, Sir, befinden sich die Logbücher der vernichteten Freibeuter und sonstige Dokumente, die wir in der knappen Zeit in Sicherheit bringen konnten, zur weiteren Verwendung – durch wen auch immer."

„Hört sich an, als wäre das wieder einer Ihrer tollen Husarenstreiche gewesen, ja, Husarenstreiche. Mein Glückwunsch, junger Mann, gut gemacht, ja, gut gemacht. Wird Ihnen eine dicken Stein bei der Admiralität einbringen, schätze ich, ja, einbringen."

Turner lächelte sparsam. Er musste wieder an das Kriegsgerichtsverfahren denken. Aber er hatte keine Lust, darüber mit seinem Gegenüber zu diskutieren. Hatte der smarte Leutnant von der *Speedy* nicht erzählt, dass das Steckenpferd des Kapitäns die Flaggensignale waren? Vielleicht konnte er damit geschickt das Thema wechseln und von seinen Schwierigkeiten ablenken. „Was mir bei dem Überfall wieder schmerzlich aufgefallen ist, dass wir in der Royal Navy kein wirklich effektives Signalsystem haben, Sir. Als die Boote abgelegt hatten, musste ich hoffen, dass die jeweiligen Bootsführer ihren gesunden Menschenverstand gebrauchen, meine Befehle richtig interpretieren und alles richtig machen würden. Nun, es hat letztlich glücklicherweise alles geklappt, aber ein paarmal …"

Sir Amoi hatte sich wie elektrisiert in seinem Sessel kerzengerade aufgerichtet und rief: „Limax, die Signaltafeln! Sofort!"

Der Lakai kam hereingeeilt. Offensichtlich wusste er, wenn der Kapitän diesen Ton anschlug, war es nicht die richtige Zeit, den bedächtigen hochherrschaftlichen Butler herauszukehren. Er brachte flugs einen Stapel Papiere herüber, die mit Zeichnungen von Flaggen und

Erläuterungen dazu bedeckt waren. Turner hielt ihm ostentativ sein leeres Glas hin, der Kapitän achtete nicht darauf, sondern begann zu dozieren:

„Mein System hat zum Ziel, mit möglichst wenig Flaggen möglichst viele Botschaften zu übermitteln. Je mehr Flaggen man verwende, desto größer ist die Gefahr, dass das Signal falsch zusammengesteckt oder falsch abgelesen wird. Folglich versuche ich mit höchstens drei Flaggen auszukommen. Da haben wir zuerst die 26 Buchstaben des Alphabets. Setzten wir vor jeden Buchstaben den Zahlenwimpel Null sind das weitere 26 Signale, mit dem Zahlenwimpel Eins nochmals 26. Jetzt hissen wir vor dem Buchstaben erst die Null und dann die Eins und nun drehen wir das um, also erst die Eins dann die Null, das macht zusammen nochmals 52 Signale. Insgesamt haben wir jetzt einhundertdreißig verschieden Mitteilungen. Damit müsste man doch auskommen. Man benötigt keine dicken Signalbücher, sondern nur fünf Seiten. Um die Schiffe einer Flotte oder eines Konvois anzurufen, kann man natürlich das Unterscheidungssignal des Schiffes verwenden oder aber den einzelnen Schiffsklassen eine Zahl zuordnen, meinetwegen die Nummer Fünf den Linienschiffen, die Sechs den Fregatten und die Sieben den Slups, die Acht den Transportern, dazu kommt dann die laufende Nummer des Schiffs. So könnte die *Enterprise* als das größte Linienschiff nach dem Schiff des Admirals die Nummer 52 zugeteilt bekommen und Ihr Schiff beispielsweise die Nummer die 83 falls Sie als dritter Transporter eingeordnet wurden. Einfach und übersichtlich, nicht wahr, Mister Turner?" Er zögerte kurz. „Notfalls kann man ja immer noch buchstabieren."

Turner war gebührend beeindruckt, das hörte sich genial einfach an. Auffällig, dass der Kapitän bei seinem engagierten Vortrag seine sprachliche Marotte abgelegt hatte. „Sir John, ich hoffe, dass Sie mit Ihrem Vorschlag Erfolg bei der Admiralität haben werden. Mir leuchtet ihr System jedenfalls ein."

Sir Amois Gesicht leuchtete wie das eines Kindes, dass sein ersehntes Geschenk zum Geburtstag bekommen hat. „Ich gebe mich da keinen großen Hoffnungen hin", meinte er dann aber plötzlich pessimistisch und seine Miene verdüsterte sich. „Um etwas zu verändern, muss man mindestens Admiral der roten Flagge sein und in Whitehall ein- und ausgehen. Ich war zu lange on the far side of the world, mich kennt man in London kaum noch. Vermutlich könnte ich den hohen Herren ein Schiff präsentieren, das genau gegen den Wind segeln kann, trotzdem würden die Schreibtischhengste das als Marotte eines fieberkranken Veteranen abtun. *„Das wären in der Tat die Fantasien eines Fieberkranken"*, schoss es Turner durch den Kopf. Sir John fuhr fort: „Apropos Fieber. Vermutlich haben Sie New York angelaufen, um notwendige Reparaturen durchführen zu lassen, Sir. Den Zahn können Sie sich ziehen lassen. Ich warte selbst auf einen freien Platz im Trockendock. Aber ich werde Commander Alderian anweisen, Ihnen jede Hilfe angedeihen zu lassen, um Ihr Schiff in einen einigermaßen seetüchtigen Zustand zu versetzen. Aber dann – und das ist wirklich ein guter Rat – sollten Sie weiter nach Halifax oder St. John's segeln. Dort oben werden Sie bestes Bauholz und exzellente Facharbeiter in sicheren Naturhäfen vorfinden. Es tut mir leid, dass ich Ihnen keine günstigere Nachricht geben kann."

„Oh, Sir, Sie waren mir schon sehr behilflich. Eine Frage habe ich noch, wenn es gestattet ist. Wie schnell und zuverlässig arbeitet das örtliche Prisengericht?"

Sir Amoi verzog das Gesicht, als ob er in einen Zitrone gebissen hätte. „Nun ja, was soll ich sagen, vermutlich sind seine Mitglieder so korrupt wie überall im Königreich, ja korrupt, verdammt! Besonders in den Kolonien soll das ja leider ausufern, Mister Turner. Wenn Sie mich jetzt entschuldigen wollen, Sir."

Turner erhob sich, blickte ein wenig traurig auf sein leeres Glas und salutierte zackig. „Sir, es war mir ein Vergnügen!"

„Ach ja, Sir, ehe ich es vergesse, wie man hört, haben Sie eine Lady an Bord. Es wäre mir eine Ehre, ja, Ehre, wenn Sie mich übermorgen zum Dinner beehren würden."

„Vielen Dank, Sir, Lady Osborne wird hoch erfreut sein, Ihre Bekanntschaft zu machen."

„So, so, eine Lady Osborne … gehört sie zu den Osbornes, Mister Turner?"

„So sagt man, Sir." Turner marschierte schnell hinaus und ließ sich zu seinem Schiff zurückpullen. Der alte Knabe schien ganz in Ordnung zu sein. Von der angekündigten Menschenscheu war nichts zu spüren gewesen. Vielleicht waren ihm einfach nur korrupte Beamte und bornierte Offiziere und deren schwatzhafte Gemahlinnen ein Greuel. Und nun war er sogar zusammen mit Jane zum Dinner bei ihm eingeladen worden.

Kapitel 4

Leutnant James Dechamp schnippte ein imaginäres Staubkörnchen von seinem wie immer makellos gebürsteten dicken blauen Uniformrock. Er nahm den Hut ab, strich sich durch das fahlgelbe, strohige Haar und fächelte sich mit dem Hut etwas frische Luft zu. Schweißperlen standen auf seiner knochigen hohen Stirn über den fast farblosen dünnen Augenbrauen. Die stickige, nahezu bewegungslose Luft lastete schwülheiß auf der Reede vor Manhattan. Dann beugte er seinen langen, schlaksigen Oberkörper nach vorne und legte die Arme auf den gut im Lack stehenden, glänzenden Teakschanddeckel der vorderen Reling des Achterdecks. Er beobachtete die Seeleute, die fluchend und schwitzend mit dem Umstauen der Kanonen von vorne nach achtern beschäftigt waren. Ziel war es, das Schiff soweit ins Gatt zu trimmen, dass die Werftarbeiter Zugang zu den eingedrückten Planken vorne in der Wasserlinie und unmittelbar darunter hatten. Sein missmutiges, langes Gesicht mit der großen ewig tropfenden Nase vermittelte den Eindruck, dass der üblicherweise stets gut aufgelegte Erste Leutnant niedergeschlagen war. Der

Master, der neben ihm stand, hatte ihn schon geraume Zeit beobachtet, jetzt setzte er sein Fernrohr ab und erkundigte sich so ganz nebenbei: „Gibt es ein Problem, Mister Dechamp? Falls Sie sich Gedanken darüber machen, ob das Umstauen der schweren Geschütze im Zwischendeck ausreicht, so kann ich Sie beruhigen. Ich habe mir schon überlegt, wie wir durch ein Umstauen der Ladung und Vorräte in den Luken den Vorschiffbereich noch weiter aus dem Wasser bekommen, Sir. Notfalls können wir auch noch die Kanonen von der Back auf das Achterschiff schaffen lassen. Das dürfte zwar eine verdammt schweißtreibende Knochenarbeit werden, aber seinen Zweck allemal erfüllen."

Dechamp sah ihn aus seinen wässerigen hellblauen Augen traurig an. „Aber gewiss, Mister Lennon, ich habe keine Sekunde daran gezweifelt, dass Sie schon einen Plan B in der Hinterhand haben, wenn ich mit meinem kleinen Einmaleins am Ende bin. Wissen Sie, manchmal bin ich es müde, hier an Bord den Dorftrottel zu spielen."

Lennon blickte ihn ehrlich erstaunt von der Seite an. Er räusperte sich umständlich und fragte dann ruhig: „Ahem, äääh…, Sir, darf ich offen sprechen?"

„Selbstverständlich, Mister Lennon, machen Sie mir ruhig klar, dass ich ein seemännischer Versager bin und besser zu den kleingeistigen Horseguards gegangen wäre."

Der ältere Mann brummte ganz offensichtlich ehrlich verärgert: „Was erzählen Sie da für einen blühenden Unsinn, Sir. Sie sind ein sehr begabter Seemann, bei meiner Treu, Mister Dechamp. Nun, Sie waren an die kleine handliche *Shark* gewöhnt, da mag es sein, dass Sie sich auf der Bark mit ihren vielen Rahsegeln und erst recht hier auf der *Willi* mit ihren Segelpyramiden etwas unwohl fühlen. Bedenken sie bitte, dass Sie normalerweise auf so einem Linienschiff – en flûte oder nicht – in Ihrem Alter bestenfalls nur als Vierter Leutnant fungieren würden und nur das Sprachrohr des First Luv wären. Dafür machen Sie einen verdammt guten Job, Sir, und Sie lernen schnell!"

„Selbst der Middie Armstrong kommandiert die Manöver besser als ich, es ist eine Schande!"

„Tse, tse, Mister Dechamp, was sollen diese Töne. Wir wissen doch alle, was wir von unserem Armstrong zu halten haben. Er ist in der praktischen Seemannschaft ein Naturtalent und außerdem seit ewigen Zeiten dabei, das ist wahr, aber sonst wollen Sie sich doch nicht ernsthaft mit ihm vergleichen!"

Dechamp grummelte vor sich hin, dann brach es erneut aus ihm heraus: „Und was ist mit dem Kapitän? Er ist kaum drei Jahre älter als ich, aber wenn er das Kommando hat, da gibt es kein Zögern oder Zaudern, da kommen die Befehle picobello, präzise, immer zum exakt richtigen Zeitpunkt wie perfekte Perlen auf eine Schnur aufgereiht daher." Dechamp spürte die Hand des alten Weißkopfadlers auf seiner Schulter ruhen. „Vergleichen Sie keine Äpfel mit Birnen, Sir! Der Kapitän konnte schon pullen, wriggen und segeln, bevor er richtig laufen konnte, ähnlich dürfte es bei Ihnen mit dem Reiten gewesen sein, vermute ich. Der hat schon als Knabe den Englischen Kanal bei jedem Wetter befahren, der muss nicht nachdenken, was zu tun ist, der spürt, was das Schiff will und was es braucht. Außerdem hat er die seltene Gabe, mit dem Meer und dem Wind zu einem Wesen verschmelzen zu können. Das sind die Momente, in denen die Jan Maaten, die ihn beobachten, sich zuflüstern: ‚Nu snackt de Ol wedder mit die Seegeisters!' Das gibt es nicht allzu oft. Ich kenne ein paar Kollegen, denen dieser siebte Sinn auch gegeben ist, die aber nicht beschreiben können, wie das eigentlich funktioniert. Einer hat es mir mal so zu erklären versucht: ‚Och, weeßt du, mich juckt denn plötzlich der linke Daumen so komisch und dann wet ick, dat da Schiet in de Pann kocken deit! Vastehste!' Nun, sehr wortgewaltig war der Mann nicht, aber ich konnte mir in etwa vorstellen, was er meinte. Aber, Sir, dass Ihnen diese Gabe nicht gegeben ist, macht Sie doch zu keinem schlechten Seemann. Sie haben in der kurzen Zeit, in der wir zusammen fahren, schon so unglaublich viel gelernt, dass ich Sie nur ehrlichen Herzens bewundern kann. Bleiben Sie so wie Sie sind, Sir, stehlen Sie weiter mit den Augen. Sie haben den besten Lehrmeister, den Sie sich wünschen können. Und nun reißen Sie sich zusammen, der Kapitän ist an Land, Sie haben das Deck!"

Dechamp richtete sich langsam auf, wischte sich den dicken Tropfen mit dem Ärmel von der Nase und bleckte dann seine langen Pferdezähne. „Danke, Mister Lennon, für diese Lektion. Ich werde mich bemühen, Ihre Erwartungen nicht zu enttäuschen."

„Davon bin ich überzeugt, Sir!"

Der Erste straffte sich und rückte seinen Hut gerade. „Ach, Mr. Lennon … äh, wie ist das bei Ihnen, Sir? Ich meine, haben Sie diese Gabe auch?"

Lennon schaute ihn mit gespielter Überraschung an. „Wie meinen, Sir? Was soll ich haben? Ich weiß nicht, wovon Sie sprechen." Er verschränkte die Arme hinter dem Rücken, wandte sich kopfschüttelnd ab und ging mit seinem üblichen leicht schaukelnden Gang zur anderen Seite des Achterdecks hinüber, wo er mit einem sciner Maate ein Gespräch begann.

*

Commander William Turner fand den Weg zu Hinkies Hermes Furtrading Company ohne Probleme. Bald stand er vor dem niedrigen Haus in dem das schmale Ladenlokal untergebracht war. Es lag in einer Nebenstraße, die vom geschäftigen Kai am East River abging. Ein Schild in der Tür verkündete, dass der Laden geschlossen war. Er klopfte kräftig gegen die Glasscheibe, aber drinnen rührte sich nichts. Sollte der Skunk den Bau verlassen haben? Vielleicht hatte dieser besonders unangenehme Vertreter der Gattung der Mephitidae auf Umwegen davon erfahren, dass der Geheimdienst hinter seinem Skalp her war. Ausgeschlossen war das nicht. William fluchte leise vor sich hin und sah sich um. Neben dem Haus führte eine sehr enge Gasse vermutlich zum hinteren Teil des Grundstücks. Er drückte sich in den schmalen Gang, in den kein Lichtstrahl fiel. Das Haus musste einen Hinterausgang haben, denn kein Fuchs bezog einen Bau, der über keine Fluchtmöglichkeit verfügte. Man mochte Hinkie zu Recht allerlei schlechte Eigenschaften nachsagen, aber dumm war der Mann nicht, denn sonst hätte er in diesem Geschäft nicht so lange überlebt. Turner hatte während der Fahrt an Land darüber gebrütet, warum Hinkie zum Verräter geworden war. Er konnte sich eine ganze Reihe guter Gründe vorstellen, die einen Agenten, der ständig in Kontakt mit dem Gegner stand, dazu bringen konnte, die Seiten zu wechseln. Am wahrscheinlichsten war, dass amerikanische Agenten ihn enttarnt und vor die Wahl gestellt hatten: Erschießungspeloton oder Kooperation. Turner verbot sich, den Gedanken zu Ende zu denken: nämlich welche Wahl er getroffen hätte, wäre er in diese kritischen Lage gekommen. Er tastete sich seitlich im Krebsgang voran. Verdammt, war das hier eng und finster. Endlich wurde es wieder heller. Er stand vor einer hohen Mauer in die eine massive Tür mit großen, eisernen Beschlägen eingelassen war. Er drückte die Klinke herunter, nichts rührte sich. Natürlich war sie abgeschlossen. Missmutig musterte er die Tür und die Mauer. Ja, das mochte gehen. Er sprang in die Höhe und hielt sich am Sims fest, der über der Tür verlief. Dann trat er auf die Türklinke, vorsichtig tastete er nach der Mauerkrone. Die Hand fand einen Halt, er richtete sich vollständig auf und auch die zweite Hand packte zu, jetzt war es ein Kinderspiel, er trat auf den Sims und zog sich ein wenig schnaufend nach oben auf die Mauerkrone. Oben setzte er sich rittlings hin und ließ die Beine baumeln. Er atmete tief durch. „Ein Seemann ein Artist – zwei Seeleute ein ganzer Zirkus!“, murmelte er grinsend vor sich hin. „Auch wenn der Oberclown etwas Fett angesetzt zu haben scheint, denn so eine kleine Kletterpartie hätten wir früher mit links gemacht und dabei noch ein dickes Stück Hartkäse verputzt.“ Als sich sein Atem beruhigt hatte, blickte er in den Hinterhof unter sich. Was er sah, ließ ihn schlagartig den Atem stocken. Zwei riesige Wolfshunde saßen unter ihm ganz ruhig auf ihren Hinterkeulen und blickten ihn aus funkelnden grünen Lichtern abwartend und wie es für William den Anschein hatte, sehr hoffnungsfroh an. Sie hatten ihre Fänge halb geöffnet und ließen die rosafarbenen, langen, dünnen, sich vorne löffelartig verbreiternden Zungen heraushängen. Viel eindrucksvoller fand Turner allerdings die beeindruckenden großen weißen Reißzähne, die einem Löwen durchaus zur Ehre gereicht hätten. Turners im Moment etwas überreizte Fantasie gaukelte ihm von, dass die Viecher voller Vorfreude schon zu sabbern anfingen. Das musste man Hinkie lassen, er hatte seinen Hinterausgang gut gesichert. Diese Bestien musste er töten, bevor er daran denken konnte, sich dem Haus zu nähern. Sich einfach wieder zurück auf die Gasse fallen zu lassen, kam ihm nicht in den Sinn. Vorwärts immer, rückwärts nimmer! Sich in das Haus einzuschleichen, war ganz gewiss nicht möglich, ohne dass er dabei einigen Lärm verursachen würde. Außerdem war der Ausgang des Kampfes höchst ungewiss, denn wenn er den ersten Hund mit seinem Degen aufspießte, konnte ihn der zweite anspringen, zu Boden werfen und ihm die Kehle durchbeißen. „Verdammt!", knurrte Turner, „ich wollte heute doch nur mit diesem miesen Schurken reden und versuchen, ihn verbal einzuwickeln, damit er mir in dieser Prisenangelegenheit hilft. Na, Prost Mahlzeit, das ist ganz offensichtlich voll ins Brüsseler Spitzenhöschen gegangen." Aufmerksam spitzte er die Ohren, in dieser Beziehung machte er es den Hunden nach, denn genau wie sie hörte er, dass eine Tür geöffnet wurde. Die Hunde blickten sich nur kurz um und gaben ein leises, erfreutes Jaulen von sich. Hinkie erschien auf dem Hof und hatte eine Blunderbüchse in den Händen, offensichtlich war er entschlossen, diese auf kurze Entfernung sehr wirkungsvolle Waffe auch zu gebrauchen. „*Halt, halt*", dachte Turner, seine Gedanken überschlugen sich, „*so war das nicht ausgemacht, Hinkie, ich soll dich um die Ecke bringen und nicht umgekehrt!*"

Hinkie spannte den Hahn seiner Flinte und kam vorsichtig näher. Aufmerksam musterte er den Mauerreiter. „Wen haben wir denn da? Den großmäuligen Leutnant, der seine Kollegen anschwärzt, das verhätschelte Lieblingsschosshündchen des allmächtigen Hermes, verdammt sollen seine Augen sein!" Es blieb offen, wessen Sehvermögen sein finsterer Fluch galt, aber das war Turner in diesem Augenblick auch herzlich gleichgültig. Der Pelzhändler fuhr grinsend fort: „Das ich das noch erleben darf! Da erwische ich doch per Zufall einen Einbrecher in einer unbestreitbar gesetzeswidrigen Lage und erschieße ihn, wie es hier zu Lande so üblich ist, weil er mich mit einer Schusswaffe bedroht. Zu meinem großen Erstaunen und Bedauern stelle ich anschließend entsetzt fest, dass der vermeidliche Einbrecher ein hoch angesehener Leutnant der Royal Navy ist, der es in einem akuten Rückfall in infantile Gewohnheiten versäumt hat, den üblichen Weg in meine bescheidene Behausung zu nehmen. Ach, Sie führen gar keine Pistole mit sich? Nun, dieser Mangel lässt sich schnell beheben, Sir. Wenn die Konstabler kommen, werden Sie eine in der Hand haben, verlassen Sie sich darauf, mein lieber Mister Turner!"

Das nahm ihm William ohne weiteres ab. Was ihn verwunderte, war, dass Hinkie offensichtlich nichts von seiner Beförderung zum Commander wusste. Wie es schien, hatte man ihn schon weitgehend von allen internen Informationen abgeschnitten. Den Schwabber konnte der Mann nicht sehen, weil die linke Schulter vom Hof abgewandt war. „Lassen Sie uns reden, Mister Hinkie. Ich habe hier in New York nur wenig Zeit, daher wollte ich mit Ihnen über meine Prise reden. Einer ungewöhnlich wertvollen Prise, wie mir fachkundige

Kreise versichert haben. Da wir beide für dieselbe Firma arbeiten, war ich überzeugt, dass Sie mir – gegen eine angemessene Beteiligung – dabei helfen könnten, dem Prisengericht etwas Feuer unter dem Allerwertesten zu machen. Ich möchte die Angelegenheit erledigt haben, bevor ich nach Norden versegele, Sir." Bei dem Wort Beteiligung hatte Hinkie die Ohren gespitzt und die Waffe ein wenig sinken lassen. William hatte geahnt, dass Hinkie ein habgieriger Typ war, der jede Gelegenheit wahrnahm, um Geld zu machen, besonders wenn er dabei kein Risiko eingehen musste. Er konnte sehen, dass Hinkie einen kurzen inneren Kampf mit sich ausfocht, aber schließlich siegte die Habgier über die Rachegelüste.

„Kommen Sie runter, Turner. Ich werde mir im Haus anhören, was Sie mir zu sagen haben. Möglicherweise haben diese Mauern hier draußen Ohren…"

William deutete auf die großen Hunde, die ihn keine Sekunde aus den Augen gelassen hatten. Vermutlich hatten sie in ihren hungrigen Köpfen bereits überschlagen, wie viele gute Mahlzeiten er brüderlich geteilt und ohne Knochen ergeben würde. „Rufen Sie diese Biester zurück, Hinkie!"

„Angst vor meinen kleinen Lieblingen, Turner? Aber die tun doch nichts, die wollen nur spielen, schließlich ist es ziemlich langweilig hier hinten im Hof. Allerdings sind ihre Spielchen manchmal etwas rau. Nun, man muss ihnen zugutehalten, dass es Bewohner dieses harten Landes sind."

„Sehr witzig, Hinkie!", presste Turner zwischen zusammengebissenen Zähnen heraus. „Wirklich sehr komisch! Wenn Sie so weitermachen, werde ich einen Lachanfall bekommen und nicht in der Lage sein, von hier oben herunterzuklettern."

„Wenn man wie ein Gardekavallerist, dem man den Gaul unter dem Allerwertesten weggeklaut hat, auf einer Mauer hockt, sollte man für einen kleinen Scherz ein offenes Ohr haben, Leutnant. Ich könnte mir das Bild, das Sie abgeben, sehr gut als eine Karikatur von James Gillray in den Londoner Gazetten vorstellen, Unterschrift: ‚Der Royal Navy gehen die wooden walls aus, die Offiziere müssen auf brick walls umsteigen! Hier Leutnant Turner RN bei seinem ersten Versuch.'"

Vor Turners Augen stiegen rote Kreise auf. *„Wenn ich noch Skrupel gehabt haben sollte, dir den Hals umzudrehen, Hinkie, mit diesen Worten hast du dein Todesurteil unterschrieben."* Er zwang sich zu Ruhe, schließlich presste er hervor: „Die Hunde weg, Hinkie!"

„Nachtigall und Lerche her zu mir, meine Kleinen!" Die beiden Monster erhoben sich langsam, streckten sich genüsslich, wurden dabei länger und länger, warfen Turner noch einen bedauernden Blick zu und trabten dann schweifwedelnd zu ihrem Herrn hinüber, der ihnen die Köpfe tätschelte und belobigend auf die Flanken klopfte. Sie stießen ihn mit ihren großen flauschigen Köpfen in die Hüften und die saßen bei dem großen, kräftigen Mann ein gutes Stück über dem Erdboden. Sie hechelten erfreut und leckten seine Hände.

Der Mann hatte wahrlich einen kuriosen Humor, dachte Turner. Nachtigall und Lerche, ich begreife es nicht! Er fasste sich ein Herz und sprang entschlossen hinunter in den Hof, woraufhin die Wolfshunde lange Hälse machten, tief in ihren Kehlen gefährlich grollend knurrten und begehrlich ihre Zähne bleckten.

Mit durchgedrücktem Kreuz marschierte Turner auf Hinkie und die Haustür zu. Er würdigte die Bestien mit keinem Blick, nickte Hinkie kurz zu und schob sich in den Flur. Der Pelzhändler schien enttäuscht zu sein, dass sich Turner von den Hunden nicht länger hatte einschüchtern lassen. Aber da erstarrte Turner plötzlich zur Salzsäule, denn etwas hielt ihn von hinten an der Stulpe seines Uniformrocks fest – und dieses Etwas jaulte erfreut kollernd und begann kräftig zu ziehen. „Rufen Sie diese jubilierende Lerche zurück, verdammt!"

„Es war die Nachtigall, und nicht die Lerche, die eben jetzt Ihr banges Ohr durchdrang, Turner. Ich sagte Ihnen doch, die beiden Kleinen sind sehr verspielt… Aus, Nachtigall!" Während er den Biestern nochmals freundschaftlich auf den dicken Pelz klopfte, starrte ihn Turner völlig verblüfft an und schüttelte verdutzt den Kopf, dann betrat er das Haus. Der Resident folgte ihm und führte ihn in einen Salon. Wie es schien, diente der Raum gleichzeitig auch als sein Arbeitszimmer, denn außer von einer bequemen Sitzgruppe wurde der Raum von einem geräumigen Schreibtisch, Aktenschränken und einem großen alten Tresor dominiert. Die Sitzmöbel waren über und über mit dicken Pelzen bedeckt. An einer Schmalseite des Raumes hing der ausgestopfte Kopf eines Elchbullen, dessen wahrlich beeindruckenden Schaufeln nahezu die gesamte Breite der Wand einnahmen. An der gegenüberliegenden Zimmerseite war das Fell eines ausgewachsenen Grizzlies angenagelt. William war sich ganz sicher, dass er mit diesem pelzigen Herrn keine Bekanntschaft hätte schließen mögen, als dieser noch am Leben war. Mein Gott, was für riesige Pranken und dazu diese langen scharfen Krallen. Über dem Schreibtisch hing ein Ölbild, das wohl eine typische Landschaft mit dicht bewaldeten Hügeln und einen im Sonnenlicht schimmernden See im Landesinneren darstellen sollte. Leider war da ein eher unbegabter Künstler tätig gewesen, aber Hinkie, der seinem herumschweifenden Blick gefolgt war, lächelte stolz. „Bärenfelle eigenen sich nicht als Sitzunterlage, die Härchen brechen zu leicht, wussten Sie das? Natürlich nicht! Na, vielleicht verstehen Sie von Malerei mehr. Tolles Bild, das, nicht wahr, Leutnant – oh, Verzeihung, was sehe ich denn da, ein Schwabber auf der linken Schulter! Da steht ja ein echter Commander vor mir! Gratulation, Sir", beglückwünschte er ihn spöttisch. „Setzten Sie sich doch." Er selbst warf sich in einen Sessel, aber erst, nachdem er sich aus einem großen irdenen Krug ein Wasserglas mit Whiskey vollgegossen hatte. Der süßlich-scharfe Geruch stieg Turner in die Nase. Hinkie verzichtete darauf, seinem Gast auch einen Schluck anzubieten, worüber dieser allerdings nicht unglücklich war. Er mochte diesen Brandy, den die Yanks in ihren hinterwäldlerischen Destillerien brannten und hochtrabend als Whiskey bezeichneten, nicht. Insofern lief das, was von dem Geheimagenten als Beleidigung gedacht war, ins Leere.

„Die Prise hat eine ungewöhnlich wertvolle Ladung und auch das Schiff dürfte bei einer Versteigerung einiges abwerfen", begann Turner das Gespräch.

„Ja, das habe ich auch schon gehört. Man munkelt etwas von Kaffee, Kakao und einem extrem teuren Farbstoff. Das sind allerdings Güter, die hier äußerst rar sind und Höchstpreise erzielen dürften. Was ist denn Ihr Vorschlag, was ist da für mich drin, wenn ich dem Prisengericht, nun, drücken wir es mal höflich aus, Feuer unter dem Arsch mache?"

Turner fragte sich, wie sich das anhören mochte, wenn sich Hinkie unhöflich auszudrücken beliebte. „Wie Sie sicher wissen, beträgt mein Anteil am Prisengeld 3/8. Ich wäre bereit Ihnen 1/8 abzutreten, das ist immerhin so viel wie alle Midshipmen, die Decksoffiziere ohne Zugang zur Offiziersmesse, ihre Maaten und die Sergeanten der Seesoldaten zusammen bekommen. Oder anders gesagt, es ist die Hälfte von dem, was das ganze einfache Schiffsvolk insgesamt einstreicht. Ein äußerst faires Angebot, finden Sie nicht auch?"

Hinkie nahm einen großen Schluck, leckte sich die Lippen und erleichterte sich anschließend durch einen herzhaften, keineswegs irgendwie gedämpften Rülpser. Eine saure Whiskeywolke waberte herüber und hüllt Turner ein, der angewidert die Nase kraus zog. „Ein fai-

172

rer Vorschlag, na, ich weiß nicht, Turner. Ohne mich und den Inhalt meines dick gepanzerten Freundes da drüben", er deutete auf den Tresor, „können Sie ein Jahr oder länger auf Ihre Penunsen warten, wenn Sie denn überhaupt etwas bekommen. Es könnte durchaus sein, that Britain rules the waves, but the prize court waves the rules.* Bei der Ladung handelt es sich um verderbliche Güter, die gelöscht und notfalls im freihändigen Verkauf an den Mann gebracht werden müssen. Raten Sie mal, wer sich die Waren für einen Spottpreis unter den Nagel reißen wird? Ihrem Gesicht entnehme ich, dass wir uns verstanden haben. Falls Sie dann nach zwei oder drei Jahren für viel Geld Ihr gutes Recht erstritten haben sollten, wird für Sie keine Penunse mehr da sein und niemand wird wissen, wo es geblieben ist, es ist zu schade! Geld ist wie Wasser und versickert gerne in dunklen Kanälen, ja, ja, das Leben ist ungerecht – zu allem Unglück werden Sie dann auch noch auf den Gebühren für die Anwälte und den Gerichtskosten sitzen bleiben."

„Kommen Sie zur Sache", knurrte Turner ungehalten.

Hinkie nahm einen zweiten langen Zug aus seinem Glas, das danach leer war. „Man sagt Ihnen nach, dass Sie wie ein Vater zu Ihren Männern sind." Er grinste höhnisch. „Als ein solcher werden Sie doch Ihre eigene Geldgier zurückstellen, damit Ihre Besatzung stante pede Ihren wohlverdienten Lohn erhält, nicht wahr? Im Klartext: Ich verlange Ihre gesamten 3/8, sonst mache

* Britannien beherrscht die Wogen, aber das Prisengericht verbiegt (frei übersetzt im Sinne von beherrscht) die Regeln.

ich keinen Finger in dieser Angelegenheit krumm, ...‘ das ist doch ein äußerst faires Angebot", äffte er Turner nach.

Williams Hände umklammerten die Sessellehnen, um dem Schurken nicht an die Kehle zu gehen. Er war buchstäblich sprachlos über die Frechheit dieses Mistkerls. Er spürte wie sein Blut in den Schläfen hämmerte. Die widerliche, feixende Fratze des Mannes verschwamm vor seinen Augen. Er musste seine gesamte Willenskraft aufbieten, um diese miese Type nicht auf der Stelle mit bloßen Händen in die ewigen Jagdgründe zu befördern.

Hinkie griff nach dem Whiskeykrug und schenkte sich nach. „Wie ich sehe, findet mein Vorschlag nicht die ungeteilte freudige Aufnahme bei Ihnen, die ich erwartet hätte. Nun, Sie müssen sich nicht jetzt entscheiden, ich habe Zeit, viel Zeit! Wir sehen uns Morgen beim Dinner auf der *Enterprise*, bis dahin gebe ich Ihnen Bedenkzeit, danach wird es keine Verhandlungen mehr geben." Er grinste hämisch. „Wie Sie wissen, tickt die Uhr unaufhaltsam gegen Sie ... und Ihre armen Jungs, die für das Prisengeld ihren Arsch ins Feuer gehalten haben!"

Wortlos stand Turner auf. Er war unter seinem sonnengebräunten Teint bleich vor Wut, seine Augen hatten die Farbe des eiskalten, grauen Nordseewassers im Winter angenommen. Der Agentenführer geleitete ihn durch den Laden hinaus. Als Turner auf der Straße stand, hörte er, wie die Tür wieder ins Schloss gezogen und sorgfältig abgeschlossen wurde. Drinnen hörte er Hinkie lauthals lachen.

„Wart's ab, Du Drecksack. He who laughs last, laughs longest!"

So jedenfalls hatte ihn die Großmutter stets mit ihrem besten Westsussexakzent getröstet, wenn ihm jemand Unrecht getan hatte. Er liebte diesen Dialekt, der Einflüsse des alten Angelsächsischen und Walisischen in sich vereinte, dazu einen kräftigen Schuss Holländisch, gewürzt mit einer Prise Französisch und Skandinavisch. Ein Dialekt, wie er zu einem Volksstamm passte, der stets dem Meer zugewandt war, dort seinen Lebensunterhalt verdiente und, wenn das Schicksal es wollte, auch den Tod fand – so wie sein Großvater väterlicherseits. Er war wie so viele andere vor und nach ihm eines stürmischen Morgens hinausgefahren und am Abend nicht wieder eingelaufen. Die Erinnerung an die Großmutter stimmte ihn milder. Sie hatte ihm die Geschichten von den Nixen mit wallenden langen grünen Haaren aus Tang erzählt, von verwunschenen Seehunden, die ursprünglich an Land gelebt hatten und die es dorthin wieder zurückzog, von bösen Wassermännern, die man durch Schmeicheleien beschwichtigen und durch Opfer geneigt machen musste. Er kannte die Mythen des Nordens und sprudelte ganz geläufig den Namen von Aegir heraus, dem Riesen der See und des Bieres, sowie den seiner Gattin Rán, deren Name die „Räuberin" bedeutete. Bei der Erwähnung ihres Namens war der Junge erzittert, denn sie war die Göttin des Seetodes, deren Attribut ein Netz war, aus dem es kein Entrinnen gab. Ihre Kinder, die neun Töchter des Ägir, waren das Sinnbild der Meereswogen und brachten für sie das Meer zum Tosen, um Schiffe zum Kentern zu bringen und die Seeleute zu ertränken, damit Rán sie dann in ihrem Netz einsammeln konnte. Wenn er mit diesen Sagen im Kopf bei seinem anderen Großvater, dem Pfarrer, erschien und sie ihm mit vor Erregung roten Wangen, vor Eifer stotternd stolz erzählte, hatte jener ihn scharf über den oberen Rand seiner Brille gemustert, etwas mürrisch in seinen Bart gemurmelt, das etwa klang wie: „Heidnisches Gerede! Dieses abergläubische Volk hier wird tief in seinen Herzen immer ungläubig bleiben und eher seinen von Alters vertrauten Meeresgöttern vertrauen als der Gnade des HERREN!" Dann hatte er ihm über den Kopf gestreichelt, die Hand schwer auf die Schulter gelegt und mahnend gesagt: „Es ist durchaus möglich, dass es im Meer allerlei Dinge und Wesen gibt, die wir nicht genau kennen, mein Junge. Aber merke dir, alles auf dieser Welt, also auch die Meeresbewohner, sind von Gott, dem Allmächtigen geschaffen und ihm untertan. Daher segelst du dich immer von der Leeküste frei, wenn du auf IHN vertraust und IHN anbetest!"

Die kalte Wut verflog. Ihm wurde klar, dass er kurz davor gestanden hatte, den grässlichen Kerl mit bloßen Händen zu erwürgen. Er atmete tief durch. Ob ihm das gelungen wäre, stand in den Sternen, denn Hinkie verfügte über eine massige, kräftige Figur und es war ganz gewiss nicht alles nur Fett, was er an seinem Leib mit sich herumschleppte. Und dann waren da auch noch die beiden großen Hunde. Zwar war die Stubentür geschlossen gewesen, aber er traute den intelligenten Viechern durchaus zu, dass sie die Klinke herabdrücken konnten, um dann freudig über ihn herzufallen. Hinkie geleitete ihn durch einen kurzen Flur zur vorderen Eingangstür hinaus. Tief in Gedanken versunken machte er sich auf den Rückweg zum Anleger, an dem sein Boot wartete. Nur einmal schaute er kurz auf, nämlich als er an einer Schlachterei vorbeiging, durch deren offene Tür verlockende Düfte nach frisch zubereitetem Geselchtem zogen. Er konnte dieser Versuchung nicht widerstehen. Es war ein großer Laden. Über dem Eingang und den beiden Schaufenstern lockte ein gemaltes Bild auf dem stand: „Butcher Fritz Fort – Open from 6 a.m. to 9.p.m. Always First Quality – German Sausages". Naturgetreu abgebildete Schinken und Würste umrahmten den Namen. Er trat ein und sah sich um. Der Boden und die Wände waren gefliest, alles blitzte vor Sauberkeit. Wenn er da an das schmuddelige Ladenlokal von Tim Messie in Littlehampton dachte … Er musterte die Auslagen. In einem Glaskabäuschen saß eine würdevolle Matrone und beäugte ihn scharf. „Was darf es sein, Sir? Die Verkäuferinnen dort drüben bedienen Sie gerne! Wenn Sie nur gucken wollen, dann halten Sie bitte den Verkehr hier nicht auf." Hinter ihm drängten sich schon Leute, die in der einen Hand einen Zettel und in der anderen ihre Geldbörse bereit hielten und offensichtlich zu der Matrone am Schalter wollten. Rings um ihn herum wurde fast ausschließlich Deutsch gesprochen. Er ging zu einer der Verkäuferinnen hinüber, die in weißen Kitteln und ebensolchen Häubchen hinter der Ladentheke die Kunden bedienten. Unsicher betrachtete er die verschiedenen Wurstsorten, die in großen Steingutschüsseln unter den Glasscheiben des Tresens standen. Das Mädchen lächelte ihn an und zirpte mit schwerem Akzent: „Sie sind neu bei uns? Darf ich helfen?"

Soweit kam es noch: Ein Commander der Royal Navy war von der Hilfe einer popeligen Migrantin abhängig, die noch nicht mal richtig Englisch sprechen konnte! Er deutete auf hellbraune, lange, dünne Würstchen: „Davon zwei Stück, Miss."

„Eine gute Wahl, Sir, Frankfurter! Heiß oder kalt?"

Er glotzte ungläubig, wollte das Mädchen ihn veralbern? Sie deutete auf einen dampfenden Kessel im Hintergrund.

„Heiß."

„Du hier essen oder mitnehmen?"

„Äääh… hier."

„Mit Mostrich?"

„Äääh, ja, gerne."

„Mit einem Brötchen oder mit zweien?"

„Eins, verdammt."

Sie überhörte seinen Fluch und schrieb etwas auf einen Zettel. „Noch etwas, Sir?"

Sein Blick fiel auf Würste, die kürzer und dicker als die Frankfurter waren und deren Füllung anscheinend auch aus einer gröberen Masse bestand. Er deutete auf die Schüssel.

„Zehn Stück, heiß zum Mitnehmen, mit Mostrich und jeweils einem Brötchen."

Das Mädchen strahlte ihn an. „Krakauer, Sir. Na geht doch. Ich liebe Kunden, die rasch lernen." Wieder notierte sie etwas, reichte ihm dann den Zettel und deutete zum Kassenhäuschen. „Dort bezahlen, Sir und guten Appetit!"

Er stellte sich an, bezahlte und konnte gleich darauf rechts von der Kasse seine Ware in Empfang nehmen. Er balancierte den Teller mit den Frankfurtern zu einem der hohen kreisrunden Tische, die dick in Zeitungspapier verpackten Krakauer deponierte er neben sich. Genüsslich machte er sich über die Würstchen her. Ein anderer Mann stellte sich neben ihn an den Tisch und sprach ihn auf Deutsch an. William zuckte mit den Schultern und wischte den letzten Rest des Senfs mit dem Ende der zweiten Wurst sauber vom Teller. Ein gepflegtes Glas Bier hätte dazu gut gepasst, überlegte er. Er erleichterte sich mit einem dezenten Aufstoßen und setzte dann seinen Weg fort.

Er musste unbedingt an den Inhalt des Tresors kommen. Dass er dabei den Doppelagenten würde töten müssen, machte ihn trotz allem beklommen. Zwar verabscheute er den Mann aus tiefstem Herzen, aber kaltblütiger Mord – wenn auch im Auftrag Seiner

Britannischen Majestät Geheimdienst – war doch nicht sein Fall, daran hatte sich seit seinem ersten Zusammentreffen mit Hermes in Gravesend nicht viel geändert, wo der ihm nur wenig verblümt den Befehl gegeben hatte, Lord Dunbar zu töten. Aber es würde sich nicht vermeiden lassen. Er kam zu dem Entschluss, dass er die Tat selber ausführen musste. Dann belastete er nur sein eigenes Gewissen damit und zog nicht noch einen Dritten mit hinein. Aber wie sollte er vorgehen? Er war Seemann und kein professioneller Mordbube. Erwischte man ihn auf frischer Tat, dann musste er die Konsequenzen tragen. Von Hermes konnte er diesem Fall keine Unterstützung erwarten, das war ihm klar. Der Geheimdienst würde ihn fallen lassen wie eine heiße Kartoffel. Selbstverständlich würde in London ein Sprecher der Regierung – ganz die personifizierte Unschuld – energisch dementieren, dass es jemals einen derartigen offiziellen Auftrag gegeben hatte. Völlig undenkbar, das! Shocking! Mit diesen trüben Gedanken erreichte er das Boot und reichte Tom die dick verpackten Würste. „Verteilen, Tom!"

Die Männer machten sich mit gutem Appetit über die Krakauer her und waren des Lobes voll.

„Tom, dem Fleischer da hinten an der Pier wirst du vor dem Auslaufen einen Besuch abstatten und eine größere Bestellung abgeben müssen."

„Aye! Sir!"

*

„Sehr erfreut Ihre Bekanntschaft zu machen, Milady. Zumal es sich bei Ihnen um eine so reizende Vertreterin Ihres Geschlechts handelt." Kapitän Amoi beugte sich galant über die Hand, die ihm Jane anmutig zum Kuss darbot. „Ich hoffe, dass dieser Turner Ihnen an Bord den notwendigen Komfort verschaffen kann. Nun, zum Glück ist dieser Draufgänger diesmal mit einem größeren Schiff unterwegs, als es eigentlich einem Commander zusteht." Sir John Amoi machte eine kurze Pause, man sah ihm an, dass ihm gerade ein unangenehmer Gedanken durch den Kopf geschossen war. „Sie müssen bei diesem Einsatz etwas weiter im Süden an Bord gewesen sein, Lady Osborne. Der Kerl hat Sie doch hoffentlich nicht in Gefahr gebracht?"

„Aber wo denken Sie hin, Sir John. Ich habe ein paar Stunden in einem äußerst gemütlichen Gelass weit unterhalb der Wasserlinie verbracht ... Orlop nennt man es wohl, wenn ich mich nicht irre, Sir."

Der Kapitän nickte. „Gemütlich, na ja, Sie belieben zu scherzen, Milady, aber das ist in der Tat wahrscheinlich der sicherste Platz während eines Gefechts. Aber dass er Sie überhaupt in diese Gefahr gebracht hatte, ist unverzeihlich. Darüber werde ich mit ihm noch ein ernstes Wörtchen zu reden haben, verlassen Sie sich darauf, Milady."

„Aber, Sir, was sollte er machen? Er stand unter Order! Ich hatte die Möglichkeit auf die Fregatte *Diamond* überzusteigen, aber wie man mir sagte, ist dieses Schiff erheblich unterbesetzt und wird nur langsam vorwärtskommen, da Kapitän Fielding den Konvoi bewachen muss!"

„Schneller wird es mit der *Ville de Rouen* auch nicht gehen, eher im Gegenteil, Milady. Vor der Atlantiküberquerung sind doch einige Reparaturen auszuführen und das wird hier nicht möglich sein, weil es hier nur ein Trockendock gibt, das so große Schiffe aufnehmen kann."

„Das war nicht vorauszusehen. Der Überfall auf Beaufort wurde in der Order als Spaziergang dargestellt. Nicht, dass Sie auf falsche Gedanken kommen, Sir, das habe ich nicht von Commander Turner, aber auf einem Schiff lässt sich kaum etwas geheim halten und schon gar nicht vor einer", sie hüstelte kokett, „einer wissensdurstigen Frau." Sie lächelte spitzbübisch. „Glücklicherweise ist Mister Turner ein Gentleman und ist, als er eine Aufstellung der Schäden bekam, zum Fluchen nach oben auf das Achterdeck gegangen. Allerdings vergaß er, dass das Skylight geöffnet war." Wiederum lächelte sie verschämt wie ein Backfisch, die den sonst so sittenstrengen Reverend dabei beobachtet, wie er seiner Haushälterin in den Popo kneift. „Aber Sie müssen sich über einen eventuellen Verfall meiner Sitten keine Sorgen machen. Ich bin mit einer Horde wilder Brüder aufgewachsen, das härtet ab, glauben Sie mir, Sir John."

„Ahem… äääh, ja, gewiss! Es ist Ihnen, wie man sieht, glücklicherweise auch nichts passiert. Auf Ihre Gesundheit, Milady." Der Kapitän hob sein Glas und stieß mit Jane an. Sie nahmen einen Schluck Sherry. Es war Fino aus dem Gebiet um Jerez. Nicht schlecht, aber auch nichts Großartiges. Jane war er zu trocken, sie hätte einen Amontillado oder Palo cortado bevorzugt. Auch diese Spielarten des Sherry waren zwar trocken aber reifer und hatten mehr Aromen und Körper. „Hoffentlich ist der Wein…" Sir Amoi wurde vom dumpfen Klang eines asiatischen Gongs unterbrochen. „Oh, es ist Zeit, die Plätze an der Tafel einzunehmen. Darf ich Ihnen meinen Arm reichen, Milady."

Jane machte einen tiefen Knicks und legte dann ihre Hand auf den Unterarm des Kapitäns. Die Flügeltüren zum Salon wurden vor ihnen weit aufgerissen. Zufrieden stellte Turner fest, dass Jane heute Abend auf ihren extravaganten Schlangenring verzichtet hatte. Es war zwar nicht wahrscheinlich, dass einer der hier anwesenden Damen und Herren ihn schon einmal zu Gesicht bekommen hatten, aber erstens konnte man das nicht mit hundertprozentiger Sicherheit wissen und zweitens würde auch in Zukunft über den Besuch von Lady Osborne in New York getratscht werden, wobei ein solch auffälliges Accessoire wie dieser Ring ganz gewiss erwähnt werden würde. Man konnte nicht wissen, wer da mithörte und seine Schlüsse zog.

Die Gesellschaft wurde von Stewards und Seeleuten, die man in eine blaue Livree mit goldenen Litzen und

Knöpfen gesteckt hatte, an ihre Plätze an der festlich gedeckten Tafel geführt. Mit Kennerblick stellte Jane fest, dass das hauchdünne bemalte Porzellan aus Japan stammte, die Gläser bestanden aus kunstvoll geschliffenem Kristall und die Tischwäsche aus schwerem Brabanter Leinen. Duftende Blumenarrangements protzten in silbernen Vasen vor sich hin. In den blitzenden vielarmigen Kandelabern brannten duftende Bienenwachskerzen, die Leuchter und auch die Schalen und Bestecke bestanden aus massivem Sterlingsilber. Der Kapitän musste im Fernen Osten ein Vermögen gemacht haben.

Während Jane oben neben dem Kapitän platziert worden war, wurde William ein Sitz weiter unten an der Tafel zugewiesen. Obwohl das durchaus der Navy-Etikette entsprach, fühlte er sich etwas zurückgesetzt, aber vermutlich hatten die Vollkapitäne Thomas Burton und Jethro Tyrell von den Fregatten *Snake* und *Viper* darauf Wert gelegt, über ihm an der Tafel postiert zu werden. Der Gouverneur sowie die ihm unterstellten Beamten hatten samt ihrer gewiss enttäuschten Damen abgesagt. Wie er später von Dechamp erfuhr, waren die Familien des Gouverneurs und Janes einander seit Generationen in herzlicher Feindschaft verbunden. William gegenüber saß Commander Alderian, ein recht jugendlich wirkender Ire mit dunklen nachdenklichen Augen, mit denen er Turner sorgfältig, ja fast unhöflich durchdringend musterte. Danach folgten die Leutnante der *Enterprise*, mitten unter ihnen befand sich der Leutnant der *Speedy*, anschließend kamen die Zivilisten mit ihren Gat-

184

tinnen. Am unteren Ende der Tafel rangierten die beiden Midshipmen, denen die Ehre zuteil geworden war, den Gunroom zu repräsentieren. Der Sechste Leutnant Howey Saari saß bei ihnen, um ein wachsames Auge auf die beiden Jungens zu haben, die sich jetzt zwar noch verschüchtert auf ihren Plätzen ganz klein machten, aber wer vermochte zu sagen, wie sie sich nach dem vierten oder fünften Glas Wein benehmen würden? William hatte als Tischnachbarin die Gattin von Commander Alderian zugeteilt bekommen. Das war vielleicht ein Fingerzeig des Schicksals, denn von ihrem Mann hing es allem Anschein nach ab, wie schnell die gröbsten Schäden beseitigt werden und er sich auf den Weg nach Norden machen konnte. William nahm sich vor, seinen ganzen etwas eingerosteten Charme spielen zu lassen, um bei der Dame einen guten Eindruck zu hinterlassen. Zu seinem großen Missfallen hatte er unter den Gästen auch Hinkie entdeckt. Er hatte dessen Ankündigung, dass man sich auf der *Enterprise* sehen würde, keine Bedeutung zugemessen. Er fletschte die Zähne. Wenn der Kerl ihn darauf ansprechen würde, wie er sich bin der Prisengeldsache entscheiden hätte, dann wusste er, was er antworten würde … antworten musste. Die kalte Wut stieg wieder in ihm auf.

„Oh, Sir, ist Ihnen nicht gut? Sie machen mir Angst, Ihre Miene sieht so gefährlich aus!" Die sanfte, wenn auch ein wenig verstörte Stimme mit dem weichen rollenden „R" von Mrs Alderian brachte ihn in die Wirklichkeit zurück.

„Oh, Madam, entschuldigen Sie vielmals. Ich wurde für einen Moment von einer unangenehmen Erinnerung übermannt. Es war unverzeihlich von mir, mich so gehen zu lassen, können Sie mir noch einmal vergeben?"

Ein angeregtes Geplauder entspann sich und dann wurden auch schon die die dampfenden Terrinen mit der Suppe hereingetragen. Es war eine Bouillon aus gekochtem Rindfleisch, der man mit exotischen Gewürzen, die William nicht zu benennen wusste, eine ganz neue pikante Note gegeben hatte. Dazu wurde frisches, noch ofenwarmes Weißbrot und leicht gesalzene Butter gereicht. Als Getränk schenkten die Diener einen exzellenten deutschen Riesling von der Mosel aus, der zuerst eine deutliche Apfelnote aufwies, dann aber einen langen Nachklang nach Pfirsich, ja, sogar Aprikosen aufwies. William war skeptisch gewesen, als ihm der Steward die Flasche präsentiert hatte. Ein deutscher Weißwein? Soffen diese primitiven Völkerstämme in der Mitte des Kontinents nicht ausschließlich saure Biere? Nachdem er den ersten Schluck verkostet hatte, konnte er sich nicht erinnern, jemals einen so frischen, leichten und trotzdem so nuancenreichen Weißwein getrunken zu haben. Man sollte vorsichtig mit Vorurteilen sein, dachte William und nahm einen zweiten Schluck – zumindest beim Wein. Plötzlich hatte er wieder das Gesicht von Hinkie vor Augen und eine kalte Hand krampfte sich um sein Herz. Er tauchte ein in ein Wech-

selbad der Gefühle, mal schwelgte er in den Köstlich-
keiten der Tafel, mal versank er wieder in die schwarzen
Fantasien des bevorstehenden Meuchelmordes.

Mrs Alderian stieß ihn vorsichtig mit dem Ellenbogen an, setzte ihr Glas ab und meinte verschmitzt: „Der
Weinkeller – wenn man ihn denn an Bord eines Schiffes
so nennen darf – von Sir Amoi ist in New York berühmt,
Sir. Aber heute scheint er seine geheimsten Schätze zu
Ehren von Lady Osborne ans Tageslicht geholt zu haben. Uns soll es Recht sein, Sir, nicht wahr?"

„Oh, ja, Madam. Der Wein ist wirklich ausgezeichnet.
Ich frage mich, ob da noch eine Steigerung möglich ist."

„Warten Sie es ab, Sir. Der Kapitän wird sich mit seinem Faktotum, diesem Bonden, eine Menge Gedanken
gemacht haben, was die richtige Zusammenstellung und
Reihenfolge angeht."

„Sie machen mich neugierig, Madam. Wie kommt es,
dass Sie sich so gut mit Weinen auskennen?"

„Nun, Sir, in meiner Heimat wird viel Wein getrunken, da lernt man schon früh einen Miesling von einem
Riesling zu unterscheiden. Jedenfalls in jenen Kreisen,
in denen man seinen Verstand nicht ständig in diesem
torfigen Proletengesöff Uisge-beatha na h-Alba ersäuft!"
Sie blickte für einen Augenblick finster vor sich hin.

„Oh, Madam, würden Sie mir den Gefallen tun und
diesen Satz noch einmal wiederholen, er klingt aus Ihrem Mund wie Musik. Man vermeint die kreisenden

Nebel über dem Heidekraut der Highlands vor sich zu sehen und die verloren, sehnsuchtsvoll klagenden Töne des Dudelsacks im Ohr zu haben."

Ihre Miene hellte sich schlagartig wieder auf, aber wie es schien, hatte sie mit betrunkenen Whiskytrinkern keine guten Erfahrungen gemacht. Sollte der Commander etwa...? Aber nein, der machte den Eindruck eines durch und durch pflichtbewussten, nüchternen Offiziers. Mrs Alderian war, wie ihr Akzent verriet, eine Schottin, eine Highlandschönheit mit makellosem weißen Teint, unter der dünnen Puderschicht waren nur wenige, vorwitzige Sommersprossen im Bereich der kleinen Stupsnase zu sehen. Sie musste sehr darauf erpicht sein, ihre empfindliche Gesichtshaut nur wenig der Sonne auszusetzen. Die großen haselnussbraunen Augen wanderten ständig aufmerksam hin und her, das volle dunkle Haar war am Hinterkopf hochgesteckt und fiel in langen sorgfältig frisierten Locken an ihren Schläfen herab.

Die Suppenteller wurden abgetragen und der nächste Gang wurde umgehend serviert. Er bestand aus Langustenschwänzen, die bereits von ihrem Panzer befreit waren und mit einer wundervoll duftenden gelben Mayonnaise serviert wurde, die mit einer Spur sehr fein gehackten Knoblauchs, Chilischoten und Limettensaft gewürzt war. Gereicht wurde die Mayonnaise in den Panzern der Schalentiere. Bedauernd trennte sich William von seinem zweiten Glas Riesling. In einem neuen Pokal wurde ein Chablis aus den Kellern von Les

188

Clos kredenzt. William musste unwillkürlich lächeln. Genau diese Lage hatte er auch bei Kapitän Fielding verkostet. Wie waren die beiden Kommandanten nur jeweils an einen Posten dieses Weines herangekommen? Waren sie zufällig auf derselben Auktion gewesen, auf der die Ladung einer Prise versteigert worden war? Wahrscheinlicher war, dass sie – wo auch immer – beim selben Schiffshändler ihre Vorräte ergänzt hatten. Egal! Ja, es war dieselbe leuchtend gelbgrüne Farbe, die intensiven Aromen exotischer Früchte mit einer dezenten, gut eingebundenen Holznote. Alles in allem komplex und vielschichtig, ganz deutlich mineralisch geprägt. *„Alles was Recht ist"*, dachte er, *„aber von Wein versteht der Mann wirklich etwas."* Die Zeit verrann, die Gespräche wurden lauter, der Wein lockerte die Zungen. William Turner musste immer wieder an sich halten und beim dritten Glas bedauernd abwehren, schließlich hatte er heute Abend noch eine Verabredung. *„Hinkie, du Mistkerl, du kannst einem aber auch jeden Spaß verderben. Aber schlag dir nur den Bauch voll! Schließlich ist es deine Henkersmahlzeit."* Er musterte den schmierigen Pelzhändler mit demselben klinischen Interesse, wie eine Kobra eine Maus betrachten mochte, die sich unvorsichtigerweise in die Reichweite ihrer Giftzähne vorgewagt hatte. *„Es ist ein Jammer, dass ich dich alte Ratte nicht fordern kann! Dann könnte ich dich wenigstens auf die Manier erledigen, die eines Gentlemans würdig ist. Aber so ein Schurke, wie du einer bist, ist natürlich nicht satisfaktionsfähig."*

Als nächstes folgte ein Geflügelfrikassee aus rotem und weißem Putenfleisch und einer Pilzsauce mit vielen Kräutern. Dazu wurde ein Veuve Clicquot Demi Sec in die Champagnerflöten eingeschenkt. Er hatte eine schöne gelbe Robe mit Goldglanz, oben bildete sich ein feiner, gleichmäßiger Schaum. Bei den Aromen gaben reife Früchte, kandierte Zitrusfrüchte sowie ein Hauch von Gegrilltem den Ton an. Im Mund zeigt sich der Champagner rund und weich, wobei jedoch eine Spur sehr milder Säure für angenehme Frische sorgt. William war ein wenig enttäuscht, irgendwie schien dieser Schaumwein gegen seine Vorgänger abzufallen. Er war zu zart. Wahrscheinlich hätte bei diesem Fleisch und der kräftigen Sauce ein herzhafter Rotwein besser gepasst. Aber er war doch sehr trinkbar, allerdings ließ er es bei einem Glas bewenden. Es bemerkte, dass auch Mrs Alderian ihre kleine Stupsnase ein klein wenig enttäuscht kräuselte und ihm vertraulich zuflüsterte: „Sündhaft teuer dieser Champagner, Mister Turner, aber zu diesem Gericht passt er leider nicht so ganz, nicht wahr? Schade drum!"

Turner nickte ihr verschwörerisch zu. „Dazu hätte ich gerne einen Obstsalat aus Ananas, Pfirsich, Honigmelone und vielleicht einige süßen Beeren genossen, Madam."

Sie blickte ihn verträumt an: „Oder kandierte Früchte", sie stockte, „von mit Sahne schaumig geschlagener Chokolat gar nicht zu reden." Sie spitzte die roten Lippen, es hätte nicht viel gefehlt und sie hätte sich wie ein Kätzchen das Mäulchen mit der Zungenspitze abgeleckt.

Es mochte inzwischen auf Mitternacht zugehen. Gespannt wartete er auf den nächsten Gang. Derweil schweiften seine Gedanken wieder ab. Bei dem geplanten Unternehmen The King versus Mister Hinkie, Traitor, gab es eine ganze Reihe von Unwägbarkeiten. Das primäre Ziel war es den Tod des Verräters herbeizuführen – so wollte es London. Aber Turner war außerdem äußerst interessiert am Inhalt des Tresors. Natürlich hatte er keinen Schlüssel dazu und sprengen konnte er ihn auch nicht. Er musste sich auf sein Glück verlassen und darauf hoffen, dass Hinkie den Schlüssel nicht allzu gut versteckt verwahrte – vielleicht an einem Schlüsselbund, das er ständig mit sich herumtrug. Er seufzte laut auf, was ihm einen mitleidigen Blick von Mrs Alderian eintrug. Die Gespräche wurden zwischen zumeist schon recht lautstark geführt und von Zeit zu Zeit ertönte brüllendes Gelächter an dieser oder jener Stelle der langen Tafel, vorwiegend aber im unteren Bereich, dort, wo die jüngeren Chargen saßen. Auf großen Platten wurden dicke rosige Fleischscheiben hereingetragen. Wie ihm sein Steward zuflüsterte, handelte es sich um ein Roastbeef aus Hirschfleisch. Schüsseln voller Erbsen und kleinen zarten Karotten luden als Beilagen zum Verzehr ein. Dazu wurden in kleineren Schalen mit Zucker eingekochte rote Beeren und ein Gemisch aus Äpfeln, Rosinen und Zwiebeln serviert. Der Steward war ein älterer kleiner, gebückter Mann, dem man ansah, dass er bereits ein langes Leben damit verbracht hatte, der Diener hoher Herren zu sein, bevor es ihn zur

Navy verschlagen hatte. Er beugte sich vor und flüsterte halblaut in Williams Ohr: „Cranberries, Mister Turner, etwas Ähnliches wie unsere heimischen Preiselbeeren. Das andere nennt sich Chutney und verfügt über eine dezente Schärfe. Auch so etwas, was der gute Kapitän von der dunklen – weil uns unbekannten – Seite der Welt mitgebracht hat. Sie sollten es probieren, Sir, es schmeckt sehr lecker!"

Der dunkle Rotwein floss ölig dick ins Glas und verbreitete einen appetitanregenden Duft nach Gewürzen und Eichenholz. Der Wein erinnerte ihn mit seiner rubinroten Farbe und den violetten Rändern an einen eleganten Burgunder. Die reiche, kräftige Blume roch leicht erdig und würzig, auch dies war Art der Burgunder. Er hatte einen vollen, kräftigen Geschmack mit deutlichen, aber nicht aufdringlichen Tanninen, der Würze von Kräutern und blumigen sowie rauchigen und erdigen Eindrücken. Der Abgang war lang und intensiv mit einem Hauch Lorbeer. Es war ein Gewächs von der Rhone, genauer ein Beaujolais aus dem Dörfchen Moulin á Vent, wie ihm der Lakai anvertraute. Dieser Rote versöhnte William wieder mit dem Champagner und er erwies dem Roastbeef seine verdiente Ehre. Es war erstaunlich, wie mannhaft Mrs Alderian mithielt. Allerdings war das Fleisch auch eine Delikatesse. Vermutlich hatte man die Braten mehrere Tage mit bestimmten Gewürzen in Rotwein eingelegt, bevor sie heute zubereitet worden waren. Die Scheiben waren im Inneren saftig rosa und so zart, dass man eigentlich kein Messer gebraucht hätte, um sie zu zerteilen. Dabei überraschte das Fleisch mit einem kräftigen, würzigen Geschmack. Zusammen mit den roten Beeren oder diesem ominösen Chutney sowie dem Wein war es einfach ein Gedicht. Entgegen seiner guten Vorsätze genehmigte sich William ein drittes Glas von dem Beaujolais. In dem Stimmengewirr fiel ihm immer öfter der polternde Bass von Samuel Hinkie unangenehm auf. Das war jedes Mal ein Wehrmutstropfen, der in seinen Becher voll des friedlichen Genusses fiel. Es erinnerte ihn immer wieder an die ihm noch bevorstehende, unangenehme Aufgabe, der er sich zwar widerwillig aber pflichtgemäß noch zu unterziehen hatte. Er konnte es nicht vermeiden, aber bei dem Gedanken daran blieb ihm der Bissen stets im Halse stecken und er hatte mehrfach beinahe das Gefühl, sich übergeben zu müssen. Um sich abzulenken, erzählte er Mrs Alderian von seinen Problemen mit dem Schiff, allerdings ohne ausdrücklich zu betonen, dass sich der Schlüssel zu ihrer Lösung in den Händen ihres Gatten befand. Endlich schienen sich alle Anwesenden bis zum Stehkragen mit dem leckeren Roastbeef vollgestopft zu haben. Viele Wangen und Nasen leuchteten schon so glühendrot wie der Wein in den Gläsern, manch eine hätte man als Laterne missbrauchen können. Turner wandte sich an seinen Steward, dessen Nase ebenfalls purpurrot wie ein Pokal besten Burgunders in der Abendsonne strahlte und fragte ihn leutselig: „Wie ist ihr Name, Mann?"

„Rudolph, Sir."

„Rudolph, natürlich, darauf hätte ich selber kommen können, nun auf was müssen wir uns denn noch gefasst machen? Ich habe so langsam das Gefühl, dass ich schon beinahe abgeladen bin. Der Koch des Kapitäns ist wirklich ausgezeichnet."

„Danke, Sir, ich werde Ihr Kompliment weitergeben. Um genau zu sein, Sir John hat zwei Köche: einen englischen Chef und außerdem ein Schlitzauge für die asiatischen Gerichte. Der Kapitän verzehrt diese seltsame asiatische Kost sehr gerne." Der Lakai schien die Vorliebe seines Herrn nicht zu teilen. Er schüttelte sich fast unmerklich. „Er isst klebrigen Reis mit Stäbchen, vertilgt gekochten oder gedünsteten Seetang und kann von rohem dünn geschnittenem – allerdings ganz frischem – Fisch gar nicht genug bekommen. Für meiner Mutter Sohn ist das nichts, Sir. Da lob ich mir doch so ein kerniges Roastbeef, Sir."

Turner nickte. „Aber was gibt jetzt als nächstes, Rudolph?"

„Käse, Obst und dazu einen exzellenten Port, Sir."

So geschah es. Mit großem Genuss machte sich William über ein großes Stück abgelagerten roten Chester her, zusammen mit dem Port war das eine Offenbarung. Das würzige, scharfe Aroma des alten Käses mit einer leichten bitteren Note verband sich mit den Geschmacksnoten von Gewürzen, Nüssen, Dörrobst, Datteln, Karamell, Vanille und Zitrusfrüchten. Die dunkelbraune Robe zeugte von einer langen Lagerung.

„Dieser alte Port stammt aus dem Anbaugebiet von Pinhão. Da sollen die besten Weingüter Portugals liegen, hat man mir erzählt, Sir."

„Ganz offensichtlich hat man dich nicht belogen, Rudolph. Und wenn dieser Tropfen aus dem drittbesten Anbaugebiet herkommen würde, wäre es immer noch ein Spitzengewächs, darauf würde ich die Jungfernschaft meiner ältesten Schwester verwetten, verdammt will ich sein."

Der Steward grinste breit, Mrs Alderian blickte zu Seite und hüstelte diskret. Turner bemerkte seinen Fauxpas und auch, dass auch bei ihm der Alkohol zu wirken begann. Der Port musste es in sich haben, puh.

„Rudolph, Sie stehen wohl noch nicht lange im Dienste von Sir John?"

„Nein, Sir." Der Steward zögerte, gab sich dann aber einen Ruck. „Ich musste meine letzten Herrschaften leider etwas übereilt verlassen. Wegen Verleumdungen übelmeinender Kollegen …", er machte eine kaum merkbare Pause und fuhr dann bedeutungsvoll fort „… dagegen ist kein Kraut gewachsen. So bin ich in der Royal Navy gelandet, wenn Sie mir dieses kleine Wortspiel erlauben, Sir." Er schmunzelte. „Aber mit Sir John habe ich einen Glücksgriff getan, er ist ein sehr angenehmer Dienstherr."

„Mit einem guten Weinkeller, nicht wahr, alter Knabe?" Dann wandte er sich wieder Mrs Alderian zu. „Verzeihen Sie mir, bitte, Madam. Ab und zu bricht die alte Teerjacke bei mir durch."

Sie lächelte ihn gewinnend an. „Sir, ich stamme aus einer alten Soldatenfamilie, da sind mir kernige Sätze wie der Ihre eben durchaus nicht fremd. Wenn meine Brüder oder mein Vater so richtig in Rage kommen, dann sind deren Sprüche von noch einem ganz anderen Kaliber. Immerhin darf ich für mich in Anspruch nehmen, dass es doch sehr lange gedauert hat, bis ich deren Sinn überhaupt verstanden habe." Sie nahm einen kräftigen Zug aus ihrem Glas. „Ersparen Sie mir die Beschreibung, wie schockiert und verlegen ich dann erstmals war, als ich verstand, was genau mit den zotigen Sprüchen gemeint war. Roter Klatschmohn hätte nicht die Farbe meiner Wangen haben können. Nach einiger Zeit wurde mir klar, dass ihr Männer diese schlimmen Worte gebraucht, ohne euch über ihren Sinn irgendwelche Gedanken zu machen. Es sind Worthülsen, mit deren Hilfe ihr eure Emotionen unter Kontrolle haltet, habe ich Recht, Sir?"

Turner hüstelte überrascht. „Ich muss gestehen, ich habe mir darüber noch nie Gedanken gemacht, Madam. Aber so, wie Sie es darstellen, scheint es mir durchaus Sinn zu machen." Er überlegte und versuchte, seine Gedanken zu ordnen.

Doch da klopfte Kapitän Sir Amoi am Kopf der Tafel an sein Glas. Er saß wie ein Buddha entspannt in seinem Sessel und beobachtete seine Gäste mit einem milden, alles verzeihenden Lächeln. „Ladies und Gentlemen! Ich hoffe, dass ich Sie mit meinen bescheidenen Mitteln satt bekommen habe, ja satt bekommen habe.

Bevor ich das Tischtuch ziehen lasse, der Loyaltoast."
Alle packten ihre Gläser, die Lakaien achteten darauf,
dass alle vollgefüllt waren. „Ladies and Gentlemen!
The King!"

„The King!" Die gesamte Gesellschaft hob ihre Gläser und trank.

Aus dem Augenwinkel beobachtete William, dass
Mrs Aldrian die Worte zwar mitsprach, aber mit ihrem
Glas eine schnelle Bewegung über der Wasserkaraf-
fe vollführte, ehe sie trank. Die Dame schien eine in
der Wolle gefärbte Jakobitin zu sein. Sie hatte bemerkt,
dass er ihre Handbewegung gesehen hatte und errötete,
aber er ging nicht weiter darauf ein*. Ob sie auch dem
papistischen Glauben die Treue gehalten hatte? Bei ihrem Mann war das nicht möglich, denn jeder Offizier
musste vor dem Erhalt seines Patents schwören, dass
er das Abendmahl nach dem Ritus der Anglikanischen
Kirche nahm und das Oberhaupt der Church of England war der König. Somit war der jeweilige Herrscher
sowohl die höchste weltlicher als auch geistliche Instanz
für alle seine Offiziere. Wie war das mit der Religion
der Kinder, die solchen Mischehen entsprangen? Die
römische Kurie würde auf ihre Seelen nicht verzichten
wollen. Keine angenehme Situation – falls Mrs Alderian
tatsächlich noch eine Papistin war.

Das Tischtuch wurde gezogen, die Damen zogen
sich in einen Nebenraum zurück, der sonst wohl als

---

* Dieses Schwenken des Glases über dem Wasserbehälter stand dafür,
dass die jeweilige Person auf *the King over the water* trank, also den schottischen Thronprätendenten im Exil.

Büro des Kapitäns fungierte. Dort wurde ihnen je nach Geschmack weiter der Portwein oder diverse Liköre gereicht. Schälchen mit Nüssen, kandierten Früchten und mundgerecht vorbereitetes Obst standen bereit. Die Herren entzündeten auf das Kommando: „Feuer frei!" des Kapitäns hin ihre Tabakspfeifen oder Zigarren. Mehrere Diener wanderten mit großen geschliffenen Karaffen voller Brandy, Whisky oder Gin herum.

William Turner erhob sich, um sich etwas die Beine zu vertreten. Er entdeckte in der Nähe der Tür den Bootssteuerer Bonden. Er setzte den Kurs in dessen Richtung ab, umschiffte die Untiefe Hinkie und baute sich vor Bonden auf.

„Sie haben mich ganz schön zum Narren gehalten, Bonden, James Bonden! Auch sie werden in Ostasien ein kleines Vermögen an Prisengeld gemacht haben, nicht wahr?"

Bonden wandte sich etwas unbehaglich, fasste sich aber schnell und nickte zustimmend. „Schon recht, Commander Turner. Für ein kleinen Pub in Wales sollte es schon reichen. Aber ich kann doch den Kapitän nicht alleine auf diesem großen Schiff zurücklassen. Außerdem wäre es nicht schlecht, wenn ich zusätzlich zu dem Pub noch eine Pferdewechselstation der Royal Post mit Übernachtungsmöglichkeiten anbieten könnte, nicht wahr? Das ergänzt sich wie Ying und Yang, wenn Sie verstehen, was ich meine, Sir." Ehe der verwirrte Turner etwas sagen konnte, fuhr er fort: „Ich werde für Sie jetzt einen besonderen Drink mischen, Sir, wenn Sie erlau-

198

ben." Ohne eine Antwort abzuwarten ging er zu einem Schränkchen, holte zwei Flaschen, ein Fläschchen und zwei große Wassergläser heraus. Er goss zwei Finger hoch Gin in das eine Glas – und er hatte dicke Finger – danach einen Finger hoch Wermut, abgerundet wurde das mit einem kräftigen Schuss Limettensaft. „Der ist von wegen der Gesundheit, Sir", bemerkte Bonden und kniff kaum merklich ein Auge zu. „Aber jetzt kommt das Entscheidende, Sir. Man könnte das Gemisch jetzt einfach umrühren, damit es sich gut vermischt, aber das machen nur Stümper, denn das ist völlig stillos!" Er nahm das zweite Glas und goss den Inhalt des ersten schwungvoll in dieses hinüber und von dort wieder zurück und erneut hin und her. „Man nennt das etwas verwirrend ‚schütteln'*, aber genau das macht einen guten Martini – so nenne ich das Getränk – aus, er muss geschüttelt und nicht gerührt sein." Er reichte Turner das Glas. „Probieren Sie, Sir." William nahm vorsichtig einen Schluck und war erstaunt. Der Wermut, der Gin und der Limettensaft harmonierten hervorragend miteinander. Das Getränk war sehr erfrischend.

„Ah ja, Mister Bonden, das schmeckt nach mehr. Aber nicht heute Abend, der Wein tut bei mir schon seine Wirkung."

Bonden musterte ihn nachdenklich. „Wenn Sie das meinen, Sir, dann wird das wohl stimmen. Ich habe allerdings den Eindruck, dass Sie noch gefahrlos freihändig auf der Großbrahmrah balancieren könnten."

---

* Der Cocktailshaker wurde erst gut einhundert Jahre später erfunden.

„Danke für Ihre gute Meinung, Bonden. Übrigens, wer ist eigentlich dieser junge Mann mit den Fischaugen, mit dem sich dieser Pelzhändler Hinkie unterhält?"

„Das ist ein Neuzugang in unserer Kolonie. Er betreibt eine Schiffsagentur, wurde mir gesagt, Sir. Sein Name ist Peter Pimm."

William war aufgefallen, dass der junge Mann, der mit einem taubenblauen Rock und einer fleischfarbenen Weste bekleidet war, scheinbar gebannt den Tiraden Hinkies zu lauschen schien, dabei aber immer darauf achtete, dass dessen Glas stets gut gefüllt war. Der Resident des Geheimdienstes begann plötzlich stark zu schwanken, er schaffte es gerade noch so, sich auf einen Stuhl fallen zu lassen. Bonden ging zu Mister Pimm hinüber und die beiden steckten die Köpfe zusammen. Bonden nickte dienstbeflissen und verließ den Raum. Turner vermutete, dass er das Boot des Händlers längsseits rufen lassen wollte. Er marschierte schnell zu dem Salon der Ladies hinüber, stützte sich schwer am Türrahmen ab und sagte undeutlich aber überlaut: „Wo ist diese Lady Jane abgeblieben? Wir sollten vielleicht ein Tänzchen wagen, Milady!"

Dieses Losungswort hatten sie vorher abgemacht, wenn es Turner an der Zeit schien, die Feier zu verlassen.

Den Damen in ihrer Nähe flüsterte Jane zu: „Wie es scheint, hat sich der Commander ein paar handfeste Breiteseiten mit glühenden Kugeln eingefangen, da werde ich wohl löschen müssen. Entschuldigen Sie mich, Ladies, es war mir ein einzigartiges Vergnügen, mit

Ihnen zu plaudern!" Dann wandte sie sich an Turner: „Aber natürlich, mon capitaine, sofort. Aber vielleicht sollten wir das doch lieber an Bord der *Willi* machen. Dort haben wir das bessere Orchester." Sie kicherte und drehte sich nochmals zu den anderen Damen um: „Dudelsackmusik, meine Teuersten. Gewöhnungsbedürftig, aber sie geht in die Beine."

Sie verabschiedeten sich herzlich von den anderen Gästen. Turner küsste Mrs Alderian galant die Hand, rühmte ihre Weinkenntnisse, beide bedankten sich schließlich ausgiebig bei Sir John für das wundervolle Dinner im Besonderen und den gelungenen Abend im Allgemeinen. Dann meldete Bonden, dass ihr Boot bereit läge.

Hinkies Boot war bereits in der Dunkelheit verschwunden. Der schwarze Schatten eines anderen kleinen Bootes tauchte gerade in der Schwärze der Nacht unter. Eine winzige Sekunde lang nistete sich in Turners Kopf der Gedanke ein, dass da etwas nicht stimmen konnte, denn sie hatten sich ziemlich ausgiebig und umständlich von Sir John verabschiedet, Hinkies Boot hätte eigentlich schon längst außer Sichtweite sein müssen. Er schob diesen lästigen Gedanken zur Seite, stattdessen trieb er die Ruderer an, sich ordentlich in die Riemen zu legen. Sie lieferten Lady Jane unter der Eingangspforte ab. William und Tom stiegen in die Gig um und legten sofort wieder ab. William zog einen Sack unter der Heckducht heraus und entnahm ihm einen schlichten dunkelblauen Rock, eine dunkelgraue Drillichhose, Stiefel, eine schwarze Wollmütze, zwei Pistolen und ein Entermesser. Er kleidete sich, geschickt das Gleichgewicht haltend, um und verstaute dann seine beste Uniform in dem Seesack. Tom war schon vergleichbar gekleidet und bewaffnet. Sie machten sich auf den Weg zum Anleger am East River. Von den ankernden Schiffen achteraus wehten leicht zeitversetzt die acht Glockenschläge herüber, die das Ende der vierten Stunde vermeldeten. Zuerst hörte man die hellen Töne der Glocken in der Nähe des Ruders, diese wurden aufgenommen von den dunklen, vollen, weittragenden Schlägen des Linienschiffes, wurden von den helleren aber durchdringenden Schlägen auf den Fregatten aufgenommen und ergänzt vom hohen Klingeln der kleinen Glocke der *Speedy*. Als Tom vor Anstrengung zu keuchen begann, übernahm William Turner die Skulls. Die Anstrengung tat ihm gut, die letzten benebelnden Alkoholfetzen verflogen. Kurz darauf tauchten sie in die schwarzen Schatten der Werkstätten, Schuppen und Kaianlagen ein, verschwammen mit ihnen, wurden unsichtbar. Dann hatten sie ihr Ziel erreicht und machten das Boot fest. Ein Boot von vielen, wer wollte dabei etwas Ungewöhnliches finden. Turner zog sich nach oben auf den Kai. „Tom, du wartest hier! Du rührst dich nicht von der Stelle, verstanden! Ich muss sicher sein, dass ich das Boot hier finde, falls ich etwas in Eile seien sollte." Er verschwand in den dunklen Gassen. Eine Turmuhr begann zu schlagen, andere fielen ein. Es war halb fünf Uhr in der Früh. Er musste sich beeilen, denn in knapp einer Stunde würde im Osten die rosenfingrige Eos ihre ersten zarten Strahlen über den Horizont ausschicken. Er schlich dicht an die Mauer gepresst die Gasse hinauf. In der rabenschwarzen Finsternis vor sich vermeinte er das leise Quietschen einer schlecht geschmierten Türangel zu hören und gleich darauf das gedämpfte Geräusch sich hastig entfernender Fußschritte. In der vollkommenen Dunkelheit etwas erkennen zu wollen, war ein Ding der Unmöglichkeit. Vorsichtig tastete er sich weiter voran. Bald darauf stand er vor dem Ladengeschäft Hinkies. Eigentlich hatte er sich gleich in das schmale Gässchen drücken wollen, aber die Geräusche hatten ihn alarmiert. Neugierig trat er heran, mit einem seiner Schuhe trat er gegen einen massiven Gegenstand. Er taste ihn mit den Händen ab und auch den zweiten, der daneben stand. Es waren zwei Pützen die neben der Eingangstür deponiert worden waren. Hatte sie der unsichtbare Besucher von eben dort hingestellt? Aber was hatte das knarrende Geräusch zu bedeuten und was enthielten die Pützen? Sie waren mit Deckeln abgedeckt, aber schon ein leichtes Anheben der jeweiligen Abdeckung ließ keinen Zweifel über den Inhalt aufkommen. In der einen rumorten zwei oder drei große lebende Fische im Wasser und schnappten gierig nach Luft, die andere war randvoll mit frischen tierischen Innereien gefüllt. Er legte die Deckel wieder auf, beim Aufrichten stützte er sich an der Tür ab. Sie gab leise quietschend einen Zoll nach. Er starrte sie verblüfft an, narrte ihn der Spuk oder stand sie in der Tat ein kleiner Spalt offen? Vorsichtig drückte er dagegen. Tatsächlich schwang sie langsam ein wenig weiter auf. Drinnen war es so dunkel wie der Äther über dem neunfach gewundenen Styx. *„Na, dann wollen wir mal sehen, ob uns auf der anderen Seite der Hades erwartet!"* Es klang ein wenig so wie das Pfeifen eines ängstlichen Kindes im finsteren Wald. Sich als Mordbube in zwielichtigen Ecken herumzudrücken war eben nichts für einen ehrenwerten Commander Seiner Britannischen Majestät Marine. Er zog das Entermesser blank und drückte mit der Schulter die Tür auf. Auch im Flur war es dunkel, nur am hinteren Ende zeichnete sich der von hinten erhellte rechteckige Umriss einer Tür ab. Die rechte Hand hielt den Griff der Waffe fest umklammert, mit der linken tastete er sich an der Wand entlang. Plötzlich stolperte er über etwas. Erschrocken stieß er die Luft aus und machte einen kleinen Satz nach hinten. Er lauschte, alle Sinne waren angespannt und wollten eruieren, was sich dort unten am Boden befand. Nichts rührte sich, nichts war zu hören. Nur drei, vier Dutzend Fliegen schienen über die Störung erbost wütend im Diskant vor sich hinzusummen. Ein, nein, zwei Gerüche stiegen ihm in die Nase. Hervorstechend war eine Ausdünstung, die er viele Male an und unter Deck von Schiffen in der Nase gehabt hatte, auf dem auf Leben und Tod gekämpft worden war: Es roch nach vergossenem, trocknendem Blut. Aber darunter lag noch ein zweites Aroma, eines, das er seit seiner Jungendzeit noch viel besser kannte. Es roch nach altem Fisch, diese Duftnote war ihm bei seinem letzten Besuch nicht aufgefallen. „Seltsam", murmelte er. Er musste wissen, was da vor ihm war, koste es was wolle! Er schloss die Tür hinter sich, zog das Säckchen mit der langsam abbrennenden Lunte aus der Jacke und blies die Zündschnur kräftig an. Im schwachen rotglimmenden Widerschein, der einem verlöschenden Höllenfeuer nicht unähnlich war, entdeckte er an der Wand einen Kerzenhalter. Es gelang ihm, eine Kerze zu entzünden, ehe die Glut seine Finger versengte. Er blies kühlend auf die Fingerspitzen, dann blickte er sich in dem trüben Licht der blakenden Lichtquelle um. Auf dem Fußboden lag lang ausgestreckt Hinkie. Er hatte beide Hände gegen die Brust gepresst. Sein weißes Hemd wies in diesem Bereich einen großen schwarzen Fleck auf. Der Kopf lag seltsam verdreht auf dem Boden, sein Hals war fachmännisch von Ohr zu Ohr durchgetrennt worden, da hatte jemand kein Risiko eingehen wollen, dass der Verräter die geringste Überlebenschance hatte. Die weit aufgerissenen starren Augen stierten blicklos zur Seite auf einen Kerzenleuchter, den er offensichtlich gerade hatte entzünden wollen. Auf dem Boden hatte sich eine große schwarze Blutlache gebildet, die immer weitere Legionen von Fliegen anzulocken schien. „Hades! Wusste ich es doch! Und keinen Obolus unter der Zunge, da wird der Fährmann Charon mit dir gar nicht zufrieden sein und dich hundert Jahre am Ufer des Acheron als Schatten herumirrren lassen!" Er zuckte zusammen, denn von draußen, vermutlich vom Anfang der Gasse am Kai waren laute aufgeregte Stimmen zu hören, die sich schnell näherten. Neben dem Leichnam lag etwas Blinkendes auf dem Boden. Turner bückte und hob es auf. Es war eine Taschenuhr, das Glas war zersplittert, reflexartig steckte er sie trotzdem schnell ein. Wohin sollte er verschwinden? Hinaus auf die Gasse? Das war kaum mehr möglich, er hätte vermutlich gleich eine ganze Schar von Verfolgern auf den Fersen gehabt. Sich hier quasi in flagranti erwischen zu lassen, war genauso wenig weise, also blieb nur der Weg durch den Hinterausgang vorbei an den beiden Zerberussen mit ihren tödlichen Gebissen. Er hielt einen kurzen Moment inne, dann macht er einen großen Satz zur Eingangstür, griff sich die Pütz mit den dampfenden Eingeweiden und schloss die Tür zur Gänze. Schnell löschte er die Kerze, stieg geschwind über den leblosen Korpus hinweg, stieß die Tür am Ende des Flurs auf und durchquerte den Wohnraum. Dort brannte Licht in einem mehrarmigen Kandelaber und auf dem Tisch stand eine geöffnete Flasche Whisky sowie ein halb geleertes Glas. Aber was ihn völlig schockierte, war die Tatsache, dass die schwere Metalltür des Tresors, der das eigentliche Ziel seiner Begierde gewesen war, halb offen stand. Hatte Hinkie ihn noch geöffnet oder war da jemand schneller als er gewesen? Verflucht, er hatte keine Zeit, den Inhalt zu untersuchen, er musste sehen, dass er hier mit heiler Haut und unerkannt entkam. Mit einem gotteslästerlichen Fluch drehte er sich um und stand gleich darauf vor dem Hinterausgang. Die Tür war mit einem großen Riegel gesichert. Er schob ihn eilig zurück und stieß die

Tür auf. Draußen erwarteten ihn zum Sprung niedergekauert die beiden Bestien mit gelb funkelnden Lichtern, gefletschten Zähnen, nach hinten angelegten Ohren und einem wenig zum Verweilen einladenden Duett für zwei Wolfshundstimmen, einem Vivace ma non presto. Tief aus ihren Kehlen drang ein gefährlich klingendes grollendes Knurren. Er bewarf die Höllenhunde mit dem schweren Holzdeckel und schüttete dann den Inhalt der Pütz schwungvoll nach links in den Hof. Seine Rechnung ging auf. Die Wolfshunde hatten vermutlich seit den Mittagsstunden nichts zu fressen bekommen und waren dementsprechend hungrig. Der Kampf zwischen anerzogener Pflichterfüllung und natürlicher Gier war kurz. Sie fielen gefräßig über das Gekröse, die Lunge und die Kaldaunen her. *„Erst kommt das Fressen, dann die Moral"*, sinnierte Turner und schob sich erst langsam, dann immer schneller in Richtung der Mauer, auf der er erst kürzlich so eine unglückliche Figur abgegeben hatte. Von dieser Seite aus konnte man die Mauerkrone leicht erklimmen. Im Haus hörte er es poltern. Erleichtert ließ er sich in das Gässchen hinabgleiten und folgte der engen Passage weg von dem Sträßchen, an dem Hinkies Laden lag, bis zum nächsten etwas breiteren Durchlass. Er verließ sich auf seinen Orientierungssinn, um sich in dem Gewirr der kleinen Straßen und Gassen zurechtzufinden. Als er meinte, den kritischen Bereich weit genug umgangen zu haben, setzte er den Kurs wieder auf den Kai ab. Nach einer Weile hörte er Schweine grunzen und Kühe brüllen, dazu stieg ihm zusätzlich eine Wolke aus der Geruch von tierischem Dung, frischem Blut und appetitlich duftendem Geselchtem in die Nase. Er lief an einer langen, weiß getünchten Mauer entlang, hinter der sich offensichtlich Stallungen und die Verarbeitungsräume einer Schlachterei befanden. Unverständliche, wahrscheinlich deutsche Wortfetzen drangen an sein Ohr. Kurze Zeit später spie ihn das letzte Sträßchen tatsächlich genau dort auf den Kai aus, wo unten am Anleger Tom mit dem Boot wartete. „Schwein muss man haben, sagte der Wolf und biss der Sau die Kehle durch", murmelte William. „Puuh! Das war knapp!"

Tom stellte keine neugierigen Fragen, schnell brachten sie das Boot in Fahrt und beim Stundenschlag der Kirchenuhren zu Fünf Uhr hielten sie dicht unter Land auf die Landspitze von Manhattan zu. Über dem kalten Wasser des East Rivers lagen einige kleine niedrige Nebelschwaden. Über dem Hudson River würde es noch nebliger sein, überlegte William, denn der Fluss transportierte das eiskalte Schmelzwasser aus den Appalachen zur Küste. Er blickte auf den Bootskompass in dem massiven Holzkistchen. Er gab Tom ein paar kurze Anweisungen, worauf der Bug des Bootes herumschwang und auf die Reede hinauszeigte, wo die Ankerlaternen am Heck der Schiffe gespenstisch gelb durch den Nebelschleier funzelten. Im Osten begannen sich die feuchten Schwaden gelblichrot zu verfärben. Es musste auf 05:30 Uhr Ortszeit zugehen. Sie hielten sich gut frei von allen ankernden Schiffen bis sie die *Wil-*

li erreicht hatten. Der wachhabende Midshipman war unterrichtet worden, dass der Kommandant unterwegs war, bei seiner Rückkehr aber ohne jedes Zeremoniell an Bord gehen wollte. Auf den Anruf vom Posten würde das Boot mit „Fischer!" antworten. Tom hielt das Boot mit einem Bootshaken an den Treppenstufen in Position. William stand auf, rückte seine Bekleidung zurecht, blickte Tom gerade in die Augen und murmelte: „Danke, Tom!" Der schaute ihn erstaunt an und meinte lächelnd: „Wofür, Sir? Dafür, dass ich mir fast meinen armen braunen Hintern abgefroren ab? Das gehört zu den Punkten, die unter die Rubrik ‚Vorsicht bei der Berufswahl!' fallen, Sir."

„Nein, dass du tatsächlich geduldig an der ausgemachten Stelle gewartet hast. Unter nur wenig veränderten Umständen, die ich dir nicht näher erklären werde, hätte mein Leben davon abhängen können."

„Gern geschehen, Sir. Jederzeit wieder zu Diensten!"

*

Über den Rand seines Sherryglasses musterte Commander William Turner seinen Besucher. Commander Alderian sah unanständig frisch und ausgeschlafen aus, was man von Turner wahrlich nicht behaupten konnte. Aber der hochprozentige Sherry brachten seine Lebensgeister zurück. „Mister Alderian, wie Sie merken, kann sich mein Weinkeller nicht mit dem von Sir John messen, aber ich hoffe, dass der Sherry einigermaßen trinkbar ist. Der französische Kapitän, der mir freundlicherweise die *Ville de Rouen* mitsamt ihrer Vorräte überlassen hat, war kein Kenner oder ich sollte besser sagen, kein Liebhaber spanischer Weine. Er bevorzugte ganz eindeutig die Gewächse seines schönen Vaterlandes."

„Nein, nein, Mister Turner", beeilte sich Alderian ihn zu beruhigen, „der Sherry ist ausgezeichnet. Mrs Alderian hat mir schon erzählt, was für ein Connaisseur Sie sind. Sie war übrigens sehr angetan von Ihnen, Sir. Ich soll Sie ganz herzlich von ihr grüßen, Sir. Ahem… wissen Sie, ich frage mich, ob ich nicht ein wenig eifersüchtig seien sollte?" Der Commander blickte ihn aus seinen großen dunklen Augen ernst an, kniff dann aber ein Auge zu, um anzudeuten, dass er sich einen Scherz erlaubt hatte.

„Ihre Gattin ist in der Tat eine ungewöhnlich attraktive Frau, ich kann Sie nur beglückwünschen, Sir."

„Danke, Sir, aber leider sind wir nicht hier zusammengekommen, um uns über den schöneren Teil der Menschheit auszutauschen, denn wie mir Mrs Alderian auch mitgeteilt hat, brauchen Sie dringend fachmännische Hilfe bei der Beseitigung einer Leckage, bevor Sie nach Halifax verholen können."

„Das ist korrekt, Sir. Wie Sie sehen, war ich ein trivialer Tischnachbar für Ihre charmante Gattin und habe sie mit meinen dienstlichen Problemen gelangweilt."

„Ich denke, dass Sie nichts ohne Überlegung tun, Sir", bemerkte Alderian trocken und zog eine Augenbraue spöttisch in die Höhe. „Aber dem Manne kann geholfen werden. Ich werde Ihnen noch heute die Vorarbeiter von zwei der besten Schiffbauerkolonnen der Werft an Bord schicken, die die Schäden untersuchen und dann morgen mit der Reparatur loslegen werden. Wissen Sie, Sie hinterlassen bei den Damen einfach einen zu tiefen Eindruck, als dass ich Sie länger als irgend nötig in der Nähe meiner Gattin haben möchte." Wieder dieses schalkhafte Zwinkern mit einem Auge. „Haben Sie übrigens schon gehört, dass es in der Stadt, die angeblich niemals schläft, gestern Nacht einen grauenvollen Mord gegeben hat? Der Mörder und dieser unangenehme Typ, Hinkie war wohl sein Name, haben jedenfalls nicht geschlafen, bis Letzterem das Lebenslicht ausgeblasen wurde. Sie haben den Mann und sei degoutantes Verhalten gestern beim Dinner selbst erleben dürfen."

Turner bemühte sich, überrascht auszusehen. „Was, Hinkie ist ermordet worden? In was für Zeiten leben wir nur? Übrigens kannte ich ihn bereits von meinem letzten Aufenthalt in New York her. Er war doch ein ganz harmloser, wenn auch in den Umgangsformen etwas ungeschliffener Pelzhändler. Nun ja, er war ein Rüpel, aber auf derartige Spezies trifft man hierzulande bedauerlicherweise sehr häufig, will mir scheinen. Wie ist es denn passiert?"

„Er wurde in seinem Haus erstochen. Der Coroner soll lakonisch zum Konstabler der Nachtwache, der ihn zum Tatort holen ließ, gesagt haben: ‚Erst hat Hinkie seinen Mörder im Flur getroffen, dann hat ihn selbiger in die Brust und den Hals getroffen! Fine! Unser Coroner verfügt über einen recht trockenen makabren Witz. Der Tresor stand offen, man vermutet, dass es Raubmord war. Obgleich es mir schwerfällt, das zu glauben, weil zu dieser Jahreszeit das Pelzgeschäft ruht."

„Wer hat die Tat gemeldet, Sir?"

„Das war der Fischer, dessen Dienste sich Hinkie stets bediente, wenn er ein Boot brauchte, um ein Schiff auf Reede zu besuchen. Er hat ausgesagt, dass er Hinkie an Land gerudert und den schwer Betrunkenen mühsam nach Hause bugsiert hat. Dann ist er nochmals zum Kai zurück, um die Pütz mit frischem Fisch und das Hundefutter vom Fleischer zu holen, bevor er sich dann endlich zur verdienten Ruhe legen wollte. Als er wieder bei Hinkies Geschäft in dem schmalen Sträßchen ankam, stand die Eingangstür erstaunlicherweise offen. Das war äußerst ungewöhnlich, denn Hinkie war immer sehr besorgt um seine Sicherheit. Vorsichtig hätte der Mann sich dann im Flur vorangetastet und sei dabei über den entleibten Hinkie gestolpert. Nachdem er sich von dem Schreck erholt hätte, wäre er dann, so schnell ihn seine Füße getragen hätten, zum nächsten Posten der Konstabler gerannt. Zu dem offenen Tresor vermochte er nichts auszusagen, da er die hinteren Räume nicht betreten habe. Armer Kerl, dass muss ja ein entsetzlicher Schock für den biederen Fischersmann am frühen Morgen gewesen sein, nicht wahr, Sir?"

Turner nickte nachdenklich mit dem Kopf, er erinnerte sich nur zu gut des Entsetzens, dass ihm in die Glieder gefahren war, als er über den Leichnam gestolpert war. Er hatte wieder den Gestank nach gerinnendem Blut und altem Fisch in der Nase, sowie das empörte Brummen der Schmeißfliegen in den Ohren. Er schluckte trocken, griff dann nach der Sherryflasche und blickte Alderian fragend an. Der schüttelte den Kopf.

„Danke, Sir, aber ich muss weiter. Schließlich muss ich die beiden Vormänner von ihrer jetzigen Arbeit loseisen und zu Ihnen herausschicken. Ein anderes Mal gerne. Noch einen schönen Tag, Sir." Er ging, von Turners höflichen Abschiedsworten und Grüßen an die verehrte Frau Gemahlin begleitet zur Tür, vor der ihn ein Midshipman erwartete und zur Gangway begleitete.

Er ließ einen nachdenklichen Turner zurück, der die Sherryflasche wieder zurück in den Weinschrank stellte und sich ausgiebig den Hinterkopf rieb. Das war eine Marotte, die er dem verblichenen Bootsmann Owen, Gott sei seiner schwarzen Seele gnädig, von der Piratenbrigg *Medusa* verdankte, der ihn auf dem Kai von Puerto Santo mit einem Sandsack bewusstlos geschlagen hatte. „Verflucht will ich sein, wenn die Geschichte von diesem verdammten Fischer nicht gen Himmel stinkt wie der Inhalt eines vollen Dutzend verdorbener Fässer Salzfleisch, die man mit den Schlachtabfällen einer ganzen stinkenden Fischereiflotte garniert hat. Aber wo ist der Kinken?" Er ging an Deck und begann, nachdem er

Leutnant Dechamps und den Segelmeister über den bevorstehenden Besuch der Werftgrandies informiert hatte, auf dem Achterdeck hin und her zu wandern. Einmal wurde er noch unterbrochen, als Lady Jane an Deck geschwebt kam, um sich von ihm zu verabschieden. Sie hatte sich gestern beim Dinner mit ein paar anderen Ladies zu einem kleinen Plausch in einer Chockoladerie verabredet. William war es sehr recht, dass er auf seinem Achterdeck in der seinem Rang geschuldeten Isolation in Ruhe nachdenken konnte. Nach Janes Abschied nahm er seine Wanderung wieder auf. Sein Weg verlief auf der Steuerbordseite von der vorderen Reling des Achterschiffs an den Stücken entlang bis zur Heckreling. Jedem Hindernis auf dem Deck wich er, obwohl er es nicht bewusst wahrnahm, mit traumhafter Sicherheit aus. Hin und zurück, hin und zurück, wieder und wieder... Plötzlich blieb er stehen und starrte blicklos in die Ferne. „Ja, so muss es gewesen sein. Was bist du doch für ein kluges Kerlchen, William! Selbstverständlich gibt es noch die eine oder andere mögliche Variante, aber im Großen und Ganzen kann es nur so und nicht anders gewesen sein, verdammt!"

„Käptum, Zur!" Tom riss ihn aus seinen Gedankengängen. Turner wollte ihn schon unwirsch anfahren, dass er jetzt keine Störung gebrauchen könne, aber dann sah er selbst das Boot, das sich der Bordwand der *Ville de Rouen* näherte. Er streckte die Hand aus, ein dienstbeflissener Middie legte ein Fernrohr hinein. Die Middies hatten es nicht gewagt, ihn anzusprechen und hatten deshalb Tom vorgeschickt. Nun, darüber würde noch zu reden sein, verdammte Lausebengels! Turner zog das Teleskop auf volle Länge aus und stellte es scharf ein. Da war das Boot. Jetzt schoben sich die Rücken der Rudergasten, das gleichmäßige Vor und Zurück ihrer Oberkörper ins Okular. Achtern an der Pinne saß ein stämmiger Mann, dem man auf einhundert Meilen gegen den Wind ansah, dass er früher ein Flyingfish-Sailor gewesen war. Mit einem leichten Grinsen stellte William fest, dass er durch ein regelmäßiges Vorstoßen des Kopfes, das wahrscheinlich durch ein halblautes Zischen unterstützt wurde, den Takt für die Ruderer vorgab. Es war klar, der alte Salzbuckel wollte Eindruck schinden und beweisen, was für ein schmuckes Bötchen er kommandierte. *„Gut der Mann"*, dachte William. Auf der Heckducht neben ihm saß … verblüfft zog er den Atem ein. „Wenn das nicht dieser Peter Pimm ist, will ich meinen Dreispitz fressen, schön al dente und mit Gurkenscheiben garniert", murmelte er vor sich hin. Er wandte sich an den Middie, der als Läufer Deck fungierte: „Keine Seite pfeifen, Mister Blake. Ich bin in meiner Kajüte. Weitermachen!" Er stieg den Niedergang hinab und kontrollierte mit einem schnellen Blick, ob auf dem Tisch etwas herumlag, das für fremde Augen nicht bestimmt war. Aber wie immer, seit der junge Goldman sein Sekretär war, herrschte auf dem großen Tisch und sogar auf seinem Schreibtisch peinliche Ordnung. Kurz darauf meldete der Seesoldat draußen vor der Tür den Midshipman Blake und einen Besucher.

„Sollen reinkommen!"

Blake hielt dem Besucher die Tür auf und meldete kurz: „Ein Mister Pimm, Sir! Behauptete, dass Sie ihn kennen und dass Sie ihn gewiss empfangen würden, Sir!" In Blakes Stimme schwang eine gehörige Portion Misstrauen mit. Mister Peter Pimm drängte sich ohne lange Formalitäten an ihm vorbei und ging schnurstracks auf Turner zu, der hinter dem breiten Tisch in seinem Armlehnstuhl entspannt wartete. Er entließ Blake mit einer kurzen Handbewegung: „Danke, Mister Blake."

„Pimm, mein Name, Sir. Wir haben uns gestern beim Dinner auf der *Enterprise* kennengelernt. Ich vertrete hier in New York die Firma Hermes Eastcoast Shipping Agency – seit heute! Davor schlicht: Eastcoast Shipping Agency, Sie verstehen, ich bin sicher, dass der neue Name Ihnen etwas sagt, Sir." Das war keine Frage sondern eine Feststellung. „Mister Smith auf Antigua hält große Stücke auf Sie und auch die Zentrale in London ist von Ihrer Tatkraft und Ihrem Einfallsreichtum angetan, wenn ich das mal so salopp ausdrücken darf. Ich wollte Sie, als meinen Kollegen, möglichst umgehend davon in Kenntnis setzen, wer nach dem bedauerlichen Ableben des armen Hinkie hier in New York und Umgebung – Gott segne unsere Waffen – die Geschäfte des Hermes-Konzerns weiterführt." Bei der Erwähnung von Hinkies Namen hatte er keineswegs bedauernd ausgesehen, sondern ein kurzes böses Lächeln war über sein Gesicht gewetterleuchtet. „Wenn ich Ihnen behilflich sein kann, Sir, dann lassen Sie es mich wissen."

„Oh, Sir, das können Sie, mit Hilfe der Unterlagen, die Sie aus Hinkies Tresor an sich gebracht haben, wird es Ihnen doch sicher möglich sein, den korrupten Herren des Prisengerichts Feuer unter den Achtersteven zu machen und sie für meine Interessen einzunehmen."

Pimm starrte ihn mit weit aufgerissenen Augen an, als würde er einen Geist vor sich sehen. „Wieso ..., woher ... wer hat Ihnen das verraten? Es gibt doch keine Zeugen!"

„Sie irren, Sir. Wir sind uns in der schmalen Straße so gut wie begegnet." Turner beschloss frech zu bluffen: „Sie haben einen sehr typischen Gang, Sir. Sie müssen wissen, Mister Pimm, dass ich in meiner Besatzung Indianer habe, und die haben mir beigebracht, auf so etwas zu achten – außerdem gibt es da immer noch den Fischer, vergessen?" Turner dreht sich um und angelte auf seinem Schreibtisch nach einer Taschenuhr. Er zeigte sie Pimm und deutete auf das zersprungene Deckelglas. „Sie ist um 04:10 Ortszeit stehengeblieben, Sir. Um diese Uhrzeit hat ihr gedungener Mörder – eben dieser besagte Heringsbändiger – Hinkie den Garaus gemacht. Nur knappe zwanzig Minuten später habe ich Hinkie entdeckt und den Tresor ausgeräumt vorgefunden. In dieser kurzen Zeit will der brave Fischermann zurück zum Pier gegangen, dort die Pütz mit dem Fisch geholt haben, will als nächstes weiter zum Fleischer geeilt sein, um die Pütz mit den Innereien für die Hunde abzuholen und um dann schwerbeladen zurück bis zu Hinkies Haus zu laufen, wo er zu seinem blanken

Entsetzen den Leichnam entdeckte und sich wiederum sofort auf den Weg zum Kai zu den Konstablern gemacht hat, um dann mit diesen im Schlepp am Tatort zu erscheinen. Das ist zeitlich nicht zu machen, Sir – niemals! Er hätte fliegen müssen, selbst dann wäre es verdammt eng geworden. Sie werden mir ganz gewiss Recht geben, Mister Pimm oder etwa nicht? Und da gibt es noch etwas, Mister Pimm. Als ich im Flur über den Leichnam gestolpert bin, roch es im Flur nach gerinnendem Blut, das war nichts Ungewöhnliches und zu erwarten, werden Sie sagen. Richtig, Sir. Aber da war noch eine zweite, mir so gut bekannte Geruchsnuance, die mir von Kindesbeinen so vertraut ist, dass ich sie zuerst als völlig normal empfunden habe. Es roch nämlich auch ganz deutlich nach Fisch. Na und, werden sie entgegnen, es stand ja auch eine Pütz mit Fischen vor der Tür, da kann schon mal eine aromatische Wolke in den Flur gezogen sein. Falsch, Sir! Als Sohn eines Fischers kann ich Ihnen versichern, dass frische, lebende Fische in klarem Wasser nicht riechen – kein bisschen! Es muss also jemand vor mir im Flur gewesen sein, der diesen alten Fischgestank intensiv verbreitet haben muss. Ergo, zählen Sie einfach Eins und Zwei zusammen, dann haben Sie die Lösung. Es war so: Der Fischer hat die Pützen auf dem Weg zu Hinkies Haus gleich mitgenommen. Unser spezieller Freund war an der frischen Luft soweit zu sich gekommen, dass er alleine laufen konnte. Im Flur hat der Fischer ihn gemeuchelt. Der Schnitt durch den Hals ist unter Fischern üblich, um ihren Fang

218

schnell und schmerzlos zu töten. Zur Sicherheit hat er Hinkie anschließend auch noch ins Herz gestochen. Ein Pedant, der Mann! Waren Sie schon im Haus, als das passierte oder sind Sie erst hineingegangen, als der Mörder weg war? Jedenfalls mussten Sie wissen, wo Hinkie den Schlüssel zum Tresor aufbewahrte, sonst wären Sie mit der knappen Zeit nicht ausgekommen."

Pimm blickte ihn aus harten Augen an. „Verdammt, Turner! Ich habe nicht geglaubt, was ich an Lobpreisungen über Ihren wachen Verstand in Ihrem Dossier gelesen habe, aber – in der Hölle will ich schmoren – es scheint alles zu stimmen. Sie sind in der Tat ein verflucht gerissener schlauer Hund. Ich denke, dass ich gut beraten bin, mit Ihnen zusammenzuarbeiten – jetzt, da wir doch sozusagen eine gemeinsame Leiche im Keller haben. Ich verzichte darauf, Ihnen zu drohen, Sir, Sie wissen selbst um den langen Arm des Geheimdienstes – und dass das Wörtchen Skrupel in diesen Kreisen völlig unbekannt ist. Erlaubt ist, was unsere Sache fördert, wer uns daran hindern will, muss die Folgen tragen. Right or wrong – my country!" Pimm blickte ihn durchbohrend an. Turner war klar, dass sich unter der konzilianten Oberfläche des Mannes ein harter, ja, durchaus gewissenloser Kern verbarg. Er war im Grunde aus demselben Holze geschnitzt, aus dem Mister Smith auf Antigua bestand. Pimm legte den Kopf schief, presste die Fingerspitzen der beiden Hände aneinander und legte sie an seine Nase. „Ich vermute, dass Ihr Problem der Verkauf der Prise samt Ladung ist, richtig?" Turner nickte zustimmend mit dem Kopf. „Und natürlich möchten Sie das Prisengeld ausgezahlt bekommen, solange Sie in New York sind, auch richtig?" Wieder nickte Turner zustimmend. Pimm blickte über Turners Schulter auf einen imaginieren Punkt am Achterschott. „Ich denke, das wird sich regeln lassen. Ich habe das sichergestellte Material einer flüchtigen Überprüfung unterzogen, dabei bin ich auf einige Namen gestoßen, die Ihre Sache befördern werden – wenn man den zu den Namen gehörenden Personen deutlich macht, mit welchen Konsequenzen sie rechnen müssen, wenn sie widerspenstig sind." Er nickte mehrmals energisch vor sich hin. „Außerdem wird das für mich eine gute Einführung sein, um verschiedenen Herren klar zu machen, wie einflussreich die Hermes Eastcoast Shipping Agency ist. Darauf freue ich mich jetzt schon."

Turner verneigte sich leicht im Sitzen, dann bot er seinem Gast einen Sherry an, den dieser dankend ablehnte. „War eine kurze Nacht, Sir, und ich habe noch viel zu tun."

„Da haben Sie Recht. Es ist doch eigentlich eine Schande, dass man zu solchen Mitteln greifen muss, um Beamte des Königs dazu zu zwingen ihre Pflichten korrekt wahrzunehmen, nicht wahr."

„Grundsätzlich haben Sie Recht, Sir, aber das hängt mit dem System der sinecure zusammen. Die eigentlichen Amtsinhaber sitzen in London in ihren gutgepolsterten Sesseln in ihren exklusiven Clubs und lassen die Arbeit hier vor Ort von schlecht bezahlten Vertretern erledigen. Klar, dass die versuchen, etwas für sich herauszuschlagen. Das mit dem Schlüssel war übrigens ganz einfach, Sir. Ich habe kürzlich mit Hinkie zusammen einen Zug durch die Gemeinde gemacht. Als er richtig stramm war, hat er damit geprahlt, was für Materialien er in seinem Tresor aufbewahrt und dass er mit dem, was er weiß, die gesamte Beamtenschaft New Yorks nach seiner Pfeife tanzen lassen kann. Wie um das zu beweisen, zog er einen großen Schlüssel an einem geflochtenen ledernen Halsschmuck – vermutlich indianische Arbeit – mit auffälligem Bart aus seinem stinkenden, verschwitzten Hemd und wedelte damit angeberisch in der Luft herum. Ich musste nach seinem Exitus daher nur den Schlüssel abschneiden und konnte mich problemlos am Inhalt des Tresors bedienen. Im Vertrauen gesagt, das größte Problem bestand darin, alle interessanten Akten fortzuschaffen. Wenn ich gewusst hätte, dass Sie sich auch in der Straße herumdrücken, hätten Sie mir hilfreich zur Hand gehen können, Sir. Wie sind Sie überhaupt dieser Mausefalle entkommen? Mir sind sie nicht gefolgt, dass hätte ich ganz sicher gemerkt – und das hätte für uns beide übel ausgehen können, befürchte ich. Ich muss zugeben, dass ich einen etwas nervösen Zeigefinger am Abzug meiner Pistole hatte. Das andere Ende der Straße war von den Konstablern blockiert, da war kein Durchkommen. Im Hinterhof wachten die beiden blutrünstigen Bestien. Die

Konstabler mussten sie erschießen, um in den Hof zu kommen. Aber da war niemand. Also, Sir, wie sind Sie entkommen?"

Turner blickte ihn ernsthaft an, dann beugte er sich weit über die Tischplatte vor und murmelte geheimnisvoll: „Es muss unter uns bleiben, Mister Pimm, versprochen?

„Selbstverständlich, Sir, ich schwöre einen heiligen Eid. Von mir wird niemand etwas erfahren." Auch Pimm schob den Oberkörper vertraulich nach vorne, man meinte förmlich zu sehen, wie er die Ohren spitzte.

„Nun, Sir, wenn es wirklich eng wird, dann kann ich mich unsichtbar machen, Mister Pimm! Aber denken Sie dran…", Turner kniff verschwörerisch das rechte Auge zusammen, legte den Zeigefinger an die Lippen und zischte: „Psssst…!"

Kapitel 5

Der Abschied von New York kam zwar schneller, als es sich Turner in seinen kühnsten Träumen zu erhoffen gewagt hatte, wurde aber durch einen unangenehmen Zwischenfall doch etwas verzögert. Commander Alderian hatte Wort gehalten und ihm zwei erstklassige Gangs aus gestandenen Shipwrights* an Bord geschickt, die in zwei Schichten gearbeitet und die Leckagen an der Bordwand im Bereich zwischen Luft und Wasser abgedichtet hatten. Die Distanz von der Reede vor Manhattan und dem Hafen von Halifax betrug zwar nur rund fünfhundert Seemeilen, sollte folglich in etwa fünf Tagen zurückzulegen sein, aber in diesem Teil der Welt konnte es auch im Sommer zu plötzlichen Wetterverschlechterungen kommen, denen man sich keinesfalls mit einem nur bedingt seetüchtigen Schiff aussetzen sollte. Wenn sehr kalte arktische Luftmassen aus den ewigen Eiswüsten Nord-Kanadas auf die gemäßigte Luft über dem Land und die warme, mit Feuchtigkeit gesättigte aus dem Süden heraufdringenden atlantische

---

* Die schlichte heute übliche Übersetzung mit Schiffbauer greift zu kurz, da ein guter Shipwright auch in den Tätigkeitsbereichen eines Schiffszimmermanns, Bootsbauers, Taklers und Segelmachers zuhause war (ist).

Strömungen trafen, konnte sich daraus im Handumdrehen eine größere meteorologische Veranstaltung entwickeln. Zum Glück war zu dieser Jahreszeit zwar nicht mit Eis zu rechnen, aber der Strom würde entgegenstehen und es bestand eine gewisse Wahrscheinlichkeit, dass sie im Bereich von Nova Scotia auch auf Nebel, dem Intimfeind eines jeden Navigators, treffen würden. William Turner dankte wiedermal den handgeschriebenen Segelanweisungen, die sie auf diversen Prisen erbeutet hatten. Ihre Verfasser hätten sich gewiss nie träumen lassen, dass ihre Periploi, die teilweise sogar mit Vertonungen* der Küsten versehen waren, einmal einem jungen englischen Seeoffizier gute Dienste leisten würden. Von großem Nutzen waren auch die Angaben über den Tidenhub und die Richtung sowie die Stärke der Gezeitenströme sowohl bei Spring- als auch bei Nippzeit.**

---

* Vertonungen sind Zeichnungen der Küste. Meist werden markante Landmarken für eine wichtige Ansteuerung aus einem bestimmten Winkel aus einer bestimmten Entfernung gezeigt. Bevorzugte Objekte sind Kirchtürme, Windmühlen, Festungsanlagen, Bergspitzen, Steilküsten und manchmal sogar auffällige Bäume(!).

** Bei Springverhältnissen stehen Sonne, Mond und Erde in einer Linie, die Folge davon sind besonders hohe Hochwasser und besonders niedrige Niedrigwasser. Während der Nippzeit steht der Mond in einem Winkel von 90° zur Verbindungslinie Sonne-Erde. Das Ergebnis sind besonders niedrige Hochwasser und besonders hohe Niedrigwasser und entsprechend stärkere oder schwächere Gezeitenströme. Wenn man sein Schiffchen also im Delirium auf die Rockies rammt, dann hat man besonders viel Zeit zum Ausnüchtern, falls man sich dafür das Springhochwasser aussucht, denn jedes folgende HW wird bis zur Nippzeit niedriger ausfallen – gleichbleibende Windverhältnisse vorausgesetzt.

Auch der Verkauf der Ladung der Prise war erstaunlich schnell und reibungslos über die Bühne gegangen. William hatte zudem die Gelegenheit wahrgenommen und mit der hilfreichen Unterstützung von Mister Goldman den größten Teil der Ladung, die er mit dem Einverständnis von Smith von Antigua auf eigene Rechnung mit der *Willi* befördert hatte, zu verkaufen, denn die Preise, die in der mitten in einem feindlichen Umland liegenden Stadt mit einem Marinestützpunkt und einer starken Garnison gezahlt wurden, waren sehr gut. Schließlich wusste niemand sicher – auch Turner nicht –, wann die *Willi* endlich in die heimischen Gewässer von England einlaufen würde. Zwar war seine Ladung nicht schnell verderblich, aber lange Lagerzeiten waren ihr gewiss abträglich. Josef Goldman hatte sich zuvor in der kleinen jüdischen Gemeinschaft umgehört und sich über die Preise informiert. Mit diesen Hinweisen hatte das Jossele die Fässer mit dem roten Farbstoff der Cochenilleschildlaus billig ersteigert, denn damit konnte hier niemand etwas anfangen; große Manufakturen zur Uniformherstellung waren nicht vorhanden.

Wohin die von ihm verkauften Waren letztendlich wanderten, wusste Turner nicht, aber er war sich sicher, dass ein Gutteil der Melasse, des Zuckers und des Rums über dubiose Kanäle ihren Weg in die im Norden liegenden aufständischen Provinzen finden würden, deren Handelsbeziehungen unter der losen aber doch sehr lästigen Blockade durch die Royal Navy litten. Wie mit Smith verabredet, übergab er Mister Pimm gegen Quittung 25 Prozent seines Gewinns zur Weiterleitung nach London. Den nicht unerheblichen Rest überwies er zum größten Teil auf den Rat des jungen Goldman hin an das Bankhaus Greenberg in London. Auf seinen Einwand, dass er seine Geldgeschäfte eigentlich über das Bankhaus Coutts abwickeln würde, diesem alteingesessenen Londoner Bankhaus am Strand. Der Eigentümer sei ein Schotte und die wären bekanntermaßen geizig und könnten daher gut mit Geld umgehen.

Goldman hatte zustimmend genickt und gedehnt gemurmelt: „In der Londoner Stock Exchange in der Sweeting's Alley trat jemand an den alten Itzek Rubin mit der Frage heran: ‚Bitte, wo ist hier die Toilette?‘ Hierauf musterte der Itzek den anderen und gab ihm dann folgenden Bescheid: ‚Hier gibt's keine Toiletten, Sir. Hier bescheißt einer den anderen.‘" Er grinste spitzbübisch. „Aber im Ernst, Sir. Greenberg verzinst das Kapital mit einem halben Prozent mehr als Coutts und das macht bei den bei Ihnen anfallenden Summen schon etwas aus, würde ich meinen. Außerdem lässt mein Bruder Abi, der Verwalter Ihrer Latifundien auf Antigua, regelmäßig Ihre Transaktionen über die Greenbergs laufen. Lediglich Ihre Heuer und die Prisengelder werden bei Coutts verwaltet. Sehen Sie, Sir, Coutts gibt es nur dort, wo der Union Jack* weht, uns gibt es so gut wie weltweit. Die Greenbergs beispielsweise sind eine große Familie,

---

* Das englische St. Georgskreuz und das schottische Andreaskreuz überlagern sich. Das irische St. Patrickskreuz kam erst 1801 dazu. Von 1658 (andere Quellen: 1654) bis 1660 befand sich zusätzlich in der Mitte die irische Harfe. Wales wurde nie berücksichtigt.

sie finden ihre Mitglieder überall in Europa unter demselben Namen, wenn auch etwas an das jeweilige Land angepasst. Sie heißen dann Grünberg, Montagneverde, Monteverdi usw. Sogar in den Ländern über denen die grüne Flagge des Propheten weht, sind wir vertreten. Bekanntlich wissen Sie doch in Ihrem Beruf nie, wohin der Wind Sie noch tragen wird."

Turner überlegte kurz, strich sich über den Hinterkopf und meinte dann energisch: „Wenn das so ist, dann machen wir das so wie Ihr Bruder. Die Prisengelder der Besatzung und meine dienstlichen Einkünfte lassen wir aber weiter über Coutts laufen, verstanden, Mister Goldman?"

„Eine kluge Entscheidung, Sir. Eine kluge Henne legt niemals alle Eier in ein Nest, wenn Sie verstehen, was ich meine…, äh, Sir"

Turner blickte ihn wegen seiner etwas frechen Bemerkung missbilligend an, sagte aber nichts dazu, stattdessen fuhr er fort: „Der Besatzung ist eine angemessene wenn auch geringe Abschlagszahlung in bar auszuzahlen. Nichts wirkt so motivierend auf die Jungs wie ein paar blanke Münzen in den hornigen Pranken. Der ausstehende Restbetrag muss aber immer so hoch bleiben, dass sie keine Sekunde auf den dummen Gedanken kommen, zu desertieren. Wie heißt es doch so richtig? … ‚und führe uns nicht in Versuchung', wenn Sie verstehen, was ich meine!" Diese kleine rhetorische Retourkutsche konnte sich Turner nicht verkneifen. „Natürlich bekommen auch unsere ‚Passagiere', die Offiziere und Soldaten, ihren Vorschuss. Sie haben sich wacker geschlagen und einen großen Anteil an unserem Erfolg. Sorgen Sie zusammen mit Mister Pulleye dafür, dass sie dieselbe Summe gutgeschrieben bekommen, die den Seesoldaten zusteht!

Ich für mein Teil möchte mein restliches Geld in Felle und Rauchwerk anlegen. Ich bin sicher, dass Sie mir dabei wieder mit Ihrem kaufmännischen Geschick zur Seite stehen werden."

Da die Saison für den Pelzhandel eigentlich vorbei war, hatten ihm seine Trapper geraten, mit dem Kauf bis Halifax zu warten, da dort eventuell noch größere Lagerbestände zu erwarten waren und deshalb die Preise besser sein würden. Wenn er allerdings darauf bestehen würde, hier zu kaufen, dann würden sie sich zusammen mit Mister Goldman für ihn umsehen. Turner hatte sie gefragt, ob sie ihm garantieren könnten, dass er in Halifax auch wirklich genug Ladung bekommen würde. Sie hatten sich nachdenklich angeschaut und dann betrübt die Köpfe geschüttelt.

„Dann macht euch hier auf die Suche nach ein paar Posten von guter Qualität zu einem anständigen Preis!"

So hatte er unbearbeitete Pelze bekommen, die möglicherweise nicht von allerbester Güte waren, aber die Posten, die er kaufte, waren preisgünstig und nach dem fachmännischen Urteil seiner Waldläufer auch von durchaus guter Beschaffenheit. Was seine Fachleute an verarbeitetem Rauchwerk – Jacken, Mäntel, Mützen und Stolen eingekauft hatten, würde in London eine Menge Geld bringen.

Probleme hatte dagegen der Verkauf der Prise selbst bereitet. Zwar gab es für das schmucke Schiff eine Menge Interessenten, aber das Prisengericht versuchte sich für die erlittene Demütigung zu revanchieren, indem es feststellte, dass es sich bei der *English Rose* um ein englisches Schiff handeln würde, das folglich ohne Prisengeld seinen rechtmäßigen Eigentümern zurückgeben werden müsse. Dieses Manöver war rechtlich unhaltbar, denn wenn dem so gewesen wäre, dann hätte man auch die Ladung entsprechend behandeln müssen. Turner hatte, als er von dieser Entscheidung erfahren hatte, bitter geknurrt: „*Though this be madness, yet there is method in't.**" Der Gouverneur, der als Schlichter angerufen wurde, hatte die Gelegenheit eigentlich auch ausnutzen wollen, um einem Angehörigen der verabscheuten Dechamp-Familie eins auszuwischen, schließlich würde der Anteil des Ersten Offiziers ein erkleckliches Sümmchen ausmachen. Doch nach einem Besuch der bezaubernden Lady Osborne, in dessen Verlauf sie in ihrer unnachahmlichen Art wie nebenbei klargestellt hatte, wer in London die Fäden der großen Politik zog, nämlich unter anderen ihr älterer Bruder Francis Godolphin Osborne, der 5th Duke of Leeds, hatte er sich für die Klärung der – wie er es auszudrücken beliebte – diffizilen juristischen Fragen für nicht zuständig erklärt. Dass

---

* Ausnahmsweise nicht von Goethe

die Dame auch noch so einen hergelaufenen Commander, wie war doch gleich sein Name gewesen – Burner, Horner, Farmer oder so ähnlich – im Schlepptau gehabt hatte, war ihm herzlich gleichgültig gewesen, aber mit den Osbornes wollte er es sich nicht verderben, denn er wusste um deren Einfluss am Hof von St. James und im Parlament. Turner hatte Postcaptain Sir Amoi die Tagebucheintragungen vorgelegt, aus denen zweifellos hervorging, dass auf der *English Rose* zum Zeitpunkt der Enterung die französische Flagge über der britischen geweht hatte, sie also eindeutig als Prise zu betrachten war. Wäre Sir Amoi Hafenadmiral gewesen, hätte sein Votum vermutlich den Ausschlag gegeben, aber als schlichter Postcaptain besaß er diese Machtvollkommenheit nicht. Zwar hatte sich der Hafenkapitän von seinem schweren Fieberanfall wieder weitgehend erholt, war aber noch zu schwach, um seinen Pflichten nachkommen zu können. So hatte man sich schließlich darauf geeinigt, dass über diese Angelegenheit durch einen Flaggoffizier in Halifax oder noch besser in der Heimat entschieden werden sollte. Turner war verärgert, bedeutete dies doch, dass er bis auf weiteres eine Prisenbesatzung für die *Rose* stellen musste. Gemildert wurde sein Zorn erst, als ihm Sir Amoi mitteilte, dass er und die beiden Fregattenkommandanten, Burton und Tyrell, die Gelegenheit wahrnehmen und ihm kranke oder invalide Seeleute und Soldaten zwecks Repatriierung an Bord schicken würden. Seinen Erfahrungen nach waren fast alle diese Männer nach einer notwendigen Ruhepause mit guter Verpflegung früher oder später wieder gut im Bordbetrieb einzusetzen.

Bei seinem Abschiedsbesuch auf der *Enterprise* hatte ihn the Honourable John Amoi bei einem Glas des roten aber raren Rainwater von der Insel Madeira lange forschend angeblickt, sich das Ohrläppchen gerieben und schließlich gemeint: „Wenn ich es nicht besser wüsste, würde ich glatt eine Monatsheuer darauf verwetten, ja, verwetten, dass Sie als Skipper durch die harte Schule von John Company* gegangen sind und in Indien zum schlitzohrigen Händler geworden sind."

Turner nippte an seinem Glas und schwieg. Er dachte nicht im Traum daran, dem Kapitän auf die Nase zu binden, dass er das Feilschen im harten Schmuggelgeschäft an der französischen Küste und mitten auf dem Kanal von seinem Vater gelernt hatte. Dort versuchten die Kapitän einlaufender Handelsschiffe gerne, einen Teil ihrer Ladung – nämlich den, den sie auf eigene Rechnung ohne Konnossement transportierten – zu verscherbeln, bevor der Königliche Zoll seine gierige Hand aufhielt.

„Übrigens werde ich Ihnen ein kleines Geheimnis verraten. Ich war mit einem 64er in Far East und auf diesem Schiff war aus den verschiedensten Gründen – zumeist wegen Schwierigkeiten bei der Beschaffung von großen Posten Lebensmitteln – oft eine Menge Platz in den Laderäumen. Diesen Platz habe ich genutzt, um einen schwungvollen Handel mit den örtlichen Machthabern

---

* Ostindische Handelsgesellschaft

aufzuziehen. Wohlgemerkt, Sir, alles streng im Dienste Seiner Majestät, zum Wohle Englands und sauber dokumentiert. Man lernt die Mentalität der Bewohner eines Landes und die ihrer Führer am besten kennen, wenn man Geschäfte mit ihnen macht. Politik und Handel sind die zwei Seiten derselben Medaille. Wenn es um Geld geht, trennt sich schnell der Spreu vom Weizen."

„Sieh mal einer an, so ein Schlitzohr", dachte Turner. Laut sagte er: „Etwas von dem Geld wird doch sicher auch an Bord geblieben sein, Sir, nicht wahr?" Eher geht die Sonne am Heiligen Abend über dem Nordpol auf, als dass du jeden Penny exakt abgerechnet hast, Old Boy.

Es schien, als ob Sir John seine Gedanken gelesen hätte. Er lächelte sanft, genehmigte sich einen Schluck und erklärte dann: „Wie Sie sich denken können, musste ich dort völlig selbständig agieren. London war weit, sehr weit und in Indien hatte der C-i-C genug mit seinen eigenen Problemen zu tun. Wertvolle, nennen wir es etwas euphemistisch, Geschenke für die hohen Herren, in deren Macht es lag, ob man Konzessionen für den Handel mit bestimmten Gütern bekam oder nicht, mussten beschafft und bezahlt werden, außerdem, äh, ahem, Gelder an gewisse Vereinigungen, die als Gegenleistung den reibungslosen Ablauf der Geschäfte garantierten." Er verzog ziemlich angewidert das Gesicht, so als ob ihm ein Kater gerade voller Inbrunst den seidenen Strumpf markiert hätte. „Außerdem ist es manchmal unvermeidbar bestimmten Gentlemen

Speedmoney* zu zahlen, um mancherlei Abläufe in den Häfen zu beschleunigen. Da muss man im großen Maßstab denken, das macht es schwer, ja unmöglich, eine exakte Buchhaltung bis auf den letzten Penny zu führen. Ich habe mir bei den Geschäften eine mäßige Provision gegönnt, diese immer in den Büchern vermerkt und stets auch die Besatzung an den Gewinnen teilhaben lassen, was zur Folge hatte, dass die Männer mit mir frohgemut in jedes verdammte Fieberloch dort drüben gesegelt sind und dass mir ein Großteil der Besatzung auf dieses Schiff gefolgt ist, als ich versetzt wurde. Immerhin scheint meine Abrechnung die zuständigen Stellen so beeindruckt zu haben, dass man mir zum Dank das Kommando über diesen 98er übertragen hat. In Whitehall zählen nur zwei Dinge: Ströme von Blut und pralle Geldsäcke! Das non plus ultra ist, wenn Sie beides gleichzeitig zu bieten haben." Er zog kaum sichtbar verächtlich die Mundwinkel herunter.

Wieder fiel Turner auf, dass Sir Amoi seinen Sprachtick verlor, wenn er über etwas redete, was ihn wirklich interessierte. Bevor er etwas sagen konnte, fuhr der Kapitän fort: „Über noch etwas habe ich mir Gedanken gemacht, Mister Turner. Es ist mir vollständig schleierhaft, wie Sie es geschafft haben, hier so schnell an das Prisengeld für die eroberte Ladung zu kommen. Meiner Meinung nach sind die zuständigen Herren doch Pickel am Sitzfleisch des Gouverneurs: korrupt, geldgierig und unfähig! Wenn es nach mir ginge, würde ich die ganze

* Geschenke und Eilgeld = Bestechungsgelder; Schutzgeld an die örtliche „Mafia"

Bagage auf die Fieberinseln im Fernen Osten verbannen." Er machte eine gedankenschwere Pause. „Es ist schon ein merkwürdiges Zusammentreffen, jedenfalls ging mir das so durch den Kopf: Sie kommen an, dieser unangenehme Kerl Hinkie wird ermordet und Sie streichen im Handumdrehen das Ihnen und Ihren Männern zustehende Prisengeld ein. Nebenbei machen Sie auch noch ein paar lukrative Geschäfte. Mir scheint, Sie sind ein echtes Glückskind, Sir."

„Casus magister alius*", zitierte Turner lahm, dem langsam unwohl in seiner Haut wurde.

„Zufall, Sir? Nun ja, belassen wir es dabei. Genießen Sie diesen Wein, er unterscheidet sich durchaus von den anderen Gewächsen Madeiras. Er hat eine rauchige Note und einen verhältnismäßig hohen Säuregehalt. Wie finden Sie ihn?"

„Genau das Richtige für diese Stunde des Tages. Was ich am meisten bedauere, jetzt, da ich Sie verlassen muss, Sir, dass ich leider mit Ihnen nicht ausgiebig über Ihre Erfahrungen im Fernen Osten diskutieren kann und natürlich beklage ich auch, Ihren vorzüglich sortierten Weinkeller zurücklassen zu müssen."

„Oh, Sir, vielen Dank für das Kompliment. Aber wenn ich mich recht an das Dinner bei Ihnen an Bord erinnere, dann bestehen Ihre Weinvorräte auch nicht gerade aus Essig, oh, nein, Sir, kein Essig, ganz und gar nicht. Es waren ganz exorbitante Tröpfchen darunter. Schade, dass Sie New York schon verlassen müssen, ja, müssen.

---

* Sinngemäß: Der Zufall ist ein (anderer) Meister

Ich hatte mir gerade überlegt, Sie und die hinreißende Lady Osborne zu einem asiatischen Dinner einzuladen mit allem was dazugehört: rohem Fisch, gerösteter Ente, allerlei Gemüse und natürlich Reis mit verschiedenen Saucen." Er legte die Fingerspitzen der rechten Hand an seine Lippen und gab einen kleinen schnalzenden Laut von sich: „Lecker, Mister Turner, sehr lecker."

Turner war sich nicht sicher, ob er sich den Anschein ehrlicher Begeisterung geben sollte. Roher Fisch – puh! So etwas pflegten Schiffbrüchige notgedrungen in ihren Booten zu verspeisen, um halbwegs am Leben zu blieben, aber er hatte noch keinen dieser Überlebenden getroffen, der bei der Erinnerung an diese Mahlzeiten mit der Zunge geschnalzt, begeistert die Augen verdreht und berichtet hätte, dass es seitdem bei ihm zu Hause als besondere Delikatesse nur noch rohen Fisch zu essen gäbe. Aber bevor er etwas erwidern konnte, klopfte es kurz an der Tür. Ohne eine Antwort abzuwarten, kam Bonden eilig herein, ging hinüber zu seinem Kommandanten, beugte sich vor und flüsterte ihm etwas ins Ohr. Ernst schaute er dabei zu Commander Turner hinüber.

Kapitän Amoi räusperte sich, seine Gesichtszüge wurden hart. „Commander, wie ich gerade erfahre, ist ein weiterer Mord geschehen." Er fixierte Turner scharf. „Auf Ihrem Schiff! Ich denke, Sie sollten an Bord zurückkehren. Selbstverständlich dürfen Sie mit Ihrem Schiff den Hafen nicht verlassen, bevor dieses Verbrechen geklärt worden ist. Ich werde veranlassen, dass eine Untersuchungskommission eingesetzt wird. Wir werden selbstverständlich versuchen, den zivilen Sheriff und den Coroner rauszuhalten. In der Navy waschen wir unsere schmutzige Wäsche selbst und geben sie nicht an Land. Also keine Unterrichtung der Presse und so weiter. Haben wir uns verstanden, Sir?"

Turner war aufgesprungen und hatte sich seinen Kopf heftig an einem Decksbalken gestoßen. Er rieb sich die schmerzende Stelle und presste den Tränen nahe heraus: „Aye, aye, Sir! Darf ich fragen, wer das Opfer ist, Sir?"

„Das kann ich Ihnen leider noch nicht sagen. Finden Sie es heraus. Ich erwarte so schnell es geht einen möglichst ausgiebigen Bericht von Ihnen, Mister Turner. Name und Rang des Opfers, Art der Tötung, Ort des Verbrechens, eventuelle Zeugen, gegebenenfalls mögliche Verdächtige! So, ich will Sie nicht länger aufhalten, Sir! Mister Bonden, wenn Sie so freundlich sein wollen…"

*

Commander William Turner machte seinem Spitznamen „Wild Bull" alle Ehre. Er flog förmlich die Stufen zur Eingangspforte hinauf und stürmte wutschnaubend auf das Deck. Er würdigte die zu seinem Empfang angetreten Ehrenwache keines Blickes, sondern schoss sofort auf seinen Ersten Leutnant los.

„Was ist hier für eine riesengroße Sauerei passiert, Mister Dechamp? Los, Mann, ich erwarte eine Erklärung! Sofort, Sir!"

Dechamp blickte ihn aus traurigen Pferdeaugen an und wischte sich mit einem großen Spitzentaschentuch einen dicken Tropfen von der Nasenspitze. Seine Mundwinkel hatten eine deutliche Abwärtstendenz. Kleinlaut gestand er: „Sir, zu meinem größten Bedauern muss ich Ihnen mitteilen, dass ich selbst noch nicht genau weiß, was sich wirklich unten im Laderaum zugetragen hat. Wollen wir nicht besser nach achtern in Ihre Kabine gehen, Sir?"

Turner nickte schweigend, aber die pechrabenschwarze Wolke, die ein beredter Ausdruck seines Missvergnügens war, blieb für sensible Beobachter unübersehbar über seinem Kopf schweben. In der Achterkajüte warf sich Turner in den Stuhl hinter seinem Schreibtisch, sprang aber gleich wieder auf und begann unruhig vor den Fenstern auf- und abzumarschieren. Er war froh, dass Jane nicht zu sehen war. Allerdings hätte er eine Jahresheuer darauf verwettet, dass sie nebenan in ihrer Kabine ein Öhrchen gegen das dünne Schott presste. Sei es drum, an Bord eines Schiffes blieb sowieso nichts geheim, was einmal laut ausgesprochen oder schriftlich niedergelegt worden war. Er forderte Dechamp mit einer Handbewegung auf, Platz zu nehmen. Der Erste zögerte, der Aufforderung Folge zu leisten, aber Turner fuhr ihn barsch an: „Nun setzen Sie sich schon, Mann, und dann erzählen Sie mir schön langsam und der Reihe nach, was hier an Bord während meiner kurzen Abwesenheit vorgefallen ist!"

Dechamp tat wie ihm geheißen. „Sir, zuerst lief alles in den bewährten Gleisen. Die Männer waren nach Beendigung der Reparaturen im Vorschiff mit dem Umstauen der Frischwasser- und Salzfleischfässer in der Luke nach vorne beschäftigt. Die Aufsicht darüber unten im Laderaum hatten die Steuermannsmaaten. Aber bald gesellte sich Mister Pulleye zu ihnen, der – wie schon am gestrigen Tage – die Salzfleischfässer an Deck hieven ließ, um die uns Kapitän Archibald Tyrell von der *Viper* gebeten hatte, weil es um die Proviantvorräte hier in New York ziemlich schlecht bestellt ist. Tyrell meinte, dass wir doch in Antigua erst kürzlich voll ausgerüstet worden wären und wir zudem unsere Vorräte in Halifax bestimmt auf des Beste und Reichhaltigste wieder ergänzen können würden. Sie haben die Freigabe für die Fässer unterzeichnet, Sir ..."

„Ich weiß, was ich unterschreiben habe, Sir! Weiter!" schnappte Turner wie eine missgelaunte Bulldogge.

„Nach einiger Zeit, den genauen Zeitpunkt kann ich leider nicht angeben, kam ein Boot der *Viper* längsseits und da die beiden Intelligenzbestien Puller und Birdie Wache an der Relingspforte hatten, wird er vermutlich auch auf ewig unbekannt bleiben. Nun, jedenfalls kam ein gewisser Zahlmeister Ratfish mit einem, äääh, nun einem etwas überständigen Midshipman namens O'Connor an Bord. Sie wollten Mister Pulleye sprechen, daraufhin wurden sie von einem der Midshipmen der Wache, es war Bill Birdie, in den Laderaum geschickt. Dieser faule Lümmel hat es nicht für notwendig gehalten, die Gäste an ihr Ziel zu geleiten und bei ihnen zu bleiben, bis sie das Schiff wieder verließen. Hätte er pflichtgemäß gehandelt, dann wüssten wir wahrscheinlich genau, was sich da unten ereignet hat, Sir."

Turner brummte etwas Unverständliches vor sich hin, nach einer Eloge auf den Midshipman hörte es sich jedoch keinesfalls an. „Weiter, Mister Dechamp!"

„Nun, Sir, langer Rede kurzer Sinn: Die Männer wurden zum Dinner und zur Rumausgabe gepfiffen und versammelten sich zuerst auf dem Deck vor dem Rumfass und dann im Wohndeck in ihren Messen, wo es wie üblich alsbald hoch herging. Im Laderaum war nur noch unser Mister Pulleye mit seinen Gästen. Es muss Streit zwischen ihnen gegeben haben. Über den Grund kann ich nur spekulieren." Dechamp sah seinen Kommandanten fragend an, der aber abwinkte. „Weiter mit den Tatsachen, Mister Dechamp, wenn ich bitten darf!"

Dechamp hob bedauernd die Schultern und fuhr fort: „Als der Zimmermann Lewisdale vorzeitig wieder in den Laderaum hinunterstieg, fand er Mister Pulleye mit dem Kopf in der Lake eines der geöffneten Salzfleischfässer steckend vor, anscheinend ertränkt. Von den beiden Männern der *Viper* fehlte jede Spur. Midshipman Birdie bestätigte mir später, dass die Beiden in ziemlicher Eile von Bord gegangen wären. Ach ja, als der Timmy völlig verstört nach oben eilte, um den grausigen Fund zu melden, traf er auf den Steward der Lady, der gerade heißes Wasser aus der Kombüse geholt hatte, um ihr einen Tee zuzubereiten. Die beiden sind dann nochmals hinabgestiegen, um sich zu überzeugen, ob dem armen Mister Pulleye wirklich nicht mehr zu helfen war. Lady Osborne wird das verifizieren können. So, Sir, das ist der Stand der Dinge, Sir. Ich habe die Luke von den Marines absperren lassen und alles so belassen, wie ich es vorgefunden habe, damit Sie sich selbst ein Bild machen können."

„Das war richtig, Mister Dechamp. Wir werden uns den Ort des Verbrechens gleich ansehen. Anschließend möchte ich mit Timmie und Horace sprechen. Sorgen Sie dafür, dass sie sich zur Verfügung halten. Ist dieser Zimmermann nicht ein Ehemaliger der *Medusa*?"

„Aye, Sir. Sehr guter Mann, der! Ist nicht nur als Zimmermann einsetzbar, sondern kann auch als vollausgebildeter Küfer aushelfen und das bedeutet schon etwas. Das war auch der Grund, warum ich ihn Mister Pulleye gestern und heute zugeteilt habe."

Turner hatte seinen Hut auf das Sofa unter eines der Heckfenster geschleudert und rieb sich intensiv eine Stelle auf seinem Hinterkopf. „*Verdammt, wohin bin ich denn hier geraten? New York scheint ja die reine Mörderhöhle zu sein. Erst Hinkie, dann Pulleye. Das einzig Gute dabei ist, dass ich beide kein Stück leiden konnte. Um ehrlich zu sein, bin ich richtig erleichtert, dass dieser betrügerische, widerliche Kerl auch aus dem Verkehr gezogen worden ist. Diesmal wird Kapitän Amoi auf keine dummen Gedanken kommen können, was mich und eine eventuelle Mitschuld an dem Todesfall betrifft. Er ist höchstpersönlich mein Alibi.*" Laut befahl er. „Mein Sekretär soll kommen und Mister McKinnon soll am Niedergang zum Laderaum auf uns warten, Sir! Auf geht's, Mister Dechamp!"

Kurz darauf versammelte sich im trüben Zwielicht des Laderaumes die kleine Untersuchungskommission. Tom hatte sich ihnen unaufgefordert angeschlossen, hatte aber, umsichtig wie es seine Art war, einige Sturmlaternen mitgebracht. Der vordere Teil der Luke war fast leer bis hinunter zur Wegerung, weil man die Fässer so weit wie möglich nach achtern umgestaut hatte, um den Trimm so zu verändern, dass das Schiff gut im Gatt lag. Dadurch hatten die Shipwrights einen guten Zugang zu den Leckagen in diesem Bereich bekommen. Nur ganz vorne im Laderaum wuchsen schon wieder erste Fassreihen am Querschott in die Höhe. Im freien Raum dazwischen stand ein geöffnetes Fass mit Salzfleisch. Neben dem Fass lag der sehr ehrenwerte Decksoffizier mit Zugang zur Offiziersmesse, Zahlmeister Frank Pulleye in voller Uniform, allerdings hatte er seinen Dreispitz verloren. Er bot keinen appetitlichen Anblick. Nun war er auch zu Lebzeiten keine Schönheit gewesen, aber der gewaltsame Tod hatte seinen aufgequollenen seltsam verfärbten Gesichtszügen kein bisschen gut getan. Nichts konnte weiter von einer friedvollen Totenmaske entfernt sein, als diese verzerrte Grimasse. Seine weit aufgerissenen Fischaugen starrten die ihn umstehenden Männer vorwurfsvoll an. Seine Zunge hing angeschwollen aus dem halb geöffneten Mund.

„Der Timmy und der Steward haben ihn aus dem Fass gehievt, als sie untersucht haben, ob ihm wirklich nicht mehr zu helfen wäre", erläuterte Dechamp.

„Doktor, untersuchen Sie ihn bitte", befahl Turner. Hinter seinem Rücken erbrach sich lautstark würgend sein Sekretär Josef Goldman.

Schweigend machte sich McKinnon an die Arbeit. Er tastete den Kopf des Toten ab, beugte sich über sein Gesicht und schnupperte an seinem Mund, was bei dem jungen Goldman einen erneuten heftigen Brechanfall auslöste. Schließlich richtete sich der kleine Schotte auf, kein Muskel in seinem Gesicht zuckte. „Er riecht aus dem Hals nach einem Gemisch aus Gin und Salzlake. Es ist anzunehmen, dass er den Gin zuerst getrunken hat, vermutlich freiwillig, die Salzlake kam später dazu und zwar in einer verhältnismäßig geringen Menge. Er hat eine blutende Wunde am Hinterkopf. Sie wurde von der Perücke verdeckt. Ich würde davon ausgehen, dass man ihn von hinten niedergeschlagen hat und dann mit dem Gesicht in die Konservierungsflüssigkeit gedrückt hat. Vermutlich wurde er dabei am Hals gewürgt. Sehen sie hier diese violetten Unterblutungen." Er deutete auf bläulich verfärbte Flecken im Genick und vorne am Hals. „Ich vermute, dass der Täter seinen Hals mit beiden Händen umfasst und ihn dann mit enormer Kraft gewürgt hat. Im Bereich des Genicks sehen wir die

Daumenabdrücke, vorne am Hals die der anderen Finger. Kommen Sie mal bitte her, Mister Dechamp und leihen sie mir eine Ihrer hochwohlgeborenen Hände. Heben Sie bitte den Mann etwas an!" Dechamp hievte den schweren Mann so weit in die Höhe, dass dieser vor ihm zu knien schien. Der Doktor umfasste den Hals von Pulleye, dessen Kopf schlaff vornüber hing. Er legte die Daumen beider Hände fest in den Nacken und fasste mit den anderen Fingern den Hals. Tatsächlich lagen seine Fingerkuppen auf den dunkel verfärbten Flecken. „Quod erat demonstrandum, Gentlemen! Wer auch immer ihm den Docht des Lebenslichts abschneiden wollte, der wollte sicher gehen und ganze Arbeit leisten." Der Doktor zögerte einen Moment und fuhr dann fort: „Achten Sie auf die Höhe des Fasses, Sir. Mister Pulleye dürfte in etwa fünf Fuß und höchstens zwei oder drei Zoll groß gewesen sein. Mir erscheint es für einen einzelnen Mann kaum möglich zu sein, ihn zu würgen und gleichzeitig hoch zu hieven, um seinen Kopf in das Fass zu drücken – zumal unser Pulleye nicht gerade zur Gattung der Windspiele gehört hat, äh…, von seinem Gewicht her betrachtet, meine ich."

Goldman gab kollernde Geräusche von sich.

„Danke, Doktor. Das war sehr aufschlussreich."

McKinnon blieb in der gebeugten Haltung über dem Leichnam stehen, knöpfte ihm die Weste auf und schob das Hemd in die Höhe. „Seltsam, höchst seltsam", murmelte er und kratzte sich am Kopf.

Turner grollte: „Was, bitte, ist hier seltsam, Doc. Wenn man einen ordentlichen Schlag über die Rübe bekommt und anschließend mit dem Kopf in ein Fass voller Salzlake gedrückt wird – ob gleichzeitig gewürgt oder nicht – ist es doch ganz natürlich, dass man seine Hängemattennummer abgibt, oder etwa nicht?"

Josef Goldman antwortete auf diese möglicherweise etwas grobschlächtige Analyse mit lauten krampfartigen Würgegeräuschen.

„Das meine ich nicht, Sir. Mir sind zuerst die Unterblutungen im Gesicht aufgefallen. Ich würde darauf wetten, dass sie von Faustschlägen herrühren. Des Weiteren habe ich ausgedehnte Blutergüsse im Brust- und Bauchbereich diagnostiziert. Das bedeutet…" Er machte eine Pause, um seine fachliche Überlegenheit zu genießen, aber Dechamp holte ihn schnell wieder auf den Boden der Tatsachen zurück.

„Pulleye ist verprügelt worden, bevor man ihn umgebracht hat."

„Ja", stimmte ihm McKinnon zu, „hinterher hätte es ja auch keinen Spaß mehr gemacht, äh… ahem, will sagen, hätte es keinen Sinn mehr gehabt."

Mister Goldmans Magen war leer, er gab nur noch gurgelnde, keuchende Geräusche von sich, die allerdings erbärmlich klangen. Er presste die Hände vor den Bauch, Tränenströme flossen über sein Gesicht. Allerdings konnte man vermuten, dass die Tränen nicht dem Ableben des Pursers geschuldet waren.

Turner blickte den kleinen Schotten mit einer ausdruckslosen Miene an. „Eine Frage, Doc. Ist Ihnen diese überbordende Sensibilität im Umgang mit dem Gevatter Tod bereits in die Wiege gelegt worden oder mussten Sie sich diese bewundernswürdige Gabe erst hart erarbeiten?"

Der Doc grinste breit und zuckte wortlos mit den Schultern.

„Wer macht denn so etwas", überlegte Dechamp laut. „Erst schlägt man den Mann nach allen Regeln der Kunst zusammen, dann zieht man ihm mit einem Kuhfuß einen zweiten Scheitel, um ihn schließlich sadistisch in Salzfleischlake zu ersäufen. Geschah die Tötung nachträglich aus Angst, um einer Anzeige bei der Schiffsführung wegen der Schläge zu entgehen?"

Einen Augenblick lang schwieg die kleine Versammlung beeindruckt, als es dem jungen Goldman tatsächlich gelang, die Tonart seines konvulsivischen Röhrens um eine Oktave anzuheben.

MacKinnon hatte Dechamps Vermutungen interessiert gelauscht und sagte jetzt: „Möglich, Sir. Lassen Sie ihn hinunter ins Orlop bringen. Ich werde ihn mir in meinem Reich der Finsternis nochmals genau anschauen, aber ich fürchte, dass dabei nichts Neues herauskommen wird, Sir."

„Fürs erste vielen Dank, Doc! Sie waren mir eine große Hilfe." Turner nickte ihm zu und wandte sich grübelnd zum Gehen.

*

„Gentlemen, zuerst eine Klarstellung. Diese Zusammenkunft hier ist kein Kriegsgericht, sondern eine
Untersuchungskommission. Ein Kriegsgericht kommt
schon deshalb nicht in Frage, weil die formalen Voraus-
setzungen der personellen Zusammensetzung eines solchen nicht gegeben sind." Kapitän Amoi räusperte sich
ausgiebig und trank einen Schluck Wasser. „Ahem...,
diese Untersuchungskommission wird das gewaltsame
Ableben des Zahlmeisters Pulleye auf der *Ville de Rouen*
durchleuchten. Den Mitgliedern liegt der ausführliche
Bericht des Kapitäns des Schiffes, Commander William
Turner vor. Das Fazit dieses Berichts lässt es sehr wahrscheinlich erscheinen, dass zwei Besatzungsmitglieder
der *Viper*, nämlich die Gentlemen Midshipman Brian
O'Connor und Zahlmeister Lazarus Ratfish in dieses
Verbrechen verwickelt sind. Daher soll diese Kommis-
sion feststellen, ob die beiden genannten Gentlemen
bis zum Zusammentreten eines ordentlichen Kriegsgerichts in Eisen gelegt werden müssen, äääh, ja Eisen!"
Kapitän Amoi lockerte mit einem Finger sein tadelloses
weißes Seidentuch aus Brüsseler Spitze. Er machte eine
beindruckende Figur in seiner besten Galauniform mit
den beiden aus echten Goldfäden hergestellten Epau-
letten, auf seiner Brust prangten einige fremdartige, mit
Edelsteinen verzierte Orden. Auf dem großen goldfar-
benen Orden hatte der neugierige Turner einen in einem

246

matten Weiß schimmernden Elefanten aus Elfenbein entdeckt, der von in Form und Farbe makellosen Perlen eingefasst wurde. Über der silberweißen Couleur der Perlen schwebte scheinbar ein darüber gehauchten rosa Schimmer. Turner war zwar kein Perlenkenner, aber er war sicher, dass das Metall kein billiges Messingblech war, sondern pures Gold. Zusammen mit den Perlen musste allein dieser Orden ein mittleres Vermögen repräsentieren. Wie viele Körbe Hering und Kisten mit Heilbutt sein Vater wohl als Äquivalent dafür aus den grauen Gewässern des Kanals fischen musste? Vermutlich würde er es in einem langen, harten Seemannsleben nicht schaffen. Sir Johns Perücke war tadellos gekämmt und gepudert. Streng blickte er Ratfish und O'Connor an. „Ich muss die beiden Verdächtigen ernsthaft ermahnen, die Fragen der Kommissionsmitglieder wahrheitsgemäß zu beantworten. Haben Sie das verstanden?"

O'Conner und Ratfish nickten schweigend. Auch Sie trugen ihre besten Uniformen, sahen aber übernächtigt und grau aus. Kapitän Tyrell knurrte gereizt: „Noch nicht mal vernünftig antworten, so wie es bei den Royal Navy üblich ist, können diese Halunken! Ich schäme mich dafür, dass diese Schandflecken auf meinem Kommando, der *Viper* fahren, der schneidigsten Fregatte, die je unter der Flagge Seiner Britannischen Majestät gesegelt ist!"

Vollkaptän Sir John überhörte sein Gemoser und forderte mit einer Handbewegung die Anwesenden auf, sich zu setzen. Er selber nahm auf seinem bequemen

Stuhl in der Mitte der Breitseite des langen Esstischses Platz. Flankiert wurde er auf beiden Seiten von den Kapitänen Tyrell und Burton. Beide trugen einen Schwabber auf der rechten Schulter, während die Linksträger Turner und Alderian die Flügelpositionen innehatten. Vor jedem stand eine Karaffe mit erquickendem Wasser und ein großes Glas. Am Kopfende des Tisches saß Sir Amois Schreiber. Er hatte einen frisch zurechtgeschnittene Gänsekiel in der Hand und noch zwei Reserveexemplare bereitgelegt. Neben seiner linken Hand wartete ein hoher Stapel Papier darauf, die hier zu verhandelnden unerhörten Ereignisse für die Ewigkeit und die gestrengen Augen der Admiralität festzuhalten. Das Tintenfass war randvoll gefüllt. Erwartungsvoll plierte er über seine auf der Nase nach vorne geschobene Brille. Das war doch mal etwas Anderes als die Niederschrift des immer gleichen Routineschriftkrams.

Auf Stühlen im Hintergrund machten es sich die Ersten Offiziere der beteiligten Kriegsschiffe bequem.

Sir Amoi wandte sich an den Schreiber: „Flourbag, ich nehme an, dass Sie Ort, Datum sowie die Namen der Anwesenden bereits notiert haben?"

„Aye, aye, Sir!"

„Dann eröffne ich hiermit die Sitzung der Untersuchungskommission in Sachen der durch Einwirkung körperliche Gewalt herbeigeführte Tötung des Zahlmeisters Pulleye von Seiner Majestät bewaffneten Transporter *Ville de Rouen*. Gentlemen, die Fakten sind Ihnen aus dem Bericht von Commander Turner bekannt. Ich schlage vor, jetzt die Verdächtigen zu den Anschuldigungen zu hören. Werden irgendwelche Anträge gestellt? Beispielsweise, ob wir die die Gentlemen einzeln verhören wollen…?"

Kapitän Thomas Burton von der *Snake* hüstelte dezent und blickte den Kapitän von der Seite an.

„Bitte, Kapitän Burton."

„Ich möchte die beiden Herren, getrieben von christlicher Nächstenliebe, sehr ernstlich darauf hinweisen, dass Gottes Güte unendlich ist. Er verzeiht in SEINEM unendlichen Erbarmen auch dem schlimmsten Sünder. SEINE Gnade wird jedem schwarzen Schaf zuteil, das aufrichtig bereut. Meine Empfehlung an die Gestrauchelten lautet daher: Gestehen sie ihre schändliche Tat und Gott der HERR wird ihnen verzeihen und sie auf ihrem weiteren schweren Weg begleiten. Jesus Christus, unser aller Erlöser, ist auch für sie am Kreuz den Opfertod gestorben und wird auch die reuigen Sünder am Tag des Jüngsten Gerichts…"

Er wollte fortfahren, aber Kapitän Tyrell unterbrach ihn scharf: „Bis dahin wird hoffentlich noch eine Menge Wasser die Themse – oder in diesem Fall den Hudson – hinunterlaufen. Ein umfassendes Geständnis würde uns vor allem hier und jetzt eine Menge Zeit sparen. Ich jedenfalls habe etwas Besseres zu tun, als zwei gewissenlosen Halunken die Wahrheit aus den verlogenen Mündern zu entlocken. Diese verstockten Burschen konnten schon lügen, bevor sie der Mutterbrust entwöhnt waren.

Machen wir kurzen Prozess und hängen wir sie an der Großrah auf, das wird den anderen Bösewichter etwas zu denken geben – zumindest für ein paar Tage!"

„Pour décourager les autres, n'est-ce pas, mon capitaine*!", warf Commander Alderian vom linken Flügel her ein. Ein kaum sichtbares Lächeln spielte um seine Lippen.

Tyrell blickte ihn feindselig an und brummelte halblaut vor sich hin: „Immer dieses welsche Gelaber, verdammt!"

Sir John fuhr dazwischen: „Gentlemen, ich muss doch sehr bitten. Mister Ratfish, treten Sie bitte vor und erzählen Sie uns, was sich gestern in der Ladeluke der *Ville de Rouen* zugetragen hat."

Lazarus Ratfish war ein kleiner, gebeugter Wicht. Vor seiner Brust schaukelte an einer Kordel aus schwarzen und silbernen Fäden ein Lorgnon. Man hatte den Eindruck, dass er sich in der Uniform nicht wohl fühlte, vermutlich bestand seine übliche Oberbekleidung bei der Arbeit aus einer Weste und einem Hemd mit schwarzen Ärmelschonern.

„Nun, Sir!"

„Äääh, wir, das heißt Mister O'Connor und ich, haben uns gestern gegen Mittag zur *Willi* übersetzen las-

---

* Um die Anderen zu entmutigen. Geistreiches Wortspiel mit einem Zitat Voltaires (Pour encourager les autres.) nach der Erschießung von Admiral Byng auf seinem Achterdeck, weil er nach Meinung des Kriegsgerichts nicht alles ihm Mögliche unternommen hatte, die französische Flotte vor Menorca zum Kampf zu stellen. Dabei hatte sich Byng nur strikt an die verbindlichen Gefechtsanordnungen der Admiralität gehalten!

sen. Die Lieferung Salzfleisch, die wir von ihr gerade bekommen hatten, war zum größten Teil leider verdorben."

„Wie haben Sie das festgestellt?", erkundigte sich Turner.

„Nun, Sir, einige Fässer wiesen Undichtigkeiten auf, aus denen es barbarisch nach Aas stank, andere waren viel zu leicht, als dass sie noch voll mit Lake sein konnten. Wir haben dann einige Fässer geöffnet und fanden unseren Verdacht im vollen Umfang bestätigt. Offensichtlich hat man ihrem Purser in Antigua eine Partie Fässer untergejubelt, die sich schon bei der Seeschlacht von Salamis an Bord eines der Kriegsschiffe befunden hat. Anscheinend kam ihm unsere Bitte nach Abgabe von Salzfleisch gerade recht, um sich eines ‚guten' Teils ...", trotz des Ernstes der Situation huschte Ratfish wegen des Wortspiels die Andeutung eines verkniffenen Lächelns über das Gesicht, „... des verdorbenen Proviants zu entledigen."

Turner schwieg. Pulleye hätte nach den üblichen Regularien die Möglichkeit gehabt, die verdorbenen Fässer auszusortieren, vor den Augen der Offiziere der *Willi* zu öffnen und dann abzuschreiben. Die Offiziere hätten lediglich gegenzeichnen müssen. Wenn das stimmte, was Ratfish behauptete, hätte er problemlos diese Unterschriften bekommen. Er hätte folglich dieses Salzfleisch vernichten und ohne finanzielle Nachteile für sich aus dem Bestand herausrechnen können. Turner vermutete allerdings, dass es Pulleye ein heimliches Vergnügen gewesen war, die Fässer an die *Viper* abzugeben. Sollte sich doch sein Kollege damit herumärgern. Vermutlich hatte er sich voller Vorfreude vorgestellt, wie gereizt die Stimmung auf der *Viper* geworden wäre, wenn sein übler Streich erst auf hoher See entdeckt worden wäre und die Besatzung auf reduzierte Verpflegung hätte gesetzt werden müssen. Er hatte einen durch und durch schlechten Charakter. Aber wie es schien, hatte er in diesem Fall die Rechnung ohne den Wirt gemacht – mit finalen Konsequenzen für ihn. Wenn Turner es auch nicht laut aussprach, aber irgendwie hatte er das Gefühl, dass es für ihn nicht völlig unmöglich war, sich der rigiden Meinung von Kapitän Tyrell anzuschließen, auch wenn ihn ein unbestimmtes, recht unbehagliches Gefühl dabei beschlich.

Sir John bohrte weiter: „Sie sind also an Bord des Transporters gegangen, sind hinunter in den Laderaum geklettert und sind dort mit Pulleye zusammengetroffen, richtig, Sir?"

„Aye, Sir. Eine Reihe von Seeleuten war im Laderaum dabei, Fässer von achtern nach vorne umzustauen. Einen Teil davon ließ Pulleye zur Seite stellen. Vermutlich waren sie als nächste Lieferung für uns gedacht. Ich habe ihn mit unserer Beschwerde konfrontiert, aber er hat nur gelacht und höhnisch grinsend gemeint:

‚Diese Fässer sind erst vor wenigen Wochen frisch in Antigua zu uns an Bord gekommen, denn wir hatten bis dahin nur alten französischen Proviant und Viktualien aus den abtrünnigen südlichen Kolonien an Bord. Sie können jederzeit einen Beschwerdebrief an die für den Nachschub zuständigen, allzeit hilfsbereiten Herren in English Harbour aufsetzen und ihnen unterstellen, dass sie des Königs Schiffe mit verdorbenen Lebensmitteln ausrüsten. Die Gentlemen werden in Tränen ausbrechen, sich kasteien und sich Ihrer beim nächsten Aufenthalt in Antigua besonders annehmen.'"

„Und dann haben Sie rot gesehen, haben gepackt, was Ihnen grad so in die Finger fiel und haben blind vor Wut zugeschlagen, Ratfish! Geben Sie es doch zu." Tyrell war aufgesprungen, hatte sich über den Tisch vorgebeugt und schrie den kleinen Mann an.

Turner hatte starke Bedenken, dass dieses schwache Männchen es mit dem bulligen, feisten Pulleye hätte aufnehmen können, selbst wenn ihm die Wut Titanenkräfte verliehen haben sollte. Zudem war es im höchsten Maße unwahrscheinlich, dass Pulleye zuerst mit einer Eisenstange bewusstlos geschlagen und dann mit den Fäusten verprügelt worden war. Da war Midshipman O'Connor schon ein anderes Kaliber. Er musterte den Iren scharf mit zu Schlitzen zusammengekniffenen Augen, aber der saß sehr aufrecht auf seinem Stuhl und schaute scheinbar unbeteiligt blicklos starr geradeaus.

Ratfish schüttelte denn auch energisch den Kopf. „Nein, Sir! Ich bin kein gewalttätiger Mensch, der HERR ist mein Zeuge. Inzwischen war an Deck zum Dinner gepfiffen worden und wir waren zu dritt allein in der Luke. Ich habe versucht, dem Kollegen eine Kompromisslösung anzubieten. Wir würden die bis dato gelieferten Fässer behalten und gemäß den üblichen Verfahrensgrundsätzen abschreiben, im Gegenzug sollte er uns einwandfreien Ersatz liefern. Er lachte schallend und lief dabei richtig rot an, soweit man das da unten sehen konnte. Er packte einen Kuhfuß und hebelte ein Fass auf, das neben ihm stand. ‚Da‘, höhnte er, griff hinein und holte ein schönes Stück Rindfleisch heraus. Genüsslich roch er daran. ‚Hier, mein Lieber, probieren Sie, kommen Sie, Sir, kommen Sie, riechen Sie mal! 1A-Qualität wie alles, was Sie von der alten *Willi* geliefert bekommen. Noch Fragen? Nein, dann schleichen Sie sich und lassen Sie mich meine Arbeit machen. Einen guten Tag noch und eine trockene Überfahrt. Falls noch Platz in Ihrem Boot ist, dann können Sie dieses Fass gleich mitnehmen – ich schenke es Ihnen! Manchmal hat der alte Pulleye wahrlich ein zu weiches Herz.‘ Er hat dann wirklich aus vollem Hals dröhnend gelacht und sich den fetten Bauch gehalten, Gentlemen!“

„Wenn Sie mir jetzt noch erzählen wollen, dass Sie tatsächlich gegangen sind, dann lasse ich Sie aufhängen, sobald wir wieder an Bord sind. Begründung: Freche, bewusste Verächtlichmachung der Intelligenz eines Offiziers des Königs und damit verbunden die Beleidigung des gesamten Offizierskorps Seiner Majestät!“, tobte Kapitän Tyrell, der aufgesprungen war. Turner wartete gespannt wie ein kleines Kind darauf, dass lange Flammenzungen aus seinen empört geblähten Nasenlöchern stechen mochten, wie das in den nordischen Sagen von den Drachen überliefert wurde.

Midshipman Brian O'Connor sorgte für unvorhersehbare Abwechslung, denn er erhob sich schwankend, trat dann aber energisch einen Schritt vor, nahm Haltung an und ergriff mit fester Stimme das Wort: „Gentlemen, Mister Ratfish ist unschuldig. Ich habe etwas zu gestehen…" Er verstummte, weil ein erstauntes Raunen durch den Raum ging. Alle Augen richteten sich auf ihn. „Aber gleich vorweg, ich muss Sie enttäuschen, Gentlemen. Ich habe Mister Pulleye nicht getötet. Ich gebe zu, dass ich vor Wut über die Art gekocht habe, wie er uns behandelt hat. Ich gebe weiter zu Protokoll, dass ich die Beherrschung verloren habe und dem feisten Schw… dem Herrn Zahlmeister kräftig die Fresse poliert, äääh, will sagen, einige kräftige Faustschläge verpasst habe…"

„Wohin?" erkundigte sich Turner knapp.

„Überwiegend an den Kopf, weil ich ihm das höhnische Grinsen von den Gesichtszügen wischen wollte, aber es dürften auch paar wuchtige Schwinger in die Rippen und den Magen dabei gewesen sein. Er war kein Steher, sondern ging für meinen Geschmack zu schnell zu Boden…"

„Oh, mein Gott, dieser junge Mann war zu diesem Zeitpunkt vom Teufel besessen. Beten wir für seine Seele!" Kapitän Burton, der mindestens ein gutes halbes Dutzend Jahre jünger als der Midshipman war, rang die Arme und verdrehte die Augen zum Himmel, der in diesem Fall von den Decksbalken ersetzt wurde.

Ohne auf ihn zu achten, fuhr Kapitän Archibald Tyrell den Iren an: „Und weil der Spaß nach Ihrem Geschmack zu früh beendet war, haben Sie enttäuscht den Kuhfuß ergriffen und haben dem in Ihren Augen widerlichen Kameradenschwein einen heftigen Schlag über den Kopf verpasst. Dann haben Sie mit Hilfe von Mister Ratfish den Kopf Ihres Opfers in das Fass gesteckt, damit er ein für alle Mal erledigt war und alle Welt sehen konnte, warum er erschlagen wurde. War es nicht so?" Ohne eine Antwort abzuwarten, fuhr er fort: „Gentlemen, für mich ist der Casus klar. Wir sollten unser Verdikt formulieren und endlich wieder an unsere Arbeit gehen."

Midshipman Brian O'Connor blickte ihn gerade an und sagte langsam und betont: „Mit Verlaub, Sir! Ich habe ihn geschlagen, in diesem Punkt bekenne ich mich schuldig, aber ich habe ihn nicht umgebracht. Nachdem er zu Boden gegangen war, sind Mister Ratfish und ich auf dem schnellsten Weg von Bord gegangen." Er zögerte. „Und was die Schläge angeht, Gentlemen, so bitte ich zu berücksichtigen, dass Mister Pulleye mich provoziert hat. Ich weiß, ich hätte die Beherrschung nicht verlieren dürfen, aber diese höhnische Fratze…, diesem Kerl bereitete es offensichtlich Spaß, uns zu demütigen…" Er zuckte fatalistisch die Achseln. „Da ist sie wieder über mich gekommen, diese dreimal verfluchte rote irische Wut. Sie ist der Grund dafür, dass ich trotz meines fortgeschrittenen Alters immer noch im Gunroom und nicht im Wardroom hause. Kapitän Tyrell ist mein Zeuge, dass ich ein guter Seemann bin und meine Arbeit im Rigg und auf Wache beherrsche, von meinem

Einsatz im Kampf nicht zu reden." Alle Augen wanderten zu Tyrell, der, wenn auch durchaus widerwillig, zustimmend nickt. Er sah aus, als ob er versehentlich in eine sehr saure Zitrone gebissen hätte. O'Connor fuhr fort: „Das, was ich ausgesagt habe, kann ich jederzeit mit einem heiligen Eid auf die Bibel beschwören. Mehr habe ich nicht zu sagen, Gentlemen."

„Versündigen Sie sich nicht noch mehr, junger Mann", stöhnte Kapitän Thomas Burton gequält auf.

„Sir John, lassen Sie uns diesem unfruchtbaren Gelaber ein Ende bereiten", drängte Kapitän Archibald Tyrell, „ich glaube, wir haben uns alle ein umfassendes Urteil gebildet, also sollten wir zu einem Entschluss kommen, damit wir uns wieder den wichtigen Aufgaben des Tages widmen können, Sir."

Bevor der Kommandant der *Enterprise* das Wort ergreifen konnte, mischte sich Commander Alderian ein. Er beugte sich vor, so dass er Turner sehen konnte. Langsam, leise aber sehr bestimmt, jedes Wort sorgfältig artikulierend, wandte er sich an ihn: „Mein verehrter Kamerad Turner, ich hätte da noch ein paar Fragen. Wenn Sie so gütig seien würden, diese zu beantworten?"

„Selbstverständlich, Sir." Turner wusste nicht warum, aber irgendwie hatte er das Gefühl, dass die Luft in der großen Staatskabine plötzlich mit gefährlichen weißen Fallböen geschwängert war. Seine Nackenhaare sträubten sich, ein untrügliches Zeichen dafür, dass es Zeit war, das Schiff sturmsicher zu machen, die Luken zu verschalken und kleine Segel zu setzen.

Sir John, Archibald Tyrell und Thomas Burton blickten sich überrascht an.

„Danke, Sir, sehr freundlich. Wie würden Sie das Verhältnis Ihres, äh…, verblichenen Zahlmeisters zum Rest der Crew beschreiben."

Turner legte den Kopf schief. Worauf wollte der Commander hinaus? Er begann dann vorsichtig: „Es dürfte nicht besser oder schlechter gewesen sein, als auf den meisten anderen Schiffen. Die Purser sind selten jedermanns Liebling, das ist doch einen Binsenweisheit. Was soll diese Frage, Sir?"

„Entspricht es nicht den Tatsachen, dass Ihr Sekretär dem Zahlmeister betrügerische Manipulationen bei der Proviantabrechnung nachgewiesen hat?"

Woher dieser Kerl das wohl wusste, grübelte Turner, nickte dann aber bestätigend. „Das stimmt, aber er hat den angerichteten Schaden bezahlt. Eine entsprechende Zahlungsanweisung befindet sich bei meinen Unterlagen."

„Sie wollen sagen, er hat das veruntreute Geld zurückgezahlt, aber die über einen langen Zeitraum durch seine bewusst fehlerhaften Umrechnungen der Gewichts- und Flüssigkeitseinheiten verkürzten Rationen der Besatzung konnte er nachträglich nicht ungeschehen machen, nicht wahr."

Turner begann langsam wütend zu werden. Was mischte sich dieser Verwaltungsschnösel in die ureigenen dienstlichen Belange seines Schiffes ein. Diese Vorfälle gingen ihn einen feuchten Kehricht an. Kurz abgebunden knurrte er: „Richtig…, Sir."

„Viele Angehörige Ihrer Besatzung hätten also sehr wohl einen Grund gehabt, Mister Pulleye übel gesinnt zu sein, nicht wahr, my dear Sir?" Commander Marcus Alderian aus dem Stab des Hafenkapitäns von New York lächelte ihn gewinnend, so unschuldig wie ein frischgeborenes Osterlamm an. „Würden Sie mir zustimmen, wenn ich konstatiere, dass der Purser bei Ihrer Crew ausgesprochen unbeliebt war?"

Aha, daher wehte also der Wind. Der Commander versuchte den Täter auf der *Willi* zu finden. „In einem gewissen Umfang schon, Sir, aber kaum mehr als auf den meisten anderen Schiffen der Navy. Nun, wenn wir eine Sammlung veranstaltet hätten, um als Anerkennung für Mr Pulleyes treue Dienst eine silberne Platte zu kaufen, dann wäre die höchstens so groß wie ein Buchenblatt ausgefallen und genauso dünn, Sir. Aber genauso gut könnten Sie mich fragen, ob mich alle meine Männer herzlich lieben und in ihr tägliches Abendgebet einbeziehen – besonders wenn ich sie über den ganzen Tag hinweg mal wieder geschunden habe, bis ihnen der Schweiß im Koker kochte!" Er versuchte mit dieser scherzhaften Redewendung der Angelegenheit die Schärfe zu nehmen.

Commander Alderian ignorierte den Witz. Er blickte konzentriert nach oben, als ob sich an den Decksbalken hochinteressante Dinge abspielen würden. „Oh ja, Sir,

Sie haben Recht, das könnte ich fragen, aber ich weiß, dass Ihre gesamte Mannschaft den höchsten Respekt vor Ihnen hat und sich für Sie in Stücke reißen lassen würde – das würde uns folglich in dieser Angelegenheit nicht weiterbringen, Sir", dozierte er trocken. Er beugte sich wieder vor und fixierte Turner mit seinen dunklen Augen. „Aber was sagen Sie dazu: Ist es des Weiteren auch richtig, dass Pulleye auch beim Verkauf aus dem Angebot der Slopkiste die Männer über das Ohr gehauen hat?" Er hob abwehrend eine Hand, als Turner antworten wollte. „Ich weiß, was Sie sagen wollen, nämlich, dass auch das auf vielen Schiffen leider nicht unüblich und bedauerlicherweise auch nur schwer zu kontrollieren und noch schwerer abzustellen ist. Geschenkt, Mister Turner, wir wissen, dass Sie daran kein Verschulden trifft. Wir kennen Ihren tadellosen Ruf und sind überzeugt, dass Sie an diesen schmutzigen Geschäften nicht beteiligt waren, wie das auf anderen Schiffen leider auch Usus ist." Turner ballte die Fäuste. Dieser Schreibtischhengst Alderian hatte ihn gerade eben durch die Blume beschuldigt, Mitwisser, wenn nicht gar Nutznießer der krummen Geschäfte Pulleyes gewesen zu sein. Turner bekam rote Flecken auf den Wangen. Mühsam riss er sich zusammen. Dieser Winkeladvokat hatte sich so geschickt ausgedrückt, dass William ihn nicht zum Duell fordern konnte. Er knirschte mit den Zähnen.

Kapitän Amoi blickte ihn sorgenvoll an, als der Commander ungerührt fortfuhr: „Aber immerhin ist das ein weiterer Punkt, der dafür spricht, dass dieser famose Mister Pulleye einen recht begrenzten Kreis von glühenden Anhängern gehabt haben dürfte. Ist Ihnen auch bekannt, dass Mister Pulleye Seeleuten, die dringend Geld für ihre Familien in der Heimat brauchten, also einen Vorschuss benötigten, mit – vornehm ausgedrückt – Wucherverträgen nach allen Regeln der schnöden Habsucht ausgebeutet hat? Ihre Männer haben eine Menge Prisengelder verdient, aber einige wären im Heimathafen nach dem Abmustern fast ohne einen blanken Penny von Bord gegangen, weil Pulleye sie wie die Suppenhühner ausgenommen hat. Er hat zusätzlich zu den Zinsen noch Provisionen verlangt, weil er die Transaktionen über eines seiner Konten laufen ließ. Dabei sind die Auszahlungen verzögert worden, um den Zinsgewinn einzustreichen. Die Folge davon war, dass Frauen im Kindbett gestorben sind, weil sie keinen ärztlichen Beistand hatten, Kinder sind von Krankheiten dahingerafft worden, weil das Geld für Medikamente fehlte. Alter Familienbesitz musste verkauft werden – häufig weit unter Wert – weil sich die Angehörigen auf die Zahlungen zur Tilgung eines Kredits durch den Sohn auf See verlassen hatten. Wussten Sie das, Sir?"

„Hühnermist im belgischen Konfekt, Sir!", brauste Turner auf und sprang auf die Füße. „Wenn ich das gewusst hätte, dann hätte ich … hätte ich …" Seine kräftigen Hände ballten sich wieder zu Fäusten, die Knöchel traten weiß hervor. Zornig funkelte er seinen Widerpart aus eisgrauen Augen an. Nur wer sehr genau hinschaute, bemerkte, dass Commander Alderian zwei Mal kurz und trocken schluckte, ehe er scheinbar unbeeindruckt fortfuhr:

„Ja, was, Sir? Ihm den Schädel eingeschlagen, Mister Turner?"

„Natürlich nicht, aber…!" William biss sich auf die Zunge. Er verfluchte dieses Aas von einem verdammten Rechtsverdreher, denn etwas in dieser Art musste der Kerl studiert haben, bevor er zur Navy gestoßen war. Wovor war er unter die schützenden Schwingen der Navy geflüchtet? Das wäre doch interessant zu wissen, überlegte ein rachsüchtiger Turner.

Kühl bis ans Herz fuhr Commander Marcus Alderian fort: „Nun wissen natürlich ausnahmslos alle hier im Raum, dass Sie selbstverständlich diese Untat nicht begangen haben, sondern den Mord, genauso wie wir auch, auf das schärfste verurteilen, aber Sie werden mir zugeben müssen, dass es mehr als einen Mann bei Ihnen an Bord geben dürfte, der die sich unerwartet ergebende günstige Gelegenheit freudig ausgenutzt haben könnte, dem verhassten Pulleye den Rest zu geben, als er ihn bewusstlos im Laderaum vorfand. Er mag es als ein Geschenk des Himmels betrachtet haben, als einen ausgleichenden Akt göttlicher Gerechtigkeit!" Kapitän Thomas Burton hüstelte indigniert und schüttelte missbilligend den Kopf. Commander Alderian machte eine Pause, man sah ihm an, dass er an einer Antwort von Turner nicht interessiert war, stattdessen wandte er sich an Sir John: „Herr Kapitän, ich glaube, ich habe deutlich gemacht, dass nicht nur die Gentlemen Ratfish und O'Connor für die Tötung des Zahlmeisters Pulleye von Seiner Majestät bewaffneten Transporter *Ville de Rouen* in Frage kommen, sondern darüber hinaus eine nicht näher zu bestimmende Anzahl Seeleute auf der *Ville de Rouen*. Nach dem Rechtsgrundsatz in dubio pro reo kann diese Untersuchungskommission daher keinesfalls beschließen, die beiden Gentlemen vor ein Kriegsgericht wegen der vorsätzlichen Tötung zum Nachteil von Zahlmeister Frank Pulleye zu stellen. Gentlemen, ich danke für Ihre Geduld!"

Sir John räusperte sich, wischte sich mit einem großen duftenden Taschentuch kleine Schweißperlen von der Stirn und blickte sich dann mit gekrauster Stirn offensichtlich ziemlich übel gelaunt in der Runde um. „Bevor wir uns beraten, sollten wir die beschuldigten Gentlemen aus der Kabine entfernen lassen. Natürlich bleiben sie bis auf weiteres in Gewahrsam. Sergeant, bringen Sie die Zahlmeister Ratfish und Midshipman O'Connor an Deck und stellen Sie sie unter strenge Bewachung!"

„Aye, aye, Sir!"

Kaum hatten die beiden Delinquenten den Raum verlassen, sprang Kapitän Archibald Tyrell auf und hieb empört mit der Faust auf die Tischplatte und brüllte mit seiner besten Achterdeckstimme: „Was war das für eine Posse, Commander? Sie haben kaum verhüllt einen höchst verdienstvollen Offizierskameraden beschuldigt, zweifelhafte Machenschaften an Bord seines Schiffes geduldet, möglicherweise sogar befördert zu haben. Ich habe Commander Turner aufrichtig bewundert, denn wäre ich an seiner Stelle gewesen, dann würden wir uns morgen früh auf Govenors Island unter den Wällen des Forts mit blanken Degen gegenüberstehen, Sir!" Turner brummte etwas Unverständliches vor sich hin und nickte unmerklich. Der aufgebrachte Tyrell fuhr fort: „Und wozu das alles? Nur um zwei Galgenvögel vor dem Baumeln zu bewahren. Ich kenne die Beiden! Natürlich macht auch Ratfish krumme Geschäfte, aber Sie wissen genauso gut wie ich, dass uns kommandierenden Offizieren der lästige Papierkram über den Kopf wächst, da kann ich nicht auch noch die verworrenen Umrechnungen gemäß der Speiserolle nachkalkulieren*, nein, dafür fehlt mir wirklich die Zeit. Und der Verkauf aus der Slopkiste – verdammt, das ist mir zu dumm, einfach zu dumm! Natürlich ist der Ratfish ein Halunke und notorischer Lügner. Und was Mister Midshipman O'Connor angeht, so ist das eine Geschichte für sich. Es stimmt, der Mann ist ein ausgezeichneter Seemann, der schon längst Erster Leutnant auf einer Fregatte sein könnte, wenn, ja wenn sein Temperament nicht immer wieder mit ihm durchgehen würde. Ich habe keine Ahnung, wie oft ich ihn mit der Tochter des Stückmeisters

---

* Wir können uns keine Vorstellung davon machen, wie kompliziert und verworren die Umrechnung der Gewichtsmaße und Hohlmaße für die verschiedenen Lebensmittel und Getränke in England war. Vielleicht hilft die Fiktion, dass Sie sich vorstellen, dass Sie vor dreihundert Jahren mit einem Planwagen voller Güter sechs oder sieben Duodezfürstentümer in Deutschland durchqueren und an jeder Grenze ihre Waren in den dort gültigen Maßeinheiten hätten angeben müssen.

vermählen musste. Böse Zungen behaupten, er würde seine Hängematte neben seiner Lieblingskanone aufriggen, um in ihrer Gesellschaft in trauter Gemeinschaft schlafen zu können. Wenn er rot sieht, dann schaltet sein Gehirn ab." Das Gesicht des Kapitäns war puterrot angelaufen, die Schläfenadern unterhalb der Perücke pochten wild, seine Augen waren vor Wut aus den Höhlen hervorgetreten. Er hatte beide Hände auf der Tischplatte aufgestützt.

Kapitän Amoi klopfte ihm begütigend auf eine Hand. „Ich verstehe Ihre Erregung, Sir. Auch ich fand die Ausführungen von Commander Alderian zum Teil, nun, nenne wir es mal vorsichtig so, ziemlich geschmacklos." Er wandte sich an den Commander. „Aber ich sehe, Sir, was Sie uns deutlich machen wollten, aber dafür einen Offizierskameraden so an der Ehre zu kratzen, war unnötig, Sir. Ich muss Sie rügen, der Zweck heiligt keineswegs alle Mittel!"

Commander Marcus Alderian schluckte trocken und spreizte abwehrend seine Handflächen vor der Brust. Seine Stimme zitterte etwas, als er erwiderte: „Es tut mir leid, wenn ich den von mir persönlich hochgeschätzten Offizierskameraden Commander William Turner in eine schiefes Licht gerückt haben sollte. Es lag mir fern, ihn zu beleidigen oder ihm unredliche Geschäfte zu unterstellen. Aber ich musste deutlich machen, dass für die Untat außer den beiden Verdächtigen von der *Viper* auch ein anderer Täter in Frage kommt. Dies Ergebnis mag Ihnen unbefriedigend erscheinen, zumal eine Suche nach einem potentiellen Täter auf der *Ville de Rouen* der Suche nach der Nähnadel im Heuhaufen gleichen und aus vielerlei Gründen – die ich Ihnen gewiss nicht aufzählen muss, Sie sind ja alles Praktiker – ohne Ergebnis im Sande verlaufen würde. Stellen Sie sich nur vor, ein Seemann verlässt die Messe mit der Ankündigung, den Abtritt benutzen zu müssen. Er kommt bei seinem Weg nach vorne zwangsläufig an der geöffneten Luke zum Laderaum vorbei. Er ist neugierig, hält inne, hört den Streit und das Klatschen der Schläge. Geduldig wartet er ab, bis Ratfish und O'Connor den Niedergang emporgehastet kommen, dann schleicht er sich nach unten, findet Pulleye bewusstlos vor. Der aufgestaute Hass auf den Mann bricht sich Bahn: Ein wuchtiger Schlag mit dem Kuhfuß, ein kräftiger Griff am Kragen und am Gesäß und schon steckt der Kopf in der Salzlake." Turner stellte mit einer gewissen Befriedigung fest, dass auch dieses neunmalkluge Kerlchen nicht alles wusste. So kannte er die Überlegungen von Doktor MacKinnon nicht, der gemutmaßt hatte, dass es bei der Konstitution von Pulleye zwei Täter bedurft hatte, um ihn in das Fass zu hieven. Aber sei es drum, er verfolgte aufmerksam Alderians Argumentationskette. „Dann schnell weiter nach vorne – schließlich muss sich der Mörder vergewissern, dass ihn dort jemand sieht – dann auf dem kürzesten Weg zurück in die Messe. Glauben Sie wirklich, dass einer seiner Messekumpels sich heute noch daran erinnern kann, dass er überhaupt weg, bzw. wie lange er abwesend war? Bei dieser Beweislage würde kein englisches Gericht die beiden Angeschuldigten verurteilen, Gentlemen. Verzeihen Sie den ketzerischen Gedanken, Gentlemen, aber wir können noch nicht mal völlig ausschließen, dass dieser Zimmermannsmaat Lewisdale allein oder zusammen mit dem Steward Ferry dem Pulleye den Garaus gemacht hat." Er verbeugte sich leicht im Sitzen und lehnte sich entspannt in seinem Stuhl zurück.

„Blödsinn, Commander!", fuhr Turner auf. „Hor… dieser Horace Ferry als Steward der Lady und Mister Lewisdale als NCO und ausgezeichneter Fachmann genießen so viele Privilegien, dass sie sich unter keinen Umständen auf irgendwelche halsabschneiderische Geschäfte mit dem Purser einlassen mussten, verdammt!" Er musterte Commander Alderian grimmig.

Kapitän Thomas Burton faltete die Hände und blickte wie betend auf sie hinab. „Gentlemen, der Friede des Herrn sei mit Ihnen. Wir sollten die Diskussion sachlich fortsetzen, allerdings muss auch ich sagen, dass ich Ihre schlecht versteckten Anschuldigen an die Adresse von Commander Turner ungeheuerlich fand. Um die Engel zu rühmen, darf man nicht mit der Zunge des Teufels reden, Sir! Aber zweifellos gebührt Ihnen Dank, dass Sie das Saatkorn des Zweifels in unsere Herzen gelegt haben. Betrachten wir es als einen Fingerzeig des Himmels und sehen wir davon ab, die beiden Gentlemen einem Kriegsgericht zu überantworten. Aber dann bleibt die Frage, wie verfahren wir weiter mit den beiden Sündern?" Er blickte Kapitän Amoi an.

Sir John hatte die Stirn in tiefe Falten gelegt. Mit der linken Hand zupfte er an seinem linken Ohrläppchen, die rechte trommelte auf der Tischplatte. Er blickte konzentriert auf den rosaweißen massigen Buddha, der auf dem Sideboard unergründlich vor sich hin lächelte. Turner hatte sich zurückgehalten und sich bis jetzt nicht an der Diskussion beteiligt. Er hatte das Gefühl, dass er trotz der solidarischen Erklärungen seiner Kameraden und der lahmen Entschuldigung Alderians noch nicht wieder weit genug abgekühlt war, um nichts zu sagen, was er später bereuen mochte. Der Kapitän schien zu einem Entschluss gekommen zu sein.

„Über des Straftatbestands der körperlichen Misshandlung Pulleyes sollten wir ohne viel Aufhebens entscheiden, Gentlemen. Zu bedenken wäre dabei, dass Pulleye die beiden Delinquenten übel beleidigt und provoziert hat. Ich würde vorschlagen den Midshipman O'Connor von der *Viper* auf die *Ville de Rouen* zu versetzen. Commander Turner wird ihn dort entsprechend bestrafen."

Kapitän Tyrells Kopf zuckte hoch. „Sir, das geht nicht. So froh ich wäre, diesen Störenfried los zu werden, aber ich bin knapp besetzt. Insbesondere mit Midshipmen sieht es trübe aus, Sir John."

„Zufällig weiß ich, dass Mister Turner auf der *Ville* überzählige Midshipmen hat. Er scheint beinahe so, als würde er Snottys* züchten. Wie sieht es aus, Mister Turner, können wir Mister Tyrell aus seiner Zwangslage helfen?"

Turner nickte langsam. „Kein Problem, Sir. Ich kann ihm zwei young Gentlemen abgeben." Seine Laune hob sich schlagartig, er grinste still vergnügt, wenn auch durchaus etwas bösartig in sich hinein, denn er wusste auch schon, welche Prachtexemplare er Tyrell an Bord schicken würde. Den jungen Herren Pat Puller und Bill Birdie würde die strikte Disziplin auf der *Viper* unter dem harten, kompromisslosen Kapitän Tyrell gut tun. Entweder sie würden sich einigermaßen erfolgreich in das enge Dienstkorsett der Navy à la Tyrell einfügen oder sie würden daran zerbrechen.

Dem Mister O'Connor würde er schon die Flügel stutzen. Vielleicht konnte er den fast gleichaltrigen Middie Armstrong auf ihn ansetzen. Armstrong würde darüber wachen, dass sich O'Connor nicht als Tyrann im Gunroom aufspielte, denn von den seemännischen Fähigkeiten und der Körperkraft war er dem Iren zumindest ebenbürtig. Nur, dass ihm der Ehrgeiz völlig abging, irgendwann Leutnant werden zu wollen, während O'Connor dieses Ziel wohl noch nicht aus den Augen verloren hatte. Armstrong diente lieber als Middie ohne Sold auf einem Schiff, auf dem es reichlich Prisengeld zu verdienen gab, denn als Sechster Leutnant auf einem Schlachtschiff. Dort würden alle seine Offizierskameraden, möglicherweise einschließlich des

---

* Rotznasen

Kommandanten, deutlich jünger sein als er und wenn er Pech hatte, stammten die Kameraden aus vermögenden Kreisen, was zur Folge haben würde, dass sein schmaler Sold für die Messeumlage draufging. Sobald das Schiff nach vier Jahren zur Grundüberholung außer Dienst gestellt wurde, würde er arm wie eine Kirchenmaus, buchstäblich ohne einen rostigen Penny an den Strand gespült werden.

„Sir", wandte sich Kapitän Tyrell mit nachdenklich gekrauster Stirn an ihn, „Sie scheinen sich erstaunlich leicht von den beiden Snottys zu trennen. Wo ist der Pferdefuß?"

„Lassen Sie es mich mal so ausdrücken, Sir: Die beiden sind noch ungeschliffene Diamanten. Ich habe sie auch erst in Antigua an Bord bekommen und hatte noch keine Zeit, mich um ihrer Erziehung zu kümmern. Aber die wird bei Ihnen in den besten Händen liegen, da bin ich sicher."

Tyrell nickte zögernd und schwieg. So ganz und gar hatte ihn Turner anscheinend nicht überzeugt. Aber was sollte er machen?

„Was den Zahlmeister angeht", fuhr Kapitän Amoi fort, „so kann man ihm vermutlich vorwerfen, dass er O'Connor nicht von seinem schändlichen Tun abgehalten hat. Wenn man allerdings die Körperkräfte der beiden Männer vergleicht, dann dürfte ihm das auch bei bestem Willen nicht möglich gewesen sein. Vorzuwerfen ist ihm weiterhin, dass er keine Hilfe geholt hat, als Pulleye bewusstlos war. Aber vermutlich konnte er tatsächlich davon ausgehen, dass der Mann nur ausgeknockt war. Alles Gesagte setzt allerdings voraus, dass wir uns die Version von Commander Alderian zu Eigen machen." Er blickte sich fragend in der Runde um. Niemand erhob Widerspruch. „Dann plädiere ich dafür, dass Sie, Herr Kapitän Tyrell, ihm einen strengen Verweis aussprechen und diesen in das Tagebuch eintragen. Damit sollte diese unangenehme Geschichte erledigt sein. Commander Turner, was Sie angeht, so müssen Sie fürderhin mit dem unangenehmen Verdacht leben, dass bei Ihnen an Bord ein Mörder frei herumläuft. Sollten Sie ihn irgendwann überführen können, lassen Sie es mich wissen. Hiermit schließe ich die Sitzung der Untersuchungskommission. Sobald das Protokoll vorliegt, werde ich meinen Sekretär zu Ihnen an Bord schicken, damit Sie es unterschreiben und das Doppel zu Ihren Akten nehmen können. Hiermit beende ich die Sitzung der Untersuchungskommission. Meine Herren, ich danke Ihnen für Ihre wertvolle Mitarbeit!"

*

Von den Narrows wehte eine erfrischende Seebrise über die weite Reede vor Manhattan. Der Tag war schwül und heiß gewesen und der Abend hatte bisher kaum Abkühlung gebracht. Commander Marcus Alderian streckte sich wohlig in seinem bequemen, mit

Segeltuch bespannten und mit weichen Kissen ausgepolsterten Sessel aus, der auf dem Balkon des schmalbrüstigen Hauses stand, das ihm die Verwaltung zugestanden hatte. So musste er nicht in der Kaserne wohnen, in dem die Marineoffiziere untergebracht waren, die zurzeit keine Koje an Bord eines Schiffes hatten. Sei es, dass ihr Schiff im Kampf oder in einem Unwetter verloren gegangen war, sie aber durch einen glücklichen Zufall überlebt hatten oder dass sie ins Hospital eingeliefert worden war und ihr Schiff ohne sie wieder ausgelaufen war. Im Souterrain des Gebäudes lagen die Wirtschaftsräume und die Unterkünfte der wenigen Bediensteten, im Erdgeschoss befand sich in der Mitte der Empfangsbereich mit dem Salon, flankiert wurden diese auf der einen Seite vom Büro des Commanders, auf der anderen Seite von seiner Bibliothek, die er auch für vertrauliche Gespräche nutzte. Darüber waren die Privaträume des Ehepaares angeordnet. Die Kombüse, der Empfangssalon und der Wohnraum oben waren mit einem simplen, handbetriebenen Speiseaufzug miteinander verbunden.

Mrs Alderian entnahm dem Aufzug die heiße Kanne Tee und brachte sie hinaus auf den großen Balkon. „Teatime, mein Liebster!", gurrte sie und goss den duftenden chinesischen Tee in dünnwandige Porzellantassen, dann rückte sie die schottischen Scones in die Reichweite ihres Gatten. Sie spürte, dass dieser missgelaunt war. Daher reagierte sie nicht, als er sich lediglich mit einem Brummen, das freundlich klingen sollte, bedankte und mürrisch Ausschau nach der clotted Cream und den in Zucker dick eingekochten Preiselbeeren hielt. Nach den ersten Bissen und ein paar Schlückchen des aromatischen Getränks besserte sich seine Laune langsam. Er genoss den Blick über die weite Wasserfläche mit den träge an ihren Ankerkabeln schwoienden Schiffen, deren Flaggen und Wimpel lustlos in der schwachen Kühlte schlappten. Er hatte sich seiner dicken Uniformjacke sowie der Halsbinde entledigt und spürte, wie der Lufthauch das dünne weiße Hemd durchdrang und die Schweißperlen auf seinem Körper trocknete. Die Sonne berührte schon fast die Baumwipfel im Nordwesten über den Hügeln von Jersey City, der Lärm in den Gassen Manhattans verebbte.

Mistress Alderian war eine kluge Frau, die ihr Ehegesponst kannte. Geduldig wartete sie ab, bis er nach einer zweiten Tasse Tee verlangte und sie anlächelnd hinzufügte: „Würdest Du das Maß Deiner Güte vollmachen und mir noch einen Brandy eingießen, Darling? Und mir meine Zigarrenkiste reichen." Während er auf ihre Rückkehr wartete, reckte und streckte er sich ausgiebig. Dann nahm er ihr das Kästchen und den doppelstöckigen Brandy ab. Andachtsvoll klappte er den schön gearbeiteten Humidor aus Holz auf, beugte den Kopf darüber und sog den würzigen Tabakduft ein. Sorgfältig suchte er eine Zigarre aus, schnitt das Ende ab und entzündete sie mit einem Holzspan. Er nahm einen kurzen Zug, und blies den Rauch auf das glühende Ende. Versonnen blickte er den aufsteigenden blauen Fäden nach.

Gemächlich schwenkte er den Brandy in dem großen bauchigen Glas, bevor er einen kleinen Schluck nahm. Der Commander spürte, wie die Anspannung des Tages langsam von ihm abfiel. Das war vielleicht heute wieder ein Tag! Puh!"

„So schlimm, mein Schatz?"

„Schlimmer. Ich bin um Haaresbreite einer Forderung zum Duell des von Dir so hochgeschätzten Kameraden William Turner entgangen. Und ich muss leider gestehen, dass es meine eigene Schuld war."

Sie atmete erschreckt tief ein. Streng wies sie ihn zurecht: „Mit so etwas treibt man keine Scherze, Liebling!"

„Kein Scherz, nein, das ist wahrlich kein Scherz! Mir wird im Nachhinein noch schlecht, wenn ich daran denke, denn dieser Kerl hätte morgen früh im Handumdrehen mit seinem Säbel ein Stew aus mundgerecht zurecht gehackten Fleischstücken – allerdings ohne Kartoffeln und Zwiebeln – aus mir gemacht. Nur die Zutat ‚Opferlamm' hätte gestimmt und diese ehrenvolle Rolle wäre leider mir zugefallen. Morgen Abend hättest Du eine trauernde, aber wohl versorgte Witwe mit einem schönen Landsitz und gesichertem Einkommen sein können, wie hätte Dir das gefallen, mein Schatz?"

„Das ist geschmacklos, Marcus." Sie blickte ihn strafend an. „Wie ist es denn zu diesem Eklat gekommen? Was hast Du nur getan?"

„Ich musste zwei Kerle vor dem Strang retten. Es handelte sich dabei wahrlich um keine Unschuldslämmer, aber meines Erachtens um keine Mörder. Ich muss-

274

te daher wieder einmal die alte ‚in dubio pro reo'-Kiste bemühen. Leider musste ich dazu auch etwas am Heiligenschein von Kamerad Turner kratzen. Meine Güte, war der wütend. Du weißt doch, wie ehrpusselig diese Marineoffiziere sind. Na ja, ihre Kameraden vom Heer sind da wohl auch nicht anders. Aber ich hatte richtig kalkuliert, er hatte sich im Griff und hat mich nicht auf der Stelle massakriert." Sie streichelte begütigend seine Hand und lächelte ihn an. Er fuhr fort: „Nun, ich denke, er wird auslaufen, sobald der Wind günstig steht. Im Augenblick ist daran aber nicht zu denken. Haben wir noch ein paar irdene Kruken Whisky von Deinen kilttragenden Clanangehörigen, den notorischen Schwarzbrennern aus Kintyre? Der Mann ist doch ein Connaisseur, daher denke ich, dass er den besonderen Geschmack dieser Tröpfchen zu schätzen wissen wird." Er packte die Hand seiner Frau und fuhr in einem fast entschuldigenden Ton fort. „Ja, mein Liebling, ich weiß, dass Du von Deinen wilden Clanmitgliedern und ihren zugegeben etwas bacchantischen Trinkgewohnheiten nicht viel hältst. Aber der Stoff, den sie produzieren, ist schon etwas Besonderes. Nicht so torfig wie die Whiskys der westlichen Inseln. Der Whisky aus dieser Region ist geprägt durch die nahe raue See und den Nebel, der von der Mull of Kintyre so dicht über Land hereinzieht, wie nirgends anders in Schottland. Dabei legt er einen Mantel von Salz über die Fässer. Dadurch erhält dieser Whisky wie kein anderer seinen legendären Salzgeschmack. Ich denke, ich sollte ihm eine Tonkruke mit ein paar entschuldigenden Worten schicken. Letztlich ist mein Plan ja aufgegangen. Übrigens bin ich mit meiner Taktik auch bei den anderen Kapitänen schwer auf Legerwall geraten. Sie haben mich angeglotzt, als sei ich eine besonders hässliche Spezies eines gemeingefährlichen Ungeziefers." Er seufzte. „Nun, damit muss ich leben. Mir tut das alles sehr leid, denn der Turner ist wirklich ein außergewöhnlich fähiger Seeoffizier, wenn das alles stimmt, was ich über ihn gehört und in den Akten gelesen habe. Dagegen bin ich ein völliger Versager!"

„Liebling, das bist Du nicht. Du bist ein sehr fähiger Jurist, immerhin Solicitor..."

„Ja, aber kein Barrister!"

„Na und? Wenn Du hier draußen die nötige Erfahrung in den Verwaltungsrechtsfragen der Navy gesammelt hast, kehren wir nach Britannien zurück und unsere Verwandtschaft wird dafür sorgen, dass Du ein member of the bar* wirst und in der Admiralität einen einflussreichen Posten bekleiden kannst, Darling. Natürlich haben wir noch einen reichlichen Vorrat von diesem Gift, das meine halbwilden Brüder und Cousins im hohen Norden als Whisky bezeichnen. Aber es scheint ja den meisten Gentlemen zu schmecken, sogar Kapitän Amoi hat sich lobend geäußert. Sei nicht kleinlich und schicke Commander Turner ein halbes Dutzend mit dem besten Whisky aus Campbeltown von der Halbinsel Kintyre. Auch ich werde ihm ein paar Zeilen schreiben, in dem

---

* Der Barrister agiert vor den Schranken (bar = Tresen, Barriere etc.) des Gerichts

ich zum Ausdruck bringen werde, wie sehr ich es bedauere, dass wir keine Zeit gefunden haben, unsere Bekanntschaft zu vertiefen. Sobald Du in der Admiralität sitzt, wirst ganz gewiss irgendwann mal die Möglichkeit haben, Commander Turner einen Gefallen zu erweisen. Glaube mir, mein Schätzchen, alles wird gut..."

„Vielleicht kann ich ihm schon hier und jetzt helfen. Er braucht einen neuen Purser und da drückt sich doch dieser Thomas MacTotty in der Unterkunft der Offiziere herum. Du erinnerst Dich, Schätzchen, dass ist der Bursche, der die Strandung seines Schiffes überlebt hat. Meinen Informationen nach hat er einen tadellosen Leumund und sollte dem Commander gerade recht kommen."

*

In der Staatskabine der *Willi* war es drückend heiß und schwül. Da das Schiff vor seinem Anker in den Wind gedreht hatte, kam nur durch das Skylight etwas frische Luft. Lady Jane saß auf der Heckbank vor einem der weit geöffneten Fenster und las in einer der New Yorker Gazetten. Als Turner, in dessen Kielwasser sich Dechamp befand, hereinstürmte, ließ sie das Blatt sinken, zog erstaunt eine Augenbraue in die Höhe und erkundigte sich belustigt: „Was für eine Laus ist denn Dir über die Leber gelaufen, mon cher ami?"

Turner schnaubte zornig. Er hatte die beleidigenden Unterstellungen dieses Commander Alderian plötzlich wieder deutlich im Ohr. „Ich soll verärgert sein, ich? Wie kommst Du denn darauf? Es ist doch schließlich ganz in Ordnung, wenn man mich unlauterer Machenschaften zum Schaden meiner Besatzung beschuldigt. Zwar geschah das durch eine wohlriechende Blume, aber dieses Gewächs war, verdammt noch mal, ziemlich stachelig." Er atmete schnaufend aus.

„Sir, ich habe Ihre Haltung und Ihre Selbstbeherrschung bewundert", bemerkte Dechamp. „Aber auch dieser Alderian war gut, er wusste genau, auf was für einem dünnen Grad er balancierte. Sein Motiv war ehrenwert, aber sein Vorgehen nicht unbedingt gentlemanlike, nein, wahrlich nicht."

William Turner funkelt ihn mit blitzenden Augen an. „Richtig, macht nur so weiter! Tretet nur weiter auf mich ein, wo ich schon angeschlagen, wehrlos am Boden liege."

„Ach, Liebling, geht es nicht eine Nummer kleiner? Ich mag es nicht, wenn Du diese theatralischen Auftritte zum Besten gibst. Ist etwas nicht so gelaufen, wie Du es Dir erhofft hast? Aber bevor Du antwortest, nimm doch erst mal Platz. Steward Morlet wird sofort den Tee und Gebäck servieren. Übrigens ein sehr guter Mann, wenn man sich erst mal an seine ständige Leichenbittermiene gewöhnt hat." Sie deutete auf einen Stuhl. „Bitte, Leutnant Dechamp, das gilt natürlich auch für Sie." Als sie sein verblüfftes Gesicht sah, fügte sie lachend hinzu: „Ich meine nicht Ihre beruflichen Qualitäten oder gar Ihren Gesichtsausdruck, sondern, dass auch Sie bitte Platz nehmen wollen. Sie rauben mir sonst die Ruhe, Sirs!"

In diesem Moment erschien in der Tat Pépin Morlet mit einem großen Tablett. William spürte, wie ihm die Schweißbäche den Rücken hinunterliefen. Er verspürte das unbändige Verlangen, sich den schweren Uniformrock vom Leibe zu reißen. Verstärkt wurde dieser Wunsch noch von dem Anblick Janes, die in einem dünnen luftigen Fähnchen gekleidet, anscheinend nichts von der drückenden Schwüle mitbekam. Aber Turner musste durchhalten, denn er konnte sich unmöglich die Jacke ausziehen und gleichzeitig Dechamp dazu verdammen, die seine anzubehalten. Andererseits durfte Dechamp gemäß der herrschenden Etikette in der Gegenwart einer Lady seinen Rock nicht ablegen.

„Morlet, zwei doppelt Marc für den Ersten und mich! Wie sieht es mit Dir aus, Darling?"

„Danke, nein. Ich pflege meinen Durst noch bis zum Sherry vor dem Supper zu bändigen, aber es ist nett, dass Du an mich gedacht hast. Wie ist denn nun diese Verhandlung ausgegangen?"

Turner schnaubte wieder empört, dann hob er sein Glas in Richtung von Dechamp und kippte den Schnaps schwungvoll hinter die leicht gelockerte Halsbinde. Der Erste tat es ihm nach.

„Diese beiden Halunken von der *Viper* sind – wie sagen die Juristen – wegen Mangel an Beweisen vom

Vorwurf des Mordes freigesprochen worden. Puh, Dechamp, mir ist heiß, ich muss ein paar Runden an Deck drehen. Kommen Sie, wir können dabei überlegen, wie wir den O'Connor in unsere kleine Gemeinschaft einbauen."

Lady Jane blätterte schon wieder wissbegierig in der Journaille. Wie die Verhandlung genau abgelaufen war, schien sie überhaupt nicht zu interessieren, obwohl doch ihr Steward Horace bis zu einem gewissen Grad darin verwickelt war. Geistesabwesend meinte sie: „Ja, macht das, Gentlemen, es wird euch guttun. Besonders Du solltest Dich etwas abkühlen, capitano torro Turner! Zum Essen sehen wir uns wieder, Chérie."

Sie gingen im Gleichschritt auf der Steuerbordseite des Achterdecks auf und ab.

„Dechamp, ich werde Mister O'Connor zusammen mit Mister Armstrong zu Ihnen an Bord der *English Rose* abstellen. Mir widerstrebt es, den alten Muschelrücken hier an Bord mit der Tochter des Stückmeisters zu verheiraten. Zumal er ein Vorgesetzter der Männer sein wird. Ich bestrafe ihn mit Alkoholentzug von sofort bis zur Ankunft in Halifax. Mal sehen, ob seine irische Leber das aushält. Übertragen Sie ihm Verantwortung. Er kann zusammen mit dem Steuermannsmaat Carter eine Wache übernehmen. Wenn er auch nur die geringsten Probleme macht, lassen Sie ihn in Eisen legen, bis ich über sein weiteres Schicksal entscheide.

Was die beiden Dummköpfe Puller und Birdie angeht, sorgen Sie dafür, dass sie ihre sieben Sachen packen und von Bord der *Willie* verschwinden! Ich bin von Herzen froh, sie los zu sein, das können Sie mir glauben, James."

„Aye, aye, Sir. Immerhin muss man ihnen zugutehalten, dass Dummheit eine natürliche Begabung ist, Sir, allerdings haben die beiden Middies, als diese Gabe verteilt wurde zweimal ‚hier' gerufen." Er zuckte resignierend die Achseln. „Selbst Götter kämpfen dagegen vergeblich an. Nun, hoffen wir, dass Kapitän Tyrell nicht der Schlag trifft.

Um nochmals auf die Verhandlung zurückzukommen, Sir: Das war schon eine illustre Versammlung, sind Sie nicht auch dieser Meinung?" Er hatte das Wörtchen „illustre" auffällig betont und grinste breit.

„Nun, Kapitän Archibald Tyrell ist ein ausgewiesener Feuerfresser. Unsere beiden schafsdämlichen Snottys werden bei ihm nichts zu lachen haben. Sie werden ihre Allüren erheblich zurückfahren müssen, wenn sie mit ihrem Kapitän klarkommen wollen, Dechamp! Aber nach dem, was ich gehört habe, ist er zwar ein Mann, der auf strikte Disziplin hält, aber er ist kein Tyrann, der seine Besatzung schikaniert. Tatsächlich sollen Auspeitschungen bei ihm an Bord eher die Ausnahme sein. Seine Männer wissen genau, woran sie bei ihm sind, respektieren ihn dafür und richten sich nach seinen Vorstellungen. Und was Kapitän Burton angeht, lassen Sie sich von seinen christlichen Sprüchen nicht blenden. Missetätern hält er zuerst einen halbstündigen Vortrag gespickt mit Bibelzitaten, danach lässt er ihnen, ohne mit der Wimper zu zucken, zwei Dutzend Hiebe mit der Katze verpassen – auch wenn nur zwölf erlaubt sind. Am Sonntag hält er regelmäßig, wenn auch mit der sehr zur Recht begrenzten Freude seiner Besatzung, einen mindestens einstündigen Gottesdienst ab, aber wenn es ans Entern geht, dann ist er auch der Erste, der mit einem Panthersatz drüben auf dem feindlichen Schiff ist und lauthals brüllt: „Nun, fröhlich an die Arbeit, meine Kinder, jetzt wollen wir ernten, was der HERR uns in SEINER großen Güte beschert hat!" Turner lachte bei der Vorstellung glucksend vor sich hin. „Übrigens Dechamp, ist Ihnen aufgefallen, dass Lady Jane, was den Verlauf der Zusammenkunft anging, erstaunlich wenig Neugierde gezeigt hat?"

„Für eine Frau allemal, Sir!"

Epilog / Nachwort

Unser Freund William Turner wird froh sein, wenn er dieses heiße Pflaster New York hinter sich gelassen hat. Womit musste er sich aber auch alles rumschlagen! Aus dem angekündigten Spaziergang auf die Reede von Beaufort, um dort mal eben so ganz nebenbei ein Rattennest der Rebellen auszuräuchern, wurde eine Aktion, die Turners ganzes seemännisches Geschick und noch dazu eine Prise Glück erforderte, um heil wieder hinaus auf die See zu gelangen.

In New York angekommen, erwarten ihn die nächsten Hiobsnachrichten. So ist in der Werft in absehbarer Zeit kein freier Platz für ihn verfügbar, um die Schäden an der *Ville de Rouen* zu beseitigen. Noch mehr Kopfschmerzen bereitet ihm der doch sehr unverblümte Befehl von Hermes aus London, den Verräter zu liquidieren. So sehr und so gerne Turner von den Vorteilen profitiert, die ihm seine Verbindungen zum Geheimdienst verschaffen, so wenig hat er sich in den vergangenen Jahren die moralische Skrupellosigkeit zulegen können, die beispielsweise seinen ehemaligen Agentenführer Smith auf Antigua auszeichnete. Aber macht ihn nicht gerade das sympathisch? Nun, wir wissen, wer Hinkie auf dem Gewissen hat, aber wie ist das mit dem Mord an dem unsympathischen Zahlmeister Pulleye? Er war zwar ein durch und durch unsympathischer Zeitgenosse, aber nichtsdestoweniger doch ein Mitglied der Offiziersmesse der *Willi*. Sind Midshipman O'Connor und Purser Ratfish wirklich unschuldig? Denn schließlich hat der Commander genau das nicht nachgewiesen, sondern nur deutlich gemacht, dass man ihnen die Schuld nicht eindeutig nachweisen kann, weil es eine Vielzahl von anderen möglichen Tätern gibt, die ein Motiv und die Gelegenheit hatten, den verhassten Purser umzubringen. Kein sehr angenehmer Gedanke, mit einem kaltblütigen Mörder auf engstem Raum zusammenzuleben.

Immerhin ist es Turner gelungen, sein Vermögen wieder erheblich aufzustocken. Dieser Reichtum macht ihn weitgehend unabhängig von den unberechenbaren Launen der Admiralität und des Geheimdienstes – nun ja, fast. Aber da wartet immer noch das Kriegsgerichtsverfahren in England auf ihn und als in der Liste geführter Commander mit einem Schwabber auf der linken Schulter in den Ruhestand zu gehen, macht einfach mehr her, als ein simpler Leutnant RN retired. Außerdem, seien wir doch ehrlich, können wir uns Wild Bull Turner als dickbäuchigen Squire vorstellen, der über seine Ländereien reitet und seine Rinder und Gänse zählt? Wohl kaum! Ohne Schiffsplanken unter den Füßen würde er sich wie amputiert fühlen. Sollte er kein neues Kommando bekommen, könnte man sich vorstellen, dass er zum Schmugglerkönig der englischen Südküste aufsteigt, schon des Nervenkitzels wegen, um nicht an Langeweile zu sterben...

Aber warten wir es ab, noch ist er nicht in England. Es ist natürlich möglich, dass er ohne weitere Zwischenfälle Halifax erreicht, sofort einen freien Platz im Trockendock zugeteilt bekommt und nach einer fachmännisch einwandfrei durchgeführten Reparatur den Hafen noch vor dem Eintreten der Herbststürme in Richtung Heimat verlässt. Womöglich außerdem mit lukrativer zusätzlicher Ladung an Bord. Und was treibt Lady Jane die ganze Zeit über? Sie ist immer für eine Überraschung gut, denn bekanntlich hat die Dame es faustdick hinter ihren entzückenden Öhrchen. Vergessen wir nicht, sie hat ihre Besatzung skrupellos betrogen. Das hat William, der seinen Männer stets loyal gegenüber ist, sicher nicht gefallen, aber verliebt wie er ist, hat er sich damit getröstet, dass es schließlich bloß verbrecherische Piraten waren, die selber Schuld waren, wenn ihnen so ein kluges Weibchen das Fell über die Ohren zieht. Was er nicht weiß, ist, dass sie die Verletzten der *Medusa* im Krankenrevier der *Willi* heimtückisch mit Gift ermordet hat, ohne dass ihr Doktor MacKinnon auf die Schliche gekommen ist. Ihr Motiv? Niemand darf in England erfahren, dass sie eine gefürchtete Piratin gewesen ist.

Nun zur Zukunft! Wer das Schicksal von William Turner kennt, vermutet schon, dass es so glatt nicht abgehen wird. Ganz gewiss warten auf ihn auf seinem Kurs Richtung England noch ein paar Stolpersteine. Man kann davon ausgehen, dass noch das eine oder andere spannende Abenteuer in Nova Scotia auf ihn warten wird. Vielleicht schlägt auch der geheimnisvolle Mörder wieder an Bord der *Ville de Rouen* zu. Wird es diesmal gelingen, ihn zu enttarnen? Glücklicherweise wird diesmal die liebe Jane nichts damit zu tun haben, denn wer kennt sie schon dort droben im hohen Norden. Von ihren „beruflichen" Aktivitäten dürfte hier überhaupt niemand etwas gehört haben, geschweige denn, sie persönlich dabei zu Gesicht bekommen zu haben.

Man darf gespannt sein, was die Nornen für ihn hinter dem dicken Vorhang mit dem Namen Zukunft bereithalten.

Paul Quincy

Entermesser blank

„Wild Bull" Turner und die Capitana

Band 2 der Reihe „William Turner"

Um dem Verfolgungsdruck der Royal Navy zu entgehen, besetzten Piraten eine kleine Hafenstadt an der Nordküste des spanischen Südamerikas. William Turner wird gefangengenommen, aber die Capitana eines Piratenschiffes ermöglicht sein Entkommen. Er verfolgt den Hauptschuldigen quer durch die Karibik, holt dessen Schiff in einer Sturmnacht aus einem Hafen Kubas und entert ihn draußen auf See.

weitere Informationen:
Kuebler Verlag
www.kueblerverlag.de

Paul Quincy

Entermesser blank

„Wild Bull" Turner und die Schlacht von Savannah

Band 5 der Reihe „William Turner"

1778: Nachdem der Plan der Briten gescheitert ist, im Norden die Neuenglandstaaten von den Südstaaten zu trennen, versuchen sie nun mit Hilfe der Loyalisten die rebellischen Kolonien vom Süden her aufzurollen. Turner wird mit zwei Schiffen nach Savannah geschickt, um den günstigsten Landeplatz für die Truppen auszuspionieren. Zufällig stößt Turner auf die Piraten-Capitana Janine, die sich den Briten ausliefert, um ihre Spießgesellen zu retten. Um ein neues Leben beginnen zu können, sorgt Jane dafür, dass Turner ihr altes Schiff stellt und die Besatzung weitgehend massakriert wird. Sie weiß, es darf keine lebenden Zeugen geben...

weitere Informationen:
Kuebler Verlag
www.kueblerverlag.de